———————— 想象，比知识更重要

幻象文库

The
Memory
of
Earth

地球的回忆

Orson Scott Card

[美]
奥森·斯科特·卡德
———— 著

仇春卉
———— 译

新星出版社　NEW STAR PRESS

生命的协奏曲

韩松

《回家》是奥森·斯科特·卡德在上世纪九十年代的作品。他是《安德的游戏》的作者。卡德是擅长写系列作品的，《回家》即其中一部，共有五册，洋洋百万字。他写的是距今四千万年后的事情。

其中第一至第三部写的是发生在和谐星（HARMONY）上的故事。这颗星球是人类逃离被他们的战争毁坏的地球后在太空中建立的四十个殖民地之一。全书仅提到两颗星的名字。和谐星是斯拉夫人的领地，人们说的语言来自俄语；另一颗星叫作RAMADAN，是阿拉伯人建立的。

管理和谐星的是被人类当作神来崇拜的上灵（OVERSOUL），也就是一个人工智能。它由一组卫星构成，它照看人类，并把人类的科技发展限制在一个低水平上，以免其毁灭。人类的进化也因此被停止。上灵的设计寿命大概是一千万年。随着它逐渐老去崩坏，它管理的世界出现了很多失控，顽习露头，杀伐迭生。这时，神秘的地球守卫者发来超光速信息，并托梦于人。上灵便从人类中选了一些人，让他们返回地球，与地球守卫者建立联系，以建立新文明。这也能使上灵得到修复。

随后，在上灵的指示下，人类的这部分精英历尽艰辛，跋涉过大沙漠，找到了远古人类留下的飞船。他们在领袖纳飞的率领下踏上返程，而上灵也复制了一个自身，继续照看他们。在飞船上，人类又是一番惊心动魄的历险，最后回到地球。但这是四千万年后的地球，山川河流都不一样了。星球上已有了新的智慧物种：一种是由墨西哥田鼠进化而来，称作掘客；一种由普通蝙蝠进化来的，称作天使。人类在地球守卫者的引领下与这些生物相处。最后发展出新的文明。

卡德的小说，除了故事性强，还以思想性著称。比如《安德的游戏》，就十分深刻地反思宇宙生命和人类的关系，充满了道德困境的讨论。这部书也是这样。

它提出一个问题：人类的几千万年进化，包括技术进步，能不能祛除古老的生物本性，也就是沉淀在爬虫复合体中的原始本能。从书中的描写看，尽管逃离了毁坏的地球，哪怕在超级人工智能的照管下，生存到了四千万年后，那些坏习性仍没有得以消除。这是卡德对人性悲观的一面。但他终究又是乐观的，描写了人类可以通过心灵斗争来争取美好结局。

与此相关的问题是，生命到底能不能拥有高级的技术，技术必然导致文明的毁灭吗？这正是他们最初离开地球的原因。人类发展出文明，最终却用文明毁灭了自己。是技术难以信任吗？当然不是，而是人类自身无法信任。批判的矛头不是技术，而是人类自己的脆弱性。尽管的确存在技术与文明无法匹配的问题，或言，技术的进化总要超越人性的进化。但高超的技术就不能升华人性吗？上灵和地球守卫者似乎在努力做到这个，但还没有最终的答案。

这反映出一个矛盾的心理：人类本身，是捉摸不定的，具有不确定性，因此需要交给机器来照顾和管理，而机器也是有局限性的。这很有现实针对性。比如，一旦某国的某个狂人掌握某种技术，就有很大麻烦，这也是核扩散问题的所在。所以，上灵把人类控制在低技术水平上，似乎这样才能取得和谐。

卡德的小说还描述了一个重要的主题，就是宇宙社会学。他探讨了不同种族的共处共存。首先是人类的不同部族之间怎么相处。人类要不致毁灭，就需要把关系保持在一个张力点上，不能破坏掉，不能走极端。其次，人与其他物种也是这样，这有些类似中国的中庸哲学。这可以对照"黑暗森林"来看，在那种理论体系下是有我没你的。但卡德看来不想要这样，而是寻求一种趋于和谐的宇宙。最后，地球上三种生物能够找到一种共存下去的办法。这种关系十分复杂，既有猜疑、杀伐，又有怜悯、同情。毕竟，我们都来自同一先祖。甚至宇宙中所有的生命形式，也都有同一先祖。

《回家》是一部关于当今世界的寓言。短短几百年，人类经历了科技革命和工业革命，却令地球处于巨大的危机中。经济疲软，大国角力，军备竞赛，局部战争，恐怖主义，难民危机，生态恶化，人类对自己的前途未来缺乏整体的考虑。怎么才能和谐相处？这是现代世界的主要命题或根本问题。好的科幻小说正是要直面这样的大问题。

这是对我们生存处境忧虑加重的表现。或许，正是因为看到人类的挣扎，某个上灵就释放出了科幻小说来示警。在《回家》中，有西方式的救赎命题。地球的原罪、神一样的上灵、能与神对话的先知、走出灾难绝境的人们，全部都向圣地回归——这一切很像是《圣经》故事。

这也是一部自然小说，描写了千奇百怪、千变万化的大自然，书写了宇宙的奇妙，体现了人与自然的相处。

这还是一部成长小说，却不是传统的写法。它将孩子心中的黑暗与光明、邪恶与善良、绝望与希望都统一了起来，让人入迷而沉思。

卡德小说的文学性比较强。这样一部书，用了一百多万字详细刻画人物的性格、心灵，描述栩栩如生，有血有肉，充满人情味，构筑了一个真实的虚构社会，描写了一个理想国。作者提出了生命是艺术的概念，这是寻常的作者难以做到的。科幻不仅仅是点子文学，它应该有更大的包容性，应该更复杂，更有丰度。

从文学到哲学，从科技到宗教，这部小说展现了其宏大和细腻。我想这是译者把它译成中文的原因。

文学作品求解的是人类心灵的归宿问题。这是一个谜题。东西方都在面对它。我最近读到的一些国内的好作品，比如王晋康的《天父地母》，比如何夕的《天年》，比如江波的《银河之心》，它们与《回家》形成了对话。我感到，这是一曲世界范围的协奏曲。

目录

1	引 子
3	第一章 父亲的房子
15	第二章 母亲的房子
29	第三章 火
51	第四章 面 具
65	第五章 车 轮
76	第六章 敌 人
104	第七章 祈 祷
127	第八章 警 告
151	第九章 谎言与伪装
178	第十章 帐 篷
204	第十一章 兄 弟
233	第十二章 财 产
248	第十三章 逃 命
268	第十四章 羿羲的浮椅
276	第十五章 谋 杀
303	第十六章 上灵的索引
307	译名注释

引 子

和谐星球的主机害怕了。

人类害怕的时候会手心出汗，嘴巴变干，连胃肠也揪成一团，可是主机没有这些体会——它只是一台不会动的机器。它的能量来自太阳，它的数据来自卫星信号、内存以及五亿人的思维活动。不过此时此刻主机还是感到了某种恐惧，这是一种失控的感觉，因为它发觉自己对这个世界的影响力渐趋式微了。

一言以蔽之，它其实是害怕死亡。别误会，它并不是害怕自己的灭亡，主机并没有"自我"的概念，所以它根本不在乎"自己"能否继续存在。几千万年来，主机一直身负着一个重任：守护这个星球上的人类。时至今日，模拟预测结果显示，如果主机已经虚弱到无法继续执行这个任务，那么在几千年之内，人类将会拥有足以摧毁整个星球的武器。这样的话，人类必然重蹈覆辙，又一次毁灭在自己的手上。主机决定在影响力消失殆尽之前采取行动，否则人类世界将会再次灭亡。

可是主机并不知道应该如何采取行动。系统衰退的其中一个症状就是陷于紊乱而无法决策。因此，即使主机能够得出一个结论，它也不能判断其正确与否。主机需要引导，需要澄清，需要重新编程，或者甚至需要升级到更复杂、更先进的型号，这样才能应付随着人类进化而出现的种种新挑战。

问题是，谁能提供这种指引呢？唯一可信赖的信息源远在宇宙的深处，上灵必须亲自前往。它本来是可以移动的，不过那是在四千万年以前了。经过了时间长河的磨洗，即使有静态场的保护，部件故障还是难以避免的。因此，上灵不可能独立完成这个远征，它需要人类的协助。

主机用了整整两个星期对它的海量数据库进行搜索，评估在世每一个人的可用性。绝大多数人不是太笨，就是接受能力太差；而在那些有能力直接与主机交流的人群里面，只有少数几个身居要位，可以帮助上灵达到目的。

于是，主机将注意力集中在女皇城的一些人身上。每逢夜深，一个尚能正常运作的卫星掠过女皇城的上空，通过定向信息传播，把指引和资讯源源不绝地传给这些人——这些棋子，或者说人——这些和谐星球的救星。

第一章　父亲的房子

破晓时分，纳飞醒了，躺在席子上赖床不起。他已经十四岁了，不能再住在母亲那儿，所以已经搬回父亲家中。要是知道华纱女士的寄宿学校里面竟然住着一个十四岁的大男孩，女皇城中稍有点自尊的女士都不会放心把女儿送来的。尤其是纳飞自十二岁就开始疯长，现在都快两米高了。

昨天纳飞无意中听到妈妈和德琳阿姨聊天。德琳阿姨说："大家已经开始揣测你什么时候才给他找个小姨*。"

妈妈说："他还是个小男孩呢。"

德琳阿姨乐了："华纱呀华纱，好姊妹，你就真的那么怕老吗？还不敢承认你的小飞飞已经长成男子汉了。"

妈妈辩解说："我不是怕老，我的意思是，等他自己开始想那些事情的时候，我再给他考虑小姨和配偶也不迟嘛。"

德琳阿姨说："嘿嘿，他老早就在想那事儿了，只是没告诉你。"

全中！

当时纳飞听到她这句话时，脸像发烧一样；现在回想起来，不禁又满脸通红。德琳阿姨怎么可能知道自己老在想"那事儿"呢？

---

* 女皇城的风俗，小姨特指对未成年男孩子进行性启蒙的成年女子。——译者注

那天只不过匆匆见了一面啊！不对，她之所以知道，并不是因为纳飞泄露了什么想法，而是因为她了解男人。纳飞想：我只是处于这个成长阶段而已，在我这年纪，哪个男孩子不是开始暗潮汹涌？你要是指着一个还没长胡子却将近两米高的男孩子，说他此时此刻正在想着那事儿，十有八九你都是对的。

纳飞又想：我和其他人可不一样！我听过梅博酷和他的朋友们很下流地谈论女人，都让我恶心了。他们评头品足，像是在讨论牲口该派什么用场：这匹母马是用来运货还是可以当坐骑？适合长途慢行还是短程赛跑？我该把它藏在马厩里还是该带出来在朋友面前风光一把？

纳飞不是那么轻佻猥琐的人，他很尊重女性。或者这是因为他如今还在上学，每天都在学校里和女士们讨论有深度的话题。

就比如说艾雅吧，她是女皇城的第一美女，估计也是世界上最漂亮的女孩子。可是我爱上她并不是因为她的美貌，而是因为艾雅的思想有深度，能够和我探讨人生。她的声音是那么有吸引力；她试图说服我的时候，总是轻轻握住我的手；而当我试图说服她的时候，她却很挑衅地仰头看着我……

纳飞突然发觉窗外天色已经微亮，自己却还躺在床上牵挂着艾雅，干吗不马上起床，赶快进城里去见她呢！真是笨蛋！

事不宜迟，纳飞纵身而起，跪在席子旁边，用手掌拍打着大腿和胸膛，将疼痛作为祭品奉献给上灵。仪式完了，纳飞把床垫卷起来塞进墙角的箱子里，突然想到：我其实不需要用床垫，真正的男子汉即使睡在硬地上也没有关系。只有这样，我才能变得像爸爸和耶律迈那么强健。好，从今晚开始我就不用床垫！

纳飞走到院子里面水箱那儿，用手沾了水，弄湿肥皂，开始往身上抹。秋天的清晨气温很低，水就更加冰凉了，纳飞竭力装作不觉得冷的样子，拼命把肥皂涂满了全身。这点冻算什么，接下来还有更狠的！纳飞站在喷头下面，伸手纠住拉绳，他犹豫了……还是需要点时间给自己打气，好迎接那惨绝人寰的一刻。

"你就快点拉吧！"身后突然传来羿羲的声音。

纳飞转头看着羿羲的房间，只见他正飘浮在门口。纳飞反驳道："说得容易，你来试试看！"

羿羲从小就瘫痪了，不能自己淋浴。而且他的飘浮衣是不能沾水的，所以每晚总有一个家丁帮他把浮衣脱掉，然后服侍他洗澡。羿羲又说："你还是那么怕冷水澡，真是个小孩子。"

"晚饭时请提醒我把冰块放你脖子里，谢谢！"

"没问题，只要你每天准时用牙齿打战的咯咯声给我做闹钟。"

纳飞说："胡说，我哪有……"

"我决定了，今天和你一起进城。"

纳飞不再辩解了，说道："好，好，好得不得了。"

"你打算让身上的肥皂变干吗？可以美白皮肤是吧？小心会痒痒哦。"

纳飞猛地一拉绳子。

水箱里面的冰水立刻劈头盖脸地淋将下来，一种电击似的感觉袭遍全身。纳飞倒吸一口凉气，然后全身乱动，发狂似的扭来扭去。他要尽量让水流遍全身每一个角落，力求把肥皂都冲掉。三十秒之后水箱就会排空，要是纳飞还没有洗干净，他身上残留的肥皂可以让他痒痒一整天，像几千只虱子在咬。或者他可以冒着冻掉屁股的危险等水箱蓄满，那起码要好几分钟。两个后果都很严重，所以纳飞早已开发出一套程序，确保在水停之前冲洗干净。

羿羲说:"我特爱看你跳这舞。"

"跳舞?"

"向左弯弯腰,洗洗右腋窝;向右弯弯腰,冲冲左腋窝;向前弯弯腰,刷刷大屁股;向后弯弯腰……"

纳飞说:"得了得了,一点儿不好笑。"

"我不是开玩笑哦,你这套舞蹈那么精彩,应该去开放剧场的经理那儿试演一下,甚至可以试试乐团大剧院,说不定能一跳成名呢。"

纳飞说:"十四岁裸男跳湿身艳舞,这种节目应该是在另外一种剧院表演的吧。"

"就算是别的剧院也还是在美人区,所以啊,你始终可以在那儿成名。"

这时候纳飞已经用毛巾擦干了全身,不过头发还没有擦,所以冷得要命。他很想学小时候那样,狂奔回房间里面穿衣服,还一边吆喝着"嗨呀嗬,咦啊嚯",一边浑身上下摩擦着取暖。可是现在纳飞已经是个男子汉了,更何况现在才秋天呢,还没入冬……所以他硬着头皮慢慢向房间踱去。就在这时,耶律迈走进了大门。

他咆哮道:"整整一百二十八天了!"

羿羲叫道:"耶律迈!你回来啦!"

"被那些强盗害惨了!他们在两天之前发动袭击,距离女皇城那么近竟然还敢动手!这次我们好像干掉了一个。"耶律迈一边说着,一边脱衣服,径直走到喷头下面。

纳飞问:"'好像'?有没有干掉,你自己都不知道啊?"

"当然干掉了,我用的是脉冲枪。"

还当然呢!纳飞想道,你居然用打猎的武器去杀人?

"我看到他摔倒在地,谁知道他是不是刚好在我开枪的时候绊倒了。难道我还跑回去检查吗?"

说完,耶律迈连肥皂还没有擦就拉了绳子,冷水淋下来的瞬间,他发出很凄厉的一声吼叫,然后跳起他自创的湿身舞,摇头晃脑的,水花四溅,一边跳还一边吆喝着"嗨呀嘀,咦啊囉",十足像一个小孩子。

耶律迈这样做却不会被笑话。他今年已经二十四岁,刚刚率领一支商队从啼狮城购买珍稀植物回到女皇城,好久没有人敢尝试这种壮举了。更何况,他还"疑似"杀死了一个劫匪。人人都认可耶律迈是一个真真正正的男子汉,当一个男子汉做出小孩子的举动,大家就会被他的"孩子气"逗乐;可是一个男孩子这样做就是"幼稚"了,人人都会叫他成熟一点。

耶律迈已经擦好肥皂了,看到纳飞在那里双手抱胸哆哆嗦嗦地正要往房间走,他说:"阿飞,你好像长大了嘛。"

"最近是突飞猛进了。"

"可以嘛,开始长肌肉了!你还真遗传了老头子的很多优点,只可惜样子太像你妈了。"

纳飞本来很希望得到耶律迈的肯定,可是现在他赤条条地站在这里像只呆鸡一样,被他大哥评头品足,心里真不是个滋味儿。

羿羲当然不忘雪上加霜:"幸好他遗传了老爸最重要的一个'长处'。"

耶律迈笑说:"呵呵,我们都遗传了这个'长处'。人人都知道老头子的小孩全是儿子,至于那些不为人知的野种就很难说了。"

纳飞很讨厌耶律迈这样谈论父亲。众所周知,爸爸是个正人君子,只会与合法的配偶在一起。在过去十五年里,这个配偶一直是华纱,也就是纳飞和羿羲的妈妈。每年他们都会续婚约,刚开始每逢约满的时候总有女士们凑上来试探一下爸爸,到后来都绝迹了。有趣的是,尽管妈妈也同样的专一,可是每年仍会有很多贱男展开鲜花攻势企图追求妈妈——他们就是觉得忠贞不渝的女人比水性杨花的荡妇更加诱人,好像妈妈对韦爵的专一是欲擒故纵,其实是为了引诱别人来追求。还有人说和华纱结婚就可以入住女皇城最好的房子,可以看到最好的街景。纳飞想,我才不会为了一栋房子而和女人结婚呢。

耶律迈问道:"你有病啊?"

纳飞说:"什么?"

"这儿冷出鸟来,你还光着屁股湿漉漉地站着发呆?"

"是哦。"纳飞还是没有跑——一跑就等于示弱了——所以他先对耶律迈咧嘴笑道:"欢迎回家啊。"

耶律迈说:"阿飞,你别死撑,我知道你快冻成冰棍了,瞧你那活儿都缩起来了。"

纳飞还是闲庭信步踱回房间,穿上衣服和裤子。他心里很不爽,耶律迈好像总是能看透自己脑子里面的想法。他怎么就不会觉得纳飞真是一个坚强的男子汉,所以那一点寒冷根本就不算什么?不会的,在耶律迈眼里,纳飞永远都只是在"装"男人。可恶的是耶律迈真的猜对了,纳飞的确是在打肿脸充胖子。可是退一步想,谁天生就是男子汉,一开始不都要装吗?装着装着就习惯了,这才能真正让男子气概融入性格。而且刚才纳飞并不是完全在装:看到耶律迈回家,听他说起如何疑似杀了一个土匪,纳飞兴奋得忘记了寒冷,甚至忘记了一切。

一个阴影出现在门口,是羿羲。"纳飞,你不该被他这样摆布。"

"什么意思？"

"他笑话你的时候，你给气得要爆了。"

纳飞丈二和尚摸不着脑袋地问："生气？你说什么呀，我没有生气啊。"

羿羲说："他笑话你冻得'缩起来'，你看起来就像要扑过去踹他脑袋。"

"和迈哥动手？你当我是傻子吗？"

羿羲说："你真是一个典型的病例，我以为你是傻的，耶律迈也以为你是傻的，连上灵也以为你傻了。"

"上灵明鉴，我真的没有生气！"

"那就学学控制你的脸部肌肉吧，阿飞，因为你的表情把你给出卖了。刚才你一转身，耶律迈就对你伸中指，可想而知他以为你多生气。"

羿羲飘走了。纳飞穿上凉鞋，将鞋带交叉着沿裤腿绑上去。在女皇城，小年轻们流行把鞋带一直绑到大腿根儿再打个结；可是纳飞把鞋带剪短了，只绑到膝盖的高度，像个蓝领工人。鞋带是皮做的，打出来的结是大大的一坨，卡在双腿之间，走路的时候一左一右地晃荡晃荡。为了避免这坨东西摩擦大腿生痛，时髦青年们必须岔开双腿走路，大摇大摆地，显得特有气派。纳飞并不是一个嚣张的人，更加不愿意为了赶时髦而让自己难受。

特立独行，其负面影响就是不太合群，纳飞却不介意。他更喜欢和女生待在一起，他赞赏的女孩子都不会被浅薄的潮流左右。比如艾雅就经常和纳飞一起笑话这个愚蠢的时尚，她说过："想象一下穿成这样去骑马。"

纳飞接口说："那他们做定太监了。"

艾雅笑翻了，那天还把这笑话复述了几次。有这样一个妙人儿在你眼前，干吗还要追求别的什么烂时髦呢？

纳飞走进厨房的时候，耶律迈正好把一角冰冻米布丁放进炉子里。那一块布丁足够他们兄弟几人一起吃了，可是经验告诉纳飞，耶律迈是打算独吞的。毕竟他在外奔波了好几个月，成天都没有热食，还要连夜赶路。估计耶律迈可以三两下就解决整块布丁，然后栽倒床上一觉睡到第二天早晨。

耶律迈问道："爸爸呢？"

羿羲说："短途旅行去了。"他一边说一边把生鸡蛋打在吐司上面，准备放进炉子里面烤。羿羲要用尽全身力气才能用一只手拿着鸡蛋，可是有浮衣的帮助，他已经做得很熟练。他先用一只手拿着鸡蛋，悬在桌面上方几寸高，再用特定的肌肉控制浮衣放开这只手，于是连手带鸡蛋砸在桌面上，每一次他都能够把蛋壳儿敲得刚好裂成两半。然后羿羲用另外一处肌肉控制浮衣把拿鸡蛋的手转到碟子上方，接着用另一只手把蛋壳打开，蛋清和蛋黄就全部倒在吐司上面了。有浮衣减轻了重力的负担，羿羲基本上可以生活自理。不过这就意味着他不能像爸爸和耶律迈甚至梅博酷那样出远门，因为一旦离开了女皇城的磁场，羿羲就只能坐在一张笨重的浮椅里面，什么都干不了。所以说，离开了城市，羿羲才是真正的残废。

耶律迈问："梅博酷呢？他又到哪儿去了？"布丁一定煮过头了，已经软到不用嚼都可以吞下去。耶律迈就喜欢吃这样的早餐，纳飞猜可能是因为他想快点吃完吧。

羿羲说："在城里过夜了。"

耶律迈笑道："就凭他？肯定是吹牛皮！"

像梅博酷这种年轻男子，要在女皇城中过夜，必须有女人邀请才行。耶律迈笑话梅博酷吹牛,可是纳飞知道二哥并非在吹牛。梅博酷油嘴滑舌,对某些女人还真的有杀伤力,所以他不愁没有地方过夜。

耶律迈咬了一大口布丁,然后大叫一声,张嘴就灌酒。好不容易缓过劲来,他才说:"烫死了烫死了。"

纳飞说:"你总是这样……"

纳飞只是打趣而已,就像兄弟之间开的那种小玩笑,可是不知道为什么耶律迈完全会错意了,以为纳飞取笑他笨手笨脚。耶律迈说:"小子你听好了,要是你在野外摸爬滚打、风餐露宿整整两个半月,你也会忘记原来布丁是会烫嘴的!"

纳飞道歉说:"对不起,我不是要取笑你。"

耶律迈继续揪住不放:"哼,以后说话小心点,你和我只是同父异母的兄弟。"

羿羲想打圆场,他笑道:"这没关系的,他对我也一样刻薄。"

耶律迈似乎找到台阶下了。他说:"那你就更加难熬了。不过幸好你是残废的,否则纳飞根本活不到十八岁。"

即使被这句话刺痛了,羿羲还是面如平湖,纳飞却愤怒了:羿羲只是想做和事佬而已,耶律迈却顺手捅他一刀。刚才纳飞压根儿没想过翻脸,现在却要开骂了。从哪里开始呢?刚才耶律迈算他十八岁是按照务农年份而不是祭祀年份,就说这个吧。纳飞说道:"我今年十四岁,不是十八岁。"

耶律迈说:"祭祀年、务农年……嘿嘿,如果你是一匹马的话,你就十八岁了。"

纳飞走到耶律迈面前站定了,说道:"我不是马!"

耶律迈说:"你也不是一个男人……我现在太累了,实在不想打你，所以你快滚一边吃早餐去，别烦我。"说着他不再搭理纳飞，转头问羿羲："爸爸带上拉士葛了吗？"

纳飞很奇怪他会问这样的问题。耶律迈离开时，爸爸怎么可能带上大管家出门呢？虽然褚尼萨能够打理日常家务，可是拉士葛不在的话，谁去管理温室、马厩和铺位呢？谁懂得应付满天飞的小道消息呢？

梅博酷绝不能胜任，他对爸爸的生意没有一点兴趣。羿羲也不可能指挥众人，大家对他很和善，或许是出于同情，肯定不是因为尊敬。

羿羲答道："没有，爸爸留下拉士葛主持大局，他今晚可能要去冷库值班。你也知道爸爸，没有安排好一切他是不会离开的。"

耶律迈飞快地瞥了纳飞一眼，说道："我只是奇怪为什么有人那么嚣张。"

纳飞突然明白了，耶律迈问那句话实际上是在试探，他怀疑他出远门的时候父亲把植物生意交给纳飞管理。很明显，耶律迈不希望纳飞沾上哪怕一点点边儿。

纳飞说："你不用怕我插手爸爸的生意，我一点兴趣都没有。"

耶律迈说："我什么都不怕，就怕你上学迟到。你妈妈大概会想，宝贝儿子该不会在路上遇到抢匪被痛打一顿吧。"

纳飞知道不应该还嘴，真把耶律迈惹怒的话他会吃不了兜着走。其实纳飞心里实在是很敬仰耶律迈，很希望自己有朝一日可以长成耶律迈那样的硬汉，所以在这种情况下，他怎么可能对耶律迈的嘲弄置若罔闻呢。他一边走向门口，一边回头说道："燕雀安知鸿鹄之志。我可不想像你那样，整天东躲西闪地打强盗，和骆驼睡觉，一会儿把冻土植物运到赤道，一会儿又把热带花草运到冰原。这玩意儿留给你吧。"

耶律迈突然跳起来，一脚把椅子踹到厨房的另一端，两步跨到纳飞面前，把他的脸使劲按在门框上。

可是纳飞无暇顾及疼痛，他甚至忘记害怕耶律迈接着可能会下狠手。此时他居然感到一丝胜利的喜悦：我终于让耶律迈失控了，他没办法再假装忽略我的存在。

耶律迈说："你说的这个'玩意儿'，多亏有它，你才活得那么自在。如果不是爸爸、拉士葛和我赚那么多钱回来，你以为女皇城里面有谁会理你？你以为你的老妈真的那么有地位，足够让你们哥俩子凭母贵？蠢货！你老妈或者可以生几个漂亮女儿，可是说到儿子，她最多能教出一个书呆子。"说"书呆子"三个字的时候，耶律迈往地上狠狠地啐了一口，然后继续说："而你，小子，以后再了不起也就是做个学者！我真不明白上灵为什么不嫌麻烦，把小鸡鸡长在你这个小妞儿身上，反正你长大之后也只懂做娘们儿做的事。"

纳飞明明知道自己应该保持沉默，让耶律迈斗赢就算了。可是他还来不及闭嘴，就已经脱口而出："你老是笑我像娘们儿，是不是在暗恋我啊？你该不会在外面太久没有碰女人，连小男孩都不放过吧？"

耶律迈突然松手了。纳飞转过身来，希望看到耶律迈摇着头苦笑他们兄弟玩得太过火了。可是他的大哥站在那儿，满脸通红，气喘如牛，像一头蓄势待发的猛兽。他说："滚！只要我在这里一天，你都别回来！"

纳飞纠正他说："这房子又不是你的。"

"你再出现我就灭了你。"

"不会说真的吧，迈哥，我跟你开玩笑罢了。"

羿羲浮到两人中间，笑嘻嘻的，很笨拙地把一条手臂搭在纳飞肩膀上，说道："阿飞，我们快迟到啦，老妈该担心了。"

这一次纳飞终于懂得闭嘴了。他知道如何才能忍住话头，只不过动作总是慢了半拍。现在耶律迈真怒了，可能几天都消不了气，他是有家归不得，该睡哪儿呢？马上，艾雅出现在脑海里，在纳飞耳边轻声细语："今晚来我这儿过夜吧，反正我们迟早都要在一起的。华纱女士那么喜爱我，用尽心血来教育我，不就是希望我俩在一起吗，这也是女皇城的习俗。我第一眼见到你就知道我们注定要结合的，春宵苦短，何必浪费呢，你这个小笨蛋。"

纳飞突然从白日梦中惊醒，发现原来跟他说话的是羿羲，而不是艾雅。羿羲说道："你为什么要这样惹他呢？你明明知道有时候他好不容易才忍住冲动没把你给宰了。"

纳飞答道："唉，我总有自己的想法，有时候确实不该爆出来。"

"你总有很蠢的想法，而且蠢到每次都爆出来。"

"也不是每次……"

"什么？难道你还有更蠢的念头没爆出来？你脑子里面到底塞的是什么呀，一团草啊？"羿羲说着说着就飘到前面去了，每次上坡的时候他都这样，也不想想别人没有浮衣，被地心引力拖着后腿，需要走慢点才舒服。

纳飞可怜兮兮地说："我其实很喜欢耶律迈的，他为啥那么讨厌我呢？"

羿羲说："改天我叫他列一张清单，叫'讨厌纳飞的理由'，然后和我的清单合并起来，给您过目。"

第二章　母亲的房子

从韦爵府走到女皇城,这是一条熟悉的长路。八岁以前,纳飞总是走着和现在相反的来回,那是妈妈带着他和羿羲去爸爸家度假。小男孩来到男人的领地,简直像爱丽丝梦游仙境。爸爸当时就已经银须白发,仙风道骨,以至于纳飞五岁之前都以为爸爸就是上灵。梅博酷比纳飞大六岁,从小就尖酸刻薄;而早些年耶律迈对纳飞很好,带着他玩得很开心。纳飞看着比自己年长十岁的大哥,觉得他简直就是大人了。他和爸爸不同,爸爸像神仙似的超凡脱俗,耶律迈则黑壮而彪悍,更像一个战士。他给人的感觉是——要是我愿意,我可以对你好;如果有必要翻脸我也绝不犹豫。那时候纳飞曾经央求妈妈放他去爸爸那儿住。能够和爸爸、耶律迈这些偶像们在一起,忍受一下梅博酷的嘴脸也是值得的。

爸爸和妈妈一起对纳飞讲道理,告诉他为什么不应该离开学校。爸爸说:"在你这个年纪就被送去爸爸那儿,这样的小男孩都是没有前途的。他们当中有的人太暴力了,不能和斯文的小孩相处;有的不守规矩,没办法在女士们办的学校里面待下去。"

妈妈接着说:"有的是太笨了,学一点很初级的阅读和算术就学不下去,八岁就被赶回父亲家。"

即使到了现在,回想起这些,纳飞还是会窃笑:梅博酷就是这种又笨又坏的小孩，八岁就被送回爸爸家里，而他自己竟然还以此为荣，真是厚脸皮。

爸爸妈妈终于说服了纳飞，让他心甘情愿地留在妈妈的学校。当然他们还列举了其他原因，比如说，羿羲需要伙伴，妈妈的学校多么有声望，要和两个姐姐多亲近亲近……可是最终让纳飞决定留下的是他的雄心壮志：我将来肯定会有一番作为，对女皇城甚至全世界都做出贡献。或者我的文章会被传上天网，由上灵发送到全世界，译成不同语言，让世人传阅。或者我的学说会被刻进玻璃，永久存放在档案馆里，供后人拜读，而我则成为和谐星球历史上的伟人之一。

虽然纳飞愿意留在学校，可是爸爸妈妈为了满足他去爸爸家生活的热望，从八岁开始直到十三岁，兄弟两人每个周末都去爸爸那里。几年下来，他们对爸爸家的熟悉程度简直比得上妈妈的学校了。爸爸坚持让他们干体力活儿，体验一下男人是如何辛苦赚钱的，所以周末根本不是度假。爸爸说："在妈妈那儿，你们学习了六天，全是脑力劳动，身体就放足了六天假。在我这儿你们得去马厩和温室干些体力活儿，让脑子好好休息休息，安心享受一下劳动的乐趣。"

爸爸总像在发表长篇大论的演说。妈妈说他之所以这样是因为他不懂得如何跟小孩子说话。可是纳飞听过大人聊天，知道爸爸和所有人都这样说话，只有对妈妈除外。似乎爸爸和别人在一起的时候，总是不能完全放松自己。经过多年的观察，纳飞注意到，爸爸的话，既慷慨激昂振奋人心，也言之有物字字珠玑，一点儿不会假大空。男人就应该这样说话！

纳飞小时候想讲话优雅一点，还专门学习了伊曼语和巴斯尔语，前者是阳春白雪般的经典语言，后者那几年在女皇城的艺术界和商界特别流行。现在纳飞逐渐意识到,要和普罗大众有效地沟通,必须使用浅显易懂的语言。不过他无论在日常说话还是写作,甚至说蠢笑话激怒了耶律迈的时候,总难免流露出伊曼语的韵律和腔调。

纳飞说:"我突然有一个感悟。"

羿羲没有回答,他在前面离得挺远的,不知道有没有听到。不过纳飞继续说下去,还轻声细语的,像在自言自语:"我在想啊,别人之所以被我的话激怒,不是因为他们恨我太损,而是因为我损他们的方式实在太高明。这其实是一门艺术,把自己的想法精确地表达出来,真正做到所讲即所想。如果表达不好,再妙的想法也是白费。"

"阿飞,你这门艺术挺颓废的,我劝你还是放弃吧,免得四面树敌,最后被人灭了。"原来羿羲毕竟在听着。"你人高马大的,怎么走那么慢呢,从山脊路到市场街,走到现在还没走完。"

纳飞说:"我在想东西嘛!"

"那你应该学学怎么一边走路一边想。"

纳飞走到山顶,羿羲在那儿等得不耐烦了。纳飞想,我走得也真够慢的,连气还没有喘。

两兄弟站在山顶,回头看着来时的路。山脊路真是名副其实,它沿着一条山脊蜿蜒着,山坡下面是水资源丰富的海岸平原。今早天朗气清,从山顶可以一直眺望到大海。在山脉与大海之间的平原好似一张百家布床单,农场和果园就像一块块补丁被公路缝起来,结点处是一个个小镇和村庄。顺着山脊路望去,只见赶集的农夫们已经排成行,各自带领牲口运输队朝女皇城迤逦而行。如果纳飞和羿羲再拖延哪怕十分钟,他们就会被卷入马匹、驴子、骡子和库雷洛兽的潮流中,身边都是牲口的臭味,耳边还充斥着骡马的叫声、男人的粗口和女人的闲话。以前纳飞还觉得挺好玩的,可是很快就听腻了,来来去去都是那些废话。毕竟,林子大了什么鸟都有。

羿羲转头望向西方,纳飞也跟着一起看。西面的地貌是另外一个极端:悲石坡高原是一片杂乱无章而且贫瘠缺水的石头高地,连绵不绝地向西延伸。无数个诗人已经描述过这个景象:

日出东海,甘露伴随,

浮光跃金,珠玉纷呈。

日落西山,红云似火;

大漠风沙,湮没残阳。

纳飞对这类描述很不以为然,至少就天气而言,太阳并没有把海水带到陆地上,正相反,它其实是把西边沙漠的燥热输送到海边。

赶集大军的先头部队已经走得很近了,纳飞、羿羲两人已经可以听见赶车人的吆喝和驴子的叫声。于是他们转了个方向,朝女皇城走去,只见巍峨的红石城墙在第一缕晨曦的映照之下闪闪发光。女皇城,她的北面是森林覆盖的崇山峻岭,西边是风沙滚滚的苍茫大漠,东方则是肥沃富饶的海岸平原。在迥然各异的三种地形交会之处,矗立着这座古老而神圣的城市。历代文人骚客用各种名目歌颂她:女皇城,女性之城,雾霭港湾,上灵的红墙花园;这个神圣的港湾,百川汇聚,云涌霞飞,复倾甘露,泽被苍生。

或者像梅博酷所说的,女皇城是个"寻欢圣地"。

在韦爵府和女皇城市场门之间的那一段山脊路,数十年如一日,连一块石头也没变动过。可是,对于纳飞来说,在十三岁那一年,这条路发生了一百八十度的转变。在十三岁这个年纪,学习再好的男孩子也要毕业，离开学校，转而与父亲生活；只有那些不愿意从事男人的行业，一门心思做学者的男孩子才会留下。纳飞八岁时曾苦苦哀求要和爸爸生活，可是到了十三岁他却提出了相反的要求：我还没有想好要做学者，可是我也不想把这条路堵上，为什么非要现在决定呢？

爸爸，如果非要我和你住一起的话，请准许我继续在妈妈那儿上学，好让我想清楚将来的路该怎么走。反正你并不需要我帮忙家族生意，有耶律迈就足够了；而我也不想成为下一个梅博酷。

于是，尽管这条长路并没有变，纳飞却开始了反方向的旅程。以前是从城里妈妈的学校去城外爸爸的庄园再回城内；如今则恰相反。虽然现在纳飞放了更多东西在城里，比如他的书本、作业本、工具和玩具，等等，而且他一个星期七天里还有三四晚在学校过夜，可是纳飞正式的家已经是韦爵府，而不再是妈妈那里了。

这是不可避免的。男人不可能在女皇城里面真正拥有什么东西，那里一切都是来自女人的馈赠。即使是爸爸，多年来只有一个固定的伴侣，女皇城对他来说也并不是真正意义上的"家"，其根本原因就是圣湖。女皇城之所以神圣，是因为城中心那条狭长的深谷。这条峡谷占了城内将近一半的面积，从来都严禁男人入内，甚至连峡谷两边的森林也是禁地。从来没有男人能够走进森林里面，更别说瞄一眼谷底圣女湖的波光水影了。据纳飞所知，这个峡谷太深了，连阳光也照不到圣女湖。

要是在一个地方有你无法涉足的禁地，那这个地方又怎能算是家呢？在女皇城，男人都不算是真正意义上的公民；而我，在自己妈妈家里正逐渐变成一个陌生人。以前耶律迈经常说起一些别的城市，里面的男人是主宰，可以有好多个老婆，而女人则没有离婚的权利；有一个城市甚至没有婚姻制度，随便哪个男人都可以拥有任何一个女人，她只要不是孕妇就不得拒绝。纳飞怀疑这些都是胡说八道，女人怎会甘心接受这样的待遇呢？难道女皇城的女人特别强悍，比其他地方的女人都厉害？或者是这里的男人太懦弱了？

纳飞突然想到一个问题，急需答案："阿羲，你有没有和女人上过床？"

羿羲没有回答。

纳飞说："我只是好奇。"

羿羲还在装哑巴。

"我在想啊，既然有那么多地方完全由男人做主，为什么迈哥他们总要回来呢？难道女皇城的女人有什么过人之处？"

羿羲终于搭腔了："纳飞，首先，没有哪一个地方是完全由男人做主的。在那些地方，不过是男人假装在做主，而女人则假装让他们做主而已。正如女皇城这儿，女人假装在做主，男人则假装让她们做主。"

这个看法有意思！纳飞还真没想过事情可能并不像看起来那么简单。不过羿羲还没说完，纳飞便迫不及待地问道："其次呢？"

"其次就是，阿飞啊，爸爸妈妈在几年前真的给我找过一个小姨，老实说吧，这事儿，没有传说中那么好啦。"

纳飞没料到羿羲会这样形容"这事儿"。他说："梅伯可不这样认为。"

羿羲说："梅伯是没脑的，他只是跟随身上最突出的器官前进，有时候是他的鼻子，不过通常都不是。"

"这事儿，到底是怎么样的？"

"还不差，她其实挺好的，可是我并不爱她。"羿羲说着似乎有点伤感。"我觉得这事情好像是被强加在我身上的,而不是我和她一同去做。"

"是不是因为你……"

"因为我是残废?可能有点影响吧,不过她有教导我怎么做才能让对方愉快,还说我做得出奇得好呢。我想你可能会和梅伯一样喜欢这事儿。"

"我可不想。"

"妈妈说过,最优秀的男人并不喜欢小姨,因为他们宁愿通过爱情,而不是"上课"来获得性趣。而最烂的男人也不喜欢小姨,因为他们需要控制一切,容不得别人做主导。"

纳飞说:"我根本都不想找小姨。"

"有种!不过试问你又怎么学会那事儿呢?"

"我想和我的伴侣一起探索一起学习。"

羿羲说:"你就是一个情痴。"

"也不见得有人去教导小鸟或者蜥蜴怎么去繁殖吧?"

"纳飞,韦爵与华纱之子,著名的蜥蜴爱好者!"

"你别笑话我,有一次我还真的观察一对蜥蜴在交配,看了整整一个小时呢。"

"学到什么招数没有?"

"当然有啦,不过你要用这些招数的话,必须有蜥蜴的身体比例。"

"此话怎讲?"

"人家那活儿有身长的一半。"

羿羲大笑:"想象一下怎么买裤子。"

"想象一下怎么绑鞋带。"

"你得把那活儿缠在腰上。"

"或者搭在肩膀上。"

说着说着他们已经穿过了市场，人们刚刚开始摆摊开铺，准备迎接第一批到达的顾客——来自海岸平原的农民。虽然这些人既没有闲钱也不够档次去买这些娇贵难养却颗粒不产的奇花异草，可是爸爸还是在外围市场维持着几个铺位，目标顾客是本地人。偶尔也会有几个外地豪客，进出城的时候顺便逛一下外围市场，他们也有可能会光顾。爸爸出门的时候，拉士葛全权管理这些铺位。他这个时候正把一株冻土植物放进冷冻展柜里面。兄弟两人向他挥手，他只是看了一眼就继续埋头干活，连头也不点一下。葛叔就是那么酷，需要的时候他总会出现；而此时此刻的工作是开铺，他也心无旁骛，没空搭理其他人。其实没有必要着急，最旺的时段是傍晚，人们都在那个点儿出来购买能够打动人的礼物，送给伴侣、爱人或者追求的对象。

梅伯有一次开玩笑说人们从来不会给自己买奇花异草，因为这些植物太难养活。人们买来做礼物，纯粹是因为它们够贵。"这些花花草草是最好的礼物，因为它们再好看也只能持续到感情结束为止，最多也就一个星期吧，然后就枯死了，除非收礼物的人出钱买我们的售后服务养着它。无论是哪种结局，获赠者对这株植物的态度都准确反映了她们对追求者的感觉：拖泥带水地维系着感情，不胜其烦；或是逝者已矣，任昔日的美丽在记忆中色衰粉退。若希望爱意长久，你应该送一棵树！"当梅伯开始这样和顾客说话时，爸爸就禁止他再去看铺，梅伯终于得偿所愿。

纳飞也不想去爸爸的店铺帮忙，卖那些短命花草，一点儿都不好玩。

纳飞想，如果我不上学的话，每天就要干这些苦活儿，哪有前途？爸爸去世之后，耶律迈就会成为下一个韦爵，他永远也不会让我独自带领一支商队出去，所以这份工作唯一的乐趣也会被剥夺。我可不想一辈子待在温室或者干燥室或者冷藏室里面，天天就在嫁接、培育和繁殖那些出门即死的花花草草，一点儿成就感都没有。

外围市场的尽头就是第一道城门，巨大的城门长年开放，纳飞怀疑它们还能不能关上。其实也没关系，因为这里是最繁忙的地段，守卫也最森严。人人都要经过视网膜扫描，与公民名册和居民名单进行对照。羿羲和纳飞是公民的儿子，所以即使他们在城内没有财产，也能够自动成为公民，成年之后还有投票权。门卫都很客气地让他俩通过。

在外城门和内城门之间是女皇城的黄金市场。这片市场夹在两道高大的红色城墙中间，有内外两层警卫的保护。虽然这里名为黄金市场，也聚集了很多放高利贷的"大耳窿"，但黄金并不是最主要的交易品。在这里，任何形式的财富，只要是便于携带的——当然也是容易失窃的——都可以流通：珠宝、黄金、白银、白金、数据库、资料库、房产证、信贷契约、股票证书、欠条……应有尽有。每个铺位的计算机会将每一笔交易实时上传到女皇城的主机上。所有电脑的全息显示屏不停地变换着图像，形成一种很奇异的闪亮效应：无论你往哪儿看，余光所及，尽是动态的图像。梅伯说，这就是为什么黄金市场的大耳窿和商家们老是觉得有人在监视他们。

毫无疑问，在城门经视网膜扫描之后，这里大部分的电脑都认出了纳飞和羿羲。他们所过之处，每台电脑的屏幕都显示出他们两人的名字、身份和财产状况。纳飞知道，只有在他自立之后，这些信息才有实际意义；目前它们仅仅是一堆空洞无物的数字和字母而已——都是梅伯害的：去年他刚满十八岁就欠了一屁股债，从此韦爵家族的信贷额受到了严格限制。无奈信贷却是纳飞获得大笔资金的唯一途径，所以市场里没有谁会对他感兴趣。当然，爸爸完全可以将信贷额的上限去掉。不过他的生意反正是用现金交易，不需要贷款，所以这个信贷限额对爸爸没有丝毫影响，却正好不让梅伯四处借钱乱花。梅伯哭闹了整整四五个月，最后终于知道爸爸无论如何不会让他再胡作非为，才偃旗息鼓。最近几个月梅伯相当低调，有时穿了新衣裳也说是朋友可怜他施舍的，纳飞当然不信。梅伯依然是花钱如流水，却不像是能自力更生的人；很可能有人借钱给他，不过债主是看准了梅伯将来会分韦爵府的一部分家产。

没错了，梅伯就是这样的人，一边借钱一边指望爸爸去世好分家产。可是爸爸才知天命，身体康健，总有一天那些债主会等得不耐烦，嘿嘿，到时候梅伯又得扑回爸爸面前求救了。

在内城门那里还得再扫描视网膜。结果显示他们两人是公民，没有买东西，甚至没有在任何一个摊位停留，因此不可能发生"未经授权的借用"，也不需要进行全身扫描。很快他们就走过城门关卡，来到城内。准确来说，他们是进入了内城市场。这里和外围市场一般大小，可是卖的东西却有着天壤之别。外面卖的是生肉、粮食、布匹、木材等原材料，内城市场卖的则是成品：点心和冰块、香料和草药、家具和床架、帷幔和挂毯、成衣和裤子、凉鞋和手套、脚镯、耳环和戒指……还有从世界各地千辛万苦运回来的稀奇古怪的动植物和充满异域风情的小饰物。爸爸的摊位日夜都开着，卖的就是最值钱的奇花异草。

琳琅满目的商品并没有让纳飞感到很向往，毕竟它们只有一个共同点：都买不起。那么多年来，纳飞习惯了囊中羞涩地在市场中穿梭,唯一吸引他的是卖掌中宝的店铺。所谓掌中宝其实是一个小玻璃球储存器,里面包罗万象应有尽有:比如说音乐、舞蹈、雕塑、绘画;也有悲剧、喜剧、写实剧,以长诗朗诵、话剧或歌剧的形式表现出来;还有历史学家、科学家、哲学家、演讲家、预言家和讽刺作家的著作;甚至包括了有史以来所有艺术或者工艺流程的课程和展示;当然也少不了女皇城最闻名于世的情歌。这些情歌没有歌词,而是将旋律和床笫之声糅合起来,形成一种不间断也无定向的靡靡之音,感觉有点像城中家家户户的院子和卧室里面放着的自塑雕像。

当然了,纳飞还小,还不能买这些情歌;可是他在朋友家见过这些掌中宝,大概他们的妈妈或老师不像华纱那么谨慎。纳飞总会听得心醉神迷,他对情色固然感兴趣,但也喜欢这些音乐和旋律背后隐藏的故事。不过他在市场淘宝的时候,总是寻找本地诗人、音乐家、艺术家和演奏家的新作和再版的旧作,也会看原版和翻译版的外国作品。爸爸给几个儿子的零花钱很少,可是妈妈却给她的儿女和学生足够的钱去购买掌中宝。

纳飞不知不觉被一个摊位里面的一曲柔美的极致男高音吸引住了,听曲风像是出自作曲家日出女士的手笔,如果是模仿的话也装得挺像的。

羿羲说:"别慢吞吞的啦,你可以下午再来嘛。"

纳飞说:"你先走呗。"

羿羲说:"我们已经迟到啦。"

"既然已经迟到了,再晚一点又何妨呢。"

羿羲说:"拜托你懂事一点好不好。你每次逃课,过后还不是要老师帮你或者你自己恶补?"

纳飞说:"反正我又不能把所有东西都学会,这歌真的好听嘛!"

"那你一边走一边听也行啊,不会连这个都做不到吧?"

纳飞屈服了,终于被羿羲拉出了市场,那首歌也迅速湮没在嘈杂的人声和音乐声中。和外围市场不同,内城市场不需要等赶集的农民,也从来不关闭。纳飞肯定这里起码有半数的人是刚刚熬了夜,出来买点心和茶水当作正餐,然后回家睡个懒觉。梅伯可能就是其中一员。纳飞突然有点羡慕梅伯可以这么自由自在地过活。如果我要做一个伟大的历史学家或者科学家,我有可能那么自由吗?一觉睡至下午,伏案写作到日暮,晚上才出门游荡,看尽不夜城中的莺歌燕舞。兴致来了的话,不妨在众多追星族面前朗诵一遍刚刚赋就的新词,然后扬长而去,留下众人怅然回味,再广为流传。黎明时分回到艾雅的爱巢,巫山云雨一番,再细诉昨夜的见闻和威风……这样的生活,比耶律迈的劳碌命好到不知哪里去了。

这个美梦要成真,还缺两样东西。首先,艾雅还没有自己的房子。她虽然在歌坛和朗诵界已经小有名气,不过天资所限,估计将来很难大红大紫,所以艾雅肯定买不起豪宅。没关系,我可以赞助她置一个小康之家——没错,赞助,因为男人是不允许在女皇城中置业的。难道不怕她在婚约满时另投新欢,把我赶出我帮助她买的房子?不会的,艾雅是个好女孩,她绝不会这样忘恩负义。

其次,迄今为止,纳飞还没有一部好作品面世。当然了,这是因为他还没有决定要做什么,目前还在试验阶段,各个领域都涉足一下,浅尝辄止。总有一日他会找到一个可以让自己一飞冲天的领域,到时候,他作品的掌中宝就会在内城市场畅销,一时间洛阳纸贵……

神圣路又有个什么游行,一直封路到终点长峡谷,男人只能绕路而行。不过即使有些阻滞，两兄弟还是很快就回到妈妈的学校了。羿羲二话不说就飘走，沿着外围楼梯直上电脑间去，一如既往地泡在里面不出来了。在一条弧形的柱式门廊的南端，低一个年级的学弟学妹正在斜射的阳光下做礼拜：男孩子不时地用手掌很大力地往身上拍，女孩子则在低声吟唱着。纳飞的同班同学应该也是在校内某处做着同样的事情，他也不用急着赶过去，因为影响别人礼拜等于是亵渎上灵。

于是纳飞蹑手蹑脚地绕开门廊上的低年级同学，中途还得停下来躲在柱子后面以免被人发现。他耳边传来女孩们动人的歌声，若隐若现，似即还离；其中还间隔着短促的噼啪声，是男孩子们拍打小腿、手臂、胸膛和脸颊的声音。

就在他站在那里听得入神的时候，这个班的一个女生突然出现在他身旁。纳飞认得她，以前在体育馆见过，就是那个名叫绿儿的小巫婆。传说她的梦都很精准，有些西岩区的师奶已经把她称作先知了。纳飞不信这些怪力乱神的东西，上灵不见得就能预知未来，而那些所谓灵梦，其实是一些普通的梦，刚好和现实沾上一点点边，就被人们穿凿附会而已。

她说："你就是全身都是火的那一个。"

她在发什么疯？纳飞都不知道该作何反应。

他只能说："不，我是纳飞。"

"我不是说真的火，而是一点一点的闪光而已，不过在你发怒的时候就化作了闪电。"

"我……得去上课了。"

她一把揪着纳飞的袖子，牢牢地把他拉住。"你知道吗，你和她是不可能的。"

"谁？"

"艾雅。她会向你求婚，可是你会拒绝她。"

这话真伤人。这个黄毛小丫头，大概才十二岁不到，还没发育呢，怎能知道纳飞暗恋艾雅呢？难道我真的是七情上脸，无人不知无人不晓？随便吧，随便吧，有什么好隐瞒的？爱上这样一个优秀的女孩子，是一件荣耀的事情！哼，还先知呢！就凭这句话就知道她是招摇撞骗的。艾雅投怀送抱我还会拒绝？她预言我咬断自己手指头可能还更靠谱一点。

"对不起，请借过一下。"纳飞说着，把手抽走了，他可不想这丫头碰到自己。大家都说她的妈妈是个苦行女，就是那些孑然一身从沙漠来到女皇城的所谓圣女，一个个都脏兮兮的，还衣不掩体。纳飞知道她们不会拒绝任何一个男人的要求，光天化日之下就在大街上也不介意。随便哪个男的，即使是有妇之夫，都可以与圣女睡觉，也不会受到世人的谴责。当然了，正人君子是不会和她们乱来的。即便是贱如梅伯，也从来没有夸耀自己试过"沙漠崇拜"，或者自诩参加过"泥沙派对"。这些名堂其实就是暗指和苦行女干那事儿。纳飞不知道这些女人怎么能和"神圣"扯上关系；至于绿儿，她不过是一个小野种，是一个疯癫女和一个兽性男野合的产物罢了，上灵怎么会真的眷顾她呢？

"你才是野种呢！"绿儿说完就走了。其他人刚刚在这时候完成了礼拜仪式，或者他们一早就停下来好偷听绿儿和纳飞在说什么。无论如何，这件小风波将会在午饭时传遍整个学校，然后在晚饭时就传遍女皇城。回家时羿羲肯定要笑话他一路，回到家耶律迈和梅博酷少不了会雪上加霜。纳飞多希望女皇城的女人把绿儿这种疯子关起来，而不是听她整天胡说八道。

第三章　火

纳飞走进室内，直奔喷泉室，这个秋天他们班都在这里上课。从厨房飘出食物的香气，纳飞忽然想起自己跟耶律迈闹过之后根本都没吃早餐。想不起来还好，现在想起来，纳飞觉得快饿死了。嗯，有点头重脚轻的，应该坐下来歇歇，幸好喷泉室也就几步远。要是他身体不舒服，大家肯定不会责怪他迟到，也不会觉得他懒散，不舒服嘛，是明摆着的。当然了，各位不必知道纳飞不舒服其实是饿的。

纳飞拖着残躯，蠕动着进了喷泉室。既然要装，就装个彻底，走着走着他还停下来靠着墙壁喘气。纳飞感觉到众人都在看着自己，不过他并不看他们。纳飞隐约觉得，真的病人是不愿意接触别人眼光的。纳飞等待着今天的老师很关切地问："纳飞，怎么了？你没事吧？"

一片寂静。

骑虎难下了，纳飞只能将戏演下去：他慢慢地沿着墙壁往下滑，一屁股落在木地板上面，蜷成一团坐着……等着。

"纳飞，要是你今天突然夭折了，我们会给你风光大葬的。"

完蛋了，原来今天来的不是那些很傻很天真的年轻女老师，而是妈妈本人！纳飞抬头遇上了妈妈的目光，只见她一脸的坏笑，根本就没有上当。

"我今早一直在等你们俩。羿羲已经去我的办公室了,他却没有说起你快不行了,这孩子也太粗心大意了,这种大事也没有留意到。"

事到如今,也只能认栽了。纳飞站起来,叹道:"妈妈,你这样拆我的台,会把我的演艺生涯推迟好几年呢。"

"没关系的,宝贝儿子。你真去演戏的话,会让女皇城的文艺圈倒退几个世纪呢。"

哄堂大笑中,纳飞也傻傻地笑了。他还不忘迅速地将观众扫视一遍,看谁笑得最开心。啊,看到艾雅了,她就坐在喷泉旁边,有几颗水珠散落在秀发上面,在朝阳的映照下像宝石一样闪闪发光。艾雅笑得那么迷人,一点嘲弄的意思都没有,她还顽皮地向纳飞眨了一下眼睛,纳飞马上报以一个灿烂的笑容。

糟了,这个笑容太夸张,弄得自己像个小丑似的。正在自责的时候,纳飞一步踉跄,几乎绊倒在门前的台阶上。观众们笑得更厉害了,纳飞转身,谢幕般地深鞠一躬,然后昂首带着尊严离开。临出门前还故意撞在门框上,赚足了笑声才离开了喷泉室。

纳飞在走廊里加快脚步,赶上妈妈。他问:"妈妈,什么事?"

妈妈说:"家事。"

说完,妈妈带着纳飞向她的办公室走去。妈妈的办公室被一道屏风隔成内外两部分。纳飞他们进去,只能待在外间——屏风后面是一个开放式的门廊,据说可以看到长峡谷的全貌,因此男性是绝对不能走进去的。这种禁令在很多人家里都是一纸空文而已。纳飞就认识几个小男孩,他们肆无忌惮地谈论起长峡谷,说没什么了不起的,就是一个陡峭的山坡,上面全是树木和藤蔓,终年隐藏在云雾之中,深不见底,下面可能就是传说中的圣湖。在妈妈的地盘,大家都要严格遵守规矩，甚至连爸爸也肯定没有越雷池半步。

房间里面阳光耀眼，纳飞用力眨了几下眼睛才看清楚都有谁。不出意外，羿羲在这儿，奇怪的是爸爸竟然也来了。他才外出归来，怎么不先回家却直接进城到了妈妈这儿呢？

爸爸站起来拥抱了纳飞。

"爸爸，耶律迈回家了。"

"阿羲已经告诉我了。"

爸爸说话时，神情严肃，却显得心不在焉，似乎心中压着块大石头。不妙啊……

妈妈说："好了，纳飞来了，人终于到齐了，我们商量一下对策吧。"

纳飞刚刚找到一个阳光照不到的角落坐下来，突然发现有两个女孩子在房间里。乍看之下，阳光太刺眼，纳飞瞧不真切，以为肯定是他的两个姐姐，也就是华纱的女儿：莎芙和柔珂。这样一来，这就变成妈妈和她儿女们的家庭聚会，爸爸的出现就更显得奇怪了，因为他并不是莎芙和柔珂的父亲。可是纳飞看清楚了，这两个女孩并不是姐姐，而是学校里的同学，也是妈妈的干女儿。一个是如诗，艾雅和纳飞的同班同学；另一个就是刚才那个小巫婆，绿儿。纳飞愕然了，她怎么那么快就流窜到这儿了？妈妈一定是在纳飞到学校之前就交代让她来的。

不是说家事吗？关如诗和绿儿什么事？

"我的丈夫韦爵有重要的事情要告诉大家，我们希望你们能够……嗯，至少绿儿和如诗能够……"

爸爸打断她道："言归正传吧。"

妈妈微笑着，很优雅地挥了一下手，示意爸爸开始。

爸爸开始了:"今早……其实是天亮之前,我看到了一些很令人困扰的幻象。那是在沙漠路——对了,昨天我去沙漠里冥想静修,求上灵指点迷津。在回家路上,我突然有一种非常强烈的愿望,我想离开大路。那时候月亮已经下山,太阳还没出来,四处都一片漆黑,这样做其实是很危险的。幸好也不用走远,我只是绕过一块大岩石,就明白是怎么回事了。因为在那个位置,我突然看到了女皇城。可是城中并不是璀璨灯光,却是熊熊烈火。"

羿羲问道:"着火了?"

"当然,这只是个幻象而已。可是我当时并不知道,所以我向前猛冲,想跑回城里,赶来这里救你,亲爱的……"

妈妈说:"我知道你不会扔下我不管的。"

"这时候女皇城消失了,就像她出现得那么突然,我眼前只剩下烈火。这团火慢慢升高形成了一根火柱,竖立在我前面的那块大岩石顶上。这根大火柱烧了很久,它散发出来的炽热很逼真,我觉得自己快要被烤熟了。当然这只是幻觉,我的衣服也没有变黑。然后大火柱升上半空,一开始很慢,然后越来越快,终于变成一颗流星,最后消失在夜空里。"

羿羲说:"爸爸,你当时很疲劳吧。"

爸爸说:"我知道劳累的感觉,以前也经历过极度疲劳,可是从来没有见过巨大的火柱或者整个着火的城市。"

妈妈又开口了:"阿羲,你爸爸来找我,是希望我帮他弄明白这个幻象意味着什么。这是来自上灵的启示,或者只是一个很疯狂的白日梦?"

羿羲说:"我觉得是个梦。"

如诗说:"即使是疯狂的白日梦也有可能是上灵发过来的。"

人人都看着她。如诗是个很普通的女孩,在班里一直都很安静。现在纳飞看着她和绿儿并排坐着,突然意识到俩人长得很像。莫非她俩是姐妹?当然,更迫切的问题是,如诗在这里干吗?她凭什么在我们的家庭会议中开口说话?

爸爸说:"这个幻象的确有可能来自上灵。你能确定吗?如果是真的话,它又是什么意思呢?"

纳飞看出来了,爸爸不是在问妈妈或者如诗,这些问题是冲着绿儿去的。不会吧,爸爸居然会像那些蠢女人一样迷信绿儿?难道这么简单的一个幻象就足够把一个理性的商人变成一个迷信的朝圣者,以后无论看到什么都要从中找出神旨?

绿儿说:"我不可能明确说出你的梦是什么意思。"

爸爸说:"哦?我并不是指……"

"如果上灵托梦给你,还需要你明白其中的意义,她自然会把解释也一并发送给你。"

"可是我并没有收到解释。"

绿儿问道:"没有解释是吧?嗯……你是第一次做这样的梦吗?"

"当然了!我从来没经历过在走夜路的时候看到幻象。"

"那么说,你并不知道应该如何分析幻象并发现其中隐含的意思?"

"大概是吧。"

"即使这样你还能接收到上灵的信息?"

"这次算是吗?"

"在你看到火焰之前,你就知道你应该离开大路。"

"是的……算是吧。"

"那你认为上灵的声音应该是怎么样的？她说巴斯尔语还是把话写在路牌上？"

绿儿的话似乎带点刺……爸爸在城中好歹算是德高望重的人，居然用这样的语气和韦爵说话？奇怪的是爸爸居然不引以为忤，似乎认可了绿儿的权威，任其责难。

绿儿接着说："上灵把纯粹的知识传进我们的意识里，并没有受人类语言的污染。我们接收到的信息量远远超出我们能够理解的极限，而我们理解的信息又远远多于我们能够用语言表达出来的那部分。"

绿儿的声线有一种简单的魔力。纳飞想起内城市场那些巫婆和先知，老是在故弄玄虚地喃喃自语，想以此来招揽顾客。绿儿和她们不一样，绿儿说话的时候，显示出很确凿的样子，似乎她说的东西就是不容置疑的真理。

"那我问你，韦爵阁下，当你看到这个着火的城市，你怎么知道是女皇城呢？"

"我每次从沙漠回来都经过这里，所以从这个角度看过女皇城无数次了。"

"不过这一次，你是先看到了这个城市的形状，再认出是女皇城的，还是你早已知道女皇城着火了，然后你的思维才从记忆中调出女皇城的画面呢？"

"我不知道……我怎么可能知道呢？"

"你可以试着回想一下，'女皇城着火'这个信息和这个画面，哪一个在先，哪一个在后。"

爸爸没有让小巫婆滚蛋，而是闭上眼睛，真的在努力回忆。

"你这样一说，我觉得我是先知道了然后才往那个方向看的。在我扑过去之前并没有看到女皇城，我只看到烈火。还有啊，你问到了我才想起来，当时我也知道华纱和我的儿子们都很危险——在我找到那块大岩石之前我就知道了，这也是为什么我当时有一种紧迫感。我知道如果离开大路走到那个位置，我就能把他们救出来；然后我才了解到是什么危险；最后我才看到了火烧女皇城。"

绿儿说："这样看来，这个幻象的确是来自上灵。"

这就盖棺定论啦？就凭几样东西的顺序？无论爸爸想起什么，绿儿大概也会说同样的话；或者爸爸的回忆根本就已经被她的暗示给误导了。看着爸爸被这个十二岁的黄毛丫头当猴子一样耍，还在毕恭毕敬地点头称是，纳飞很生气。

爸爸说："可是这个幻象并没有实现。现在我回到这儿，大家也没有遇到什么危险。"

绿儿说："我觉得没那么简单。你再回想一下，一开始当你觉得妻子和小孩有危险的时候，你想做什么？"

"当然是去救人啦。"

"具体怎么救呢？"

爸爸又闭上眼睛了。"不是把他们从一栋着火的楼房里面拉出来……这个想法是后来我走回女皇城的时候才有的。当时我只是想大叫，失火啦，我们得……"

"我们得怎样？"

"我是想说，我们得逃出女皇城。不过一开始我并不是想说这个，一开头我是想先赶回城里，告诉所有人，马上要着火了……"

"'大家快逃吧'，是吗？"

爸爸说："是吧……当然了，难道还有别的话吗？"

绿儿不说话，却死死地盯着爸爸的脸。

爸爸突然很吃惊地说:"不是的,不是的。我不是想警告他们快逃。"

绿儿凑上前,脸上多了几分紧张,少了一点理性:"韦爵阁下,就在几秒钟前,你才说你想警告他们快逃出女皇城……"

"可是我其实并没有打算这样做。"

"现在你再回想一下刚才那个瞬间,假设你想告诉大家快逃,当时的感觉是怎么样的?当你告诉我们这个假设的时候,你为什么会突然意识到这是错的呢?"

"我不知道,这个……感觉就是……错的。"

绿儿说:"这是最重要的环节。'感觉是错的',这是一种怎么样的感觉?"

爸爸再次闭眼。"我不是很习惯探讨自己的思维过程。刚才我回忆起一些并不存在的错误记忆,这种感觉,这种感觉……"

绿儿粗暴地打断他:"别说!"

爸爸沉默了。

纳飞真想仰天长啸。他们在干吗?听这个小破孩儿胡诌乱道还不够,竟然还允许她让爸爸闭嘴?拜托,爸爸是声名显赫的韦爵啊,大家忘了吗?

可是大家似乎都很紧张,所以纳飞竟然也跟着闭嘴了。我居然能够忍住心中的话不说出来,羿羲肯定会为我感到骄傲。

这时候爸爸缓缓地点了点头,说道:"我当时……没有感觉。我刚回答'当然了,难道还有别的话吗',然后你就这样盯着我看,我脑子里面似乎一片空白。"

绿儿说:"愚蠢。"

爸爸扬起一条眉毛。纳飞松了一口气,爸爸终于发觉绿儿有多不敬了。

绿儿继续说:"你突然觉得很蠢,所以才明白刚才那句话是错的。"

爸爸又点了头说:"没错,就是这感觉了。"

羿羲出手了:"这算什么东西?你是在分析你对一个幻觉的分析的分析吗?"

纳飞乐了,阿羲讲得好!你把我的话都说出来了。

"我说啊,这种文字游戏可能你玩一整天也不厌。可是任凭你再怎么玩,也都是牵强附会。梦充其量就是一些记忆片段的随机组合,然后你的大脑对其进行解释,硬是发明一些因果关系把这些片段连起来,这样就无中生有地创造出荒诞不经的故事了。"

爸爸看着羿羲,看了好久,然后摇头道:"当然了,当然了,你说得不错。尽管我当时是完全清醒的,尽管我从来不曾有过幻觉,这次的影像也只不过是我大脑里面一些神经突触的随机爆发而已。"

纳飞知道,羿羲和妈妈肯定也知道,爸爸是用讽刺的手法告诉羿羲,他看到的影像并非一个毫无意义的梦。可是绿儿不了解爸爸,她以为爸爸要从神秘主义进化到现实主义了。

绿儿说:"你错了,这的确是一个来自上灵的影像,因为它是通过正确的方式发送给你的:先了解含义,再看到画面。我问你那些问题就是为了搞清楚这一点。你已经接收了信息,然后你的大脑再补充画面,帮助你明白这些信息的内涵。上灵就是这样和我们沟通的。"

纳飞说:"你的意思是,和疯子沟通?"

话一出口,纳飞马上后悔了,可惜晚矣。

爸爸说:"像我这种疯子!"

妈妈雪上加霜:"纳飞,我敢保证绿儿至少和你一样思维健全。"

羿羲自然不会放过这个火上浇油的好机会:"像阿飞一样健全?那她可麻烦了。"

爸爸却浇了一盆冷水在羿羲头上:"就在一分钟之前你还说着同样的话。"

羿羲说:"我可没有骂别人是疯子。"

"那是因为你没有纳飞那么……怎么说呢……伶牙利齿。"

纳飞明知现在应该闭嘴自保,让羿羲做炮灰,无奈他是怀疑派掌门人,自我控制不是本门武功。所以纳飞说:"爸爸,你看不出这个丫头是怎么误导你的吗?她问你一个问题,却不事先说明不同的答案各自代表了什么意思。结果就是,无论你怎么回答,她都可以说这是一个真正的神迹,是来自上灵的指引。"

爸爸没有马上回答,于是纳飞很挑衅地瞄着绿儿,等着看她局促不安的洋相。可是绿儿完全没有不安,反而很镇定地看着纳飞。她先前的紧张已经一扫而光,取而代之的是无比冷静。绿儿如炬的目光让纳飞浑身不自在,他问道:"你看什么呢?"

她说:"看一个蠢货。"

纳飞蹦起来:"我可不想留在这儿听你骂我……"

爸爸喝道:"坐下!"

纳飞乖乖坐回去,快气炸了。

爸爸说:"你能骂人是骗子,就不许人说你是蠢货吗?好啦,你们哥儿俩算是尽了责任,用批判的眼光分析我的经历。你们分析得很细致,得出的结论难免受你们知识的局限,和绿儿的理解自然是大相径庭。客气点说是'仁者见仁''智者见智'……"

纳飞打蛇随棍上:"所以按照简单化原则,你应该……"

"按照你爸爸的原则,你应该闭嘴,纳飞。可是你们兄弟俩忘记了,在这件事情上,你们和我最根本的区别在于……"

爸爸凑到纳飞面前说:"我看见了火,而你们没有。"

说完,他又坐直了。

"当时我的所思所感,不是绿儿能够马后炮乱编出来的。她的问题帮助我回忆——你们俩听好了——是帮助我回忆整件事情是如何发生的。如果不是她,我的潜意识早就按照惯常的思维定式将实际情形歪曲篡改了。只有绿儿才明白这样得出的结论有多荒谬。当然了,我没办法说服你们。"

纳飞说:"对啊,你只能说服你自己罢了。"

"纳飞,一个人真正能说服的,其实就是他自己罢了。"

完了,爸爸又开始杜撰韦爵语录了。纳飞靠在椅背上等他说完。毕竟这只是一个梦而已,再怎么玄乎也不可能就此改变我的一生吧。想到这儿,纳飞的心灵终于得到一点慰藉。

爸爸还在唠叨:"我当时急匆匆要赶回城,你们猜是为什么?我其实是要警告大家,及早复兴古人先贤制定的法典,重新遵循上灵的戒律,否则这里就会毁灭。"

"哪里?"绿儿很紧张地问道。

"这里,女皇城,就是我看到着火的地方。"

爸爸再一次沉默了,和绿儿的炯炯目光对视着。

终于,他又说道:"不是女皇城。女皇城只是我的思维提供的影像,是吧?不是这个城市,而是全世界,整个和谐星球都在燃烧。"

华纱倒吸了一口凉气,喃喃说道:"地球。"

纳飞说:"嘿,拜托!"妈妈竟然要把爸爸的幻觉和那个老掉牙的传说联系起来。传说上灵一把火将人类的家园地球烧掉了,就是为了惩罚人类做坏事。至于是什么坏事呢,这就视讲故事那个人的需要而定了。这种万金油寓言,都是用一个固定的套路:如果你不按照我说的……咳咳……上灵说的去做,世界末日就要来了。

绿儿把纳飞的讽刺过滤掉了:"我倒没有看到火,难道我和你看到的根本是两样东西?"

爸爸问:"你看到什么了?"

爸爸这么毕恭毕敬地跟这个丫头说话,不至于吧?

"我看到女皇城的圣湖里面全是鲜血和灰烬。"

纳飞盼望她快点说完,哪知她就呆坐着,不吭声了。

纳飞实在忍不住了。他站起来,一边说一边准备往外走:"听你们两人比较各自的幻觉,实在太妙了。我看到女皇城着火啦……我看到圣湖血染的风采啦。"

绿儿也站起来了。她盯着纳飞,可是看那气势倒像是高高在上地往下看。纳飞觉得怪怪的,因为他比绿儿高出好几头,怎么自己感觉像矮子似的。

绿儿很生气地说:"你在针对我,是因为你不愿意相信我告诉你的关于艾雅的事情。"

纳飞说:"荒谬!荒谬!"

华纱问道:"你见到了和艾雅有关的影像吗?"

羿羲同时也问:"艾雅?艾雅和阿飞什么事?"

纳飞气坏了,她居然又提起艾雅,而且这次还是在他家人面前说起。"你怎么胡说八道造别人的谣都没关系,不过你最好别把我也拉扯上。"

爸爸说:"够了,今天的会就到此为止吧。"

华纱一脸惊奇地看着爸爸问:"你在我的房子里面对着我发号施

令?"

"我只是对着我的两个儿子发号施令而已。"

"你当然可以指挥你的儿子……"妈妈还在微笑,可是纳飞从她轻柔的声音里听出了不满。"可是在我的学校里,他们首先是我的学生。"

爸爸点了点头,算是认输了。他站起来说:"那我解散我自己,总可以了吧?"

"亲爱的,你随时都可以走,不过你要答应我,你始终都会回到我身边。"

爸爸亲了亲妈妈的脸颊,一切尽在不言中。

妈妈问道:"下一步你打算做什么?"

"做上灵要我做的事情。"

"那是什么呢?"

"警告人们,如果不重新振兴和遵守上灵的法典,世界就会毁灭。"

这回连羿羲也大惊失色了。"爸爸,你疯了?"

"我不想听到我的儿子再说'疯'这个字。"

"可是,女皇城的先知们不是这样说话的呀。他们和诗人很相像,区别在于他们通过隐喻来进行道德教育,或者赞美上灵,或者……"

韦爵说:"阿羲,我这一辈子听了无数的废话,都是来自那些所谓的先知、教士,还有圣歌、圣史。我总在想,如果这些废话就是上灵要说的话,我为什么要浪费时间去听?如果这些废话就是上灵心中所想,那他又何必浪费时间去说呢?"

羿羲问:"那你为什么还教导我们去向上灵祷告?"

"因为我信奉古代的法典。以前我向上灵祷告的时候，与其说我希望他在聆听，还不如说我是想理清自己的思绪。可是今天凌晨的经历完全超出我的想象。须知我并没有祈求看到那个影像，我甚至不知道这是什么意思。直到绿儿的一席话让我茅塞顿开。现在我体会到，原来聆听上灵的声音是这样一种感觉；完全不像那些诗人神棍，脑子里面想到什么就写什么，还敢妄称预言，那些都是骗人的。我的感觉并不是源自我本人的想象，因为绿儿也听到了同样的声音，可见上灵是真实存在的。"

羿羲说："即使它有可能是真的，可我们还是不知道它到底是什么。"

韦爵说："它是和谐星球的守护者。现在他要求我的帮助，呼唤我的帮助，我当然责无旁贷。"

羿羲说："那是神庙的职责，你是个外行——你只是个卖花的。"

爸爸挥了挥手，对羿羲的话置之不理。他转身向门口走去，抛下一句："我需要什么知识来完成这个任务，上灵都会告诉我的。"

纳飞跟着他走了几步，叫道："爸爸。"

爸爸停下来等着。

问题是，纳飞虽然知道自己必须说一句话，却不知道该说什么好。这是一个很重要的问题，必须在爸爸离开之前找到答案。纳飞偏偏不知道这个问题是什么。

他又叫："爸爸。"

"什么事？"

纳飞实在想不出那个隐藏至深的重要问题，他只能说出此刻浮现在脑海的一个念头："我应该怎么做呢？"

爸爸说："遵古法，兴旧制。"

"什么意思?"

"否则,世界就会毁灭。"说完爸爸就走了。

纳飞呆看着那道空门,确认没有什么神迹出现,他才转身看着众人。大家也在看着纳飞,似乎都在预计着他会有所行动。

纳飞质问道:"干吗?"

"该干吗干吗。"妈妈本来一直坐在卡普亚树的树荫之中,此刻她一边说一边离开座位。"读书的读书,教课的教课。"

羿羲说:"什么?我们老爹——你的丈夫——刚刚宣布他得到上灵的神谕,你就当什么事都没发生过,让我们回去上课学习?"

妈妈说:"事到如今你们还不明白吗?枉费我苦口婆心教育了你们那么多年,到头来怎么和街边那些只懂得想女人的小混混儿一样无知?"

纳飞说:"你还说我们不明白?你们这些女人真把这小巫婆当回事,可是……"

妈妈打断纳飞的话,铿锵有力地说道:"我自己就去过圣湖里面祷告。你们这些男人,总是在自欺欺人。一会儿说上灵溜号儿了,睡着了;一会儿又说上灵只不过是一台机器,负责把人类的信息收集起来再分发到世界各地的图书馆。可是无论你们发表什么样的谬论,都不能改变一个事实。我和女皇城大部分女人都知道这个事实,就是——上灵时时刻刻都在留意着我们,也在守护着人类世界的历史与记忆。我们潜入圣湖中就能接收到这些信息,有时候是一些随机的片段,有时候正是我们祈求得到的指引。上灵所保存的历史,是通过不同个体的视角观察所得到的。我们当中只有屈指可数的几个佼佼者,像绿儿和如诗,能够从圣湖水中汲取知识和智慧;而能够预知未来的,就更是凤毛麟角了。自从圣女伊素明娜离世之后,绿儿就是女皇城中硕果仅存的先知了。所以，没错，我们非常、非常地把她当回事。"

女人们潜入水中接收幻象？这是纳飞第一次听到关于圣湖祈祷仪式的描述。他向来以为女人祈祷的仪式其实无异于男人的那种苦行者式的修行，也就是通过肉体的痛苦将情感宣泄出来，让心灵达到一个安谧的境界。想不到她们竟然深受神秘主义的荼毒：那些怪力乱神的疯狂行为，我们男人早已经看清其本质了；女人竟然将其奉为精神生活的至高境界。纳飞突然觉得女人简直就是另外一个物种。问题是，男人和女人，一个是理性却粗暴，另一个则是感性而温和，哪一个才是真正的人类呢？

妈妈还在说："如果说这世上有什么比绿儿这样的女孩儿更罕有，那就是一个能接收上灵神谕的男人。经过绿儿的证实，现在我们知道你们的爸爸就是这样一个男人。虽然我不知道上灵的目的何在，也不知道她为何要眷顾你们的爸爸，可是我至少知道这事情非常重要。"

妈妈说完就往室内走去。经过纳飞身边的时候，她伸手揪住了他的耳朵，很用力，纳飞却不怎么疼。妈妈说："小子，那个地球毁灭的神话，其实是千真万确，是我亲眼看到的。具体发生在什么时候，现在无从知晓；不过我们估计人类在和谐星球至少也有三千万年的历史了。我看到那时的地球导弹横飞，炸弹乱爆，世界笼罩在烈火之中；天空布满了烟尘，太阳也被掩盖，大地一片漆黑；最后海洋和陆地全部都结冰了，只有极少数人幸存下来。他们从黑暗中逃脱，离开了地球的残骸，带着希望、悔恨以及人类的基因，逃到别的星球，希望从头开始谱写人类历史的篇章。他们成功了，所以我们才能够走到今天。可是现在上灵警告你们的爸爸了，我们的历史有可能再次写出同样的结局!"

妈妈在人前的时候,总是很优雅、愉快、体面、知性;和家里人在一起的时候则词锋犀利而不失厚道,脾气火暴却宽宏大量。纳飞总觉得,妈妈和家里人相处的时候才能毫无保留地展现出真实的自我。哪知道在妈妈的这些面孔背后,还隐藏着对地球故乡的深沉缅怀。

纳飞低声道:"你又没跟我们说过这些……"

华纱说:"我当然和你们说过,只是你们听了当作天方夜谭罢了,这可不能怪我!"说完,妈妈放开纳飞的耳朵,走了。羿羲也飘走了,嘴里还在咕哝着说什么突然醒来惊觉自己一直活在疯人院里。如诗也从纳飞面前走过,没有瞥他一眼,纳飞能够想象她如何在班里搬弄是非、抹黑他的光辉形象。

屋里只剩下绿儿了。

她说:"我今早不该和你说话的。"

纳飞很诚恳地建议:"你以后也不该和我说话。"

"有些人明明听了金石良言,却硬要当作弥天大谎。你作为华纱女士和韦爵的后代,很自豪是吧?可是你怎么就遗传不了他们优秀的基因呢?"

"那你一定得到你父母大把大把的好基因了?"

绿儿很鄙视地瞪了纳飞一眼,也走了。

"今天实在妙极了!"纳飞自言自语道,"家里人都恨上我了……不过我才不在乎呢。"

他突然意识到现在只有自己一个人在门廊这儿。纳飞盘算着要不要玩一下火,冒险溜到屏风后面,探头往栏杆外面眺望,看看那片神秘的禁地。圣女谷,俗称长峡谷,又被蔑称为丑妪峡谷。哼,我就不信看了就会变瞎子。

话虽这样说，纳飞思想斗争了好久，还是没有看成。似乎每次他想向前迈出一步的时候，总会精神溜号；那一瞬间纳飞会觉得踌躇和迷惑，甚至忘记了自己想干什么。如此这般折腾了几次，纳飞意兴阑珊，离开了门廊。

按照妈妈的吩咐，他应该回去上课，可是纳飞实在不想去。他溜达着到了前门，穿过走廊，走到了女皇城的街道上。

嗯……妈妈肯定会大发雷霆的……后果很严重……

纳飞肯定看路了，因为他没有撞上任何东西，问题是他完全想不起来他刚才去哪儿了，或者看见什么了。纳飞突然发现自己来到了喷泉区，离妈妈的学校倒不是太远。刚才在他的脑子里，一些念头反反复复地转来转去，弄得他晕头转向的，始终也想不出个所以然。

不过，有一点是肯定的：所有这一切绝不能简单地用一句"发疯"来解释。就说爸爸吧，虽然他现在显得有点陌生和古怪，可是他绝对没有发疯。至于妈妈，她看到地球毁灭，如果说这是病态的话，那妈妈在纳飞出生之前就已经疯了。其实是有人把一些念头、欲望和幻象灌输给了爸爸妈妈……还有绿儿，嗨，怎么还想起这小巫婆呢？而这个幕后黑手，就是所谓的上灵。不过"上灵"只是一个名字、一个称呼而已。它到底是什么，想要什么，在做什么？如果它能够对某一些人说话，那为什么不干脆对着所有人说话呢？

纳飞站在一条大马路边上，对面就是女皇城最大的豪宅。纳飞对这栋大宅一点都不陌生，因为它的主人曾经是帕华部族首领贾霸的妻子。她叫什么名字，没有人记得。大家只知道她是用贾霸的钱买了这栋古老大宅。如果她不续婚约的话，即使拥有了这栋豪宅，也还是没有人知道她是谁。说起来纳飞和贾霸还算是有点亲戚关系：贾霸的妈妈叫侯斯尼，后来做了韦爵的小姨，并和他生了耶律迈。因为这一点点血脉关系，同时也因为爸爸在帕华部族里面一人之下万人之上的显赫地位，每年他们家都来这座豪宅做客，通常是两三次吧，至少在纳飞懂事以来就是如此。

纳飞站在路边，呆望着这栋标志性建筑的前门，突然警觉起来，因为他无意中看到了一个熟悉的身影：耶律迈。他昨晚不是连夜赶路吗？现在是下午，他应该躺在床上睡觉才对啊，怎么会出现在这儿呢？

该不是来追杀我的吧？纳飞心中一寒，连忙把这念头扑灭。

会不会是妈妈发现我不见了，发动全家人来找我？可能连爸爸的员工也在帮忙，正对女皇城进行地毯式搜索呢。

不对不对，耶律迈不像是在找人，他走路的姿势太轻松随意，并没有东张西望。然后他转进了豪宅和隔壁房子之间的小窄巷里面，不见了。原来他并不是在闲逛，绝对是有目的的。

纳飞决定无论如何也要查清楚耶律迈来干什么。他小跑几步，找了个位置可以看清巷子里面的情形，正好见到耶律迈弯腰从一个小矮门钻进了贾霸的豪宅。

纳飞想象不到这两人会商量什么大计。有什么事情那么紧急，以至于耶律迈长途跋涉刚回到家，就马上跑去他家报到？没错，他们是同母异父的兄弟，可是贾霸年长十六岁，而且他从来没有公开承认耶律迈是他的兄弟。当然，没有人规定不准他们两人突然变得如胶似漆、情同手足。只是耶律迈压根儿没提起过要进城找贾霸，甚至还像是在刻意隐瞒，这一点让纳飞很担忧。

不过再担忧，纳飞也不会蠢到直接去问耶律迈。如果他想让别人知道他和贾霸的事，自然会主动说出来。否则的话，这个秘密当然是留在他脑子里才安全了。

嗯，脑子里面的秘密……

绿儿就看穿了纳飞暗恋艾雅这个秘密。

不过，这其实不算什么秘密了，纳飞望向艾雅的眼神已经出卖了他，绿儿只是善于察言观色而已。

不对啊，刚才在门廊的时候，绿儿说："你才是野种呢。"似乎是在反击纳飞腹诽她是野种。问题是纳飞并没有骂出声，仅仅在脑子里面想想而已。而且以前他从来没有表达过类似的观点，只是当时他很厌烦绿儿，所以才出现了这个念头。但不知为什么绿儿就知道了。

又是上灵的杰作吗？不但把思想灌输给人们，还把某人的念头抽取出来告诉别人？这样的话，上灵不但是个报梦者，还是个间谍和长舌妇。

纳飞有点恐惧：上灵不但是真实的，它还能把自己最秘密的、稍纵即逝的念头出卖给别人，而且还是那个最讨人厌的野种小巫婆。

这种恐惧让纳飞想起他第一次独自在大海里游泳的情形。那个假期，爸爸带领兄弟四人穿过平原到达海边。第一天下午他们就一起走进海水里，当然羿羲除外，他只能留在沙滩，坐在浮椅上看着大家下水。纳飞被爸爸和两个哥哥保护着，觉得海水也像是在和他嬉戏，一会儿把他推向岸边，一会儿又拉着他向外走。虽然很累，可是纳飞玩得很开心。有父兄的陪伴，他甚至敢游到水深过头的地方。那时候两个哥哥还是很喜欢他的，多美好的日子啊！

第二天一早，纳飞就从帐篷里爬出来，独自一人到海里游泳。

他水性极好,所以其实一点危险也没有。然而当他走进海里的时候,突然感到一种难以名状的不安。海水仿佛对着他用力拖拉推扯,尽管他离岸只有几米远,可是当他只身一人面对着大海时,纳飞失去了空间感。海浪似乎已经把纳飞冲进海里,他被一个巨大的不明生物抓住,随时都会将他吞噬。纳飞惊慌失措,向岸边狂奔,与海水的阻力搏斗。大海仿佛不愿意放他走,他随时都会被某种力量拖到水里,吸进无底深渊。

终于,他逃回岸上,脚踏在干燥的沙滩上,那是海水够不着的地方。纳飞精疲力竭地跪倒在地,失声痛哭,终于安全了……刚才在海里的时候,他意识到自己是那么渺小和无助,大自然的力量竟然是如此强大。人为刀俎,我为鱼肉,当这股力量肆意妄为的时候,他根本没有丝毫抵抗的能力。

现在这种恐惧感又回来了,只是没有海滩惊魂那么强烈、那么具体。不过话又说回来,纳飞不再是五岁的小孩,也能够更好地克服恐惧了。原来上灵并非一个老掉牙的神话,而是真实存在的。它能把一些幻象强行灌输给他的父母,还能把纳飞脑中的秘密都曝光给那些他讨厌的人和讨厌他的人。

最恐怖的是,绿儿之所以讨厌纳飞,很可能是因为上灵把纳飞的一些念头告诉她了。现在,他最隐私的想法都已经暴露在这个冷血小怪物面前,下一步?她下一次看到的影像会不会就是纳飞对艾雅的幻想呢?上灵会不会再狠一点,让妈妈也看到?

如果是在海水里,纳飞还能往岸上逃跑。可是现在呢?往哪儿跑才能逃出上灵的魔爪呢?

纳飞知道,无处可逃,也无处可藏。一个人总不可能掩藏自己的想法,让自己也不知道自己在想什么吧?

唯一的办法是,发现上灵是什么,明白它想要什么,它怎么对付自己和他的家人。他必须了解上灵,如果可能的话,最好让它不要多管闲事。

第四章 面 具

　　现在已经是下午了，妈妈的学校也没什么意义了，剩下的时间还不够解释呢，明天再找个好借口吧。

　　或者……干脆退学算了，这未尝不是一条明路。像梅博酷，他没有上学，也没有干别的，喜欢的话，连家也可以不回。那是从什么时候开始的呢？好像是他十四岁那年吧。不过，管他几岁开始，要是纳飞决定从今天开始就不上学的话，谁能阻拦？他已经长得五大三粗，也够年龄去从事男人们的行业——当然不能去干爸爸那一行。嘿嘿，买卖植物久了，在沙漠走夜路也会产生幻觉呢。

　　至于其他行业……纳飞可以去给艺术家做学徒。诗人？歌手？他的声音还稍显稚嫩，可是从来不走音，日后如加以雕琢，也许能成器。或者去做舞蹈家，还是顶着妈妈的冷嘲热讽，做个演员？这些艺术行业和学校的课没有一点儿关系，如果真打算入行的话，待在妈妈那儿简直是浪费时间。

　　纳飞一边想着这些念头，一边往南向内城市场走去。那儿可谓仙乐飘飘处处闻，还有诗歌朗诵，兴许还能买一些新出版的掌中宝回家仔细欣赏呢。当然了，如果纳飞退学的话，妈妈肯定不会再给他钱买掌中宝。不过做学徒应该也能赚一点钱吧？退一万步讲，即使没钱买又如何？纳飞都打算亲自从事艺术工作了，还稀罕那些小玻璃球上面的记录？

等他来到内城市场的时候，纳飞已经下定决心，要做创造者，而不是收藏家。他现在往东走，穿过了笔杆子、花园、橄榄林这几个小区。这一带街道狭窄，房屋密布，正好位于城墙与圣女谷禁地的边缘。在最窄的地方只有一条小巷，一边是红色城墙，另外一边是一排房屋，房屋背后建了一堵很高的白墙。有了这堵白墙的阻隔，即使有男的站在城墙上面，也无法窥探禁谷里面的景象。纳飞来过这儿几次，都不是独往独来。

因为来美人区就是为了结伴找乐子：无论是看舞蹈和话剧，还是听诗歌朗诵和音乐会，总之是要挤在人群里做观众，这样才够气氛。不过现在纳飞以艺术家的身份莅临，自然不会再一头扎进观众席里。他来这里追寻的不是玩伴，而是事业。

太阳尚未下山，美人区的街道还略显冷清。黄昏时才会有很多学徒和在校学生欢快地涌上街头；等夜幕降临之后，各式各样的人，诸如情侣、醉鬼、宝物鉴赏家等，也会加入狂欢的行列。不过即使是在下午，有些剧场和画廊都已经开门了。

纳飞逛了几个画廊工作室，他倒不是真的想做学徒学画画或者雕塑，只是人家反正开着门，不看白不看。绘画从来不是纳飞的强项，至于雕塑嘛，他小时候还有过几个作品，不过总是要加上个名字，否则没人知道他雕的是什么。纳飞在画廊里面流连的时候，努力地呈认真思索状，无奈没有一个店主会上当。虽然他已经有成年人的身高，却显然没有成年人的购买力，店主们自然不会像招呼成年人那样去接待他。纳飞只能通过偷听他们的对话来了解行情。价钱高得出奇，即使是那些高清全息赝品，对于纳飞来说也是天价，真迹就更不用想了。偏偏他看中的画和雕塑都是最贵的，是纳飞特别有品位，还是菜鸟最好骗？

画廊看腻之后，纳飞也确定了自己将来要从事哪一种艺术工作了，于是径直向露天剧场走去。露天剧场位于城墙脚下的一大片草地上，其实就是好多个微型舞台。这时候有些话剧正在排练，由于没有观众，所以"扩音泡泡"没有打开。纳飞在舞台之间行走，远处舞台的声音若有还无，总是在近处舞台的台词间隙安静的片刻钻进耳朵里。过了一会儿，纳飞发现如果他停下来全神贯注地看某一部戏，其他所有的杂音都会消失殆尽。

纳飞最感兴趣的是讽刺话剧。他向来觉得在所有话剧里面，讽刺剧是最吸引人的，因为那些剧本总是取材于城中最新的流言蜚语。果然，有个讽刺剧作家就坐镇在彩排现场，即席挥毫，把台词涂鸦在一张张纸片上，让小跑腿飞奔上舞台交给相应的演员。台下的演员有的在来回踱步，有的蜷缩着坐在草地上，都在反反复复地背台词，为今晚的表演做准备。正因为这种即时性，讽刺剧总是很粗糙并且容易出错，台上经常会有突如其来的沉默和不合时宜的台词。不过没有人会苛求一部讽刺剧，只要它够搞笑、够恶心和够与时俱进就可以了。

现在排练的这一部，似乎是讲一个卖春药的老头。扮演老头的那个面具男似乎很年轻，连二十岁都不到，哑着嗓子扮老头声音，却一点也不像。不过这种缺陷也正是讽刺剧有趣的地方之一。面具男总是些学徒级的菜鸟，还不曾在严肃的正剧里面演过什么角色。他们声称戴面具是因为害怕被讽刺对象追杀报复，不过纳飞觉得，他们藏在面具背后，多少也是为了躲避同行的冷嘲热讽。

这个下午很热，有些演员赤膊上阵，本来皮肤稍微白净一点的都晒成了番茄的颜色。女皇城中大概只有这些面具男能够晒得全身发黑却留下一张小白脸,一想到这里纳飞就窃笑不止。

小跑腿把一句台词传给一个演员。那个年轻人本来坐在草地上背台词,看了纸条之后就站起来,走到作家面前。

他说:"我不能说这句台词。"

作家背对着纳飞,纳飞听不到他怎么回答。

"什么?我的角色就那么无足轻重,连对白都不让押韵?"

这次作家回答得比较大声,纳飞隐约听到一些,最后是掷地有声的一句:"有种你自己写吧!"

面具男一把扯掉面具,怒道:"我随便写也比你这句强!"

剧作家哑然失笑道:"不见得吧。来来来,尽管试试,我可没有精力把每一段台词都写成金句。"

那个年轻人稍稍平静了一点,重新戴上面具。可是纳飞已经有足够时间看清楚,这个希望自己的对白能够押韵的面具男竟然是二哥梅博酷。原来他是靠演戏赚钱,而不是借高利贷。从事艺术行业,做学徒自力更生,这个高招纳飞今天才想到,谁料到梅博酷早就已经身体力行了。从好的角度看,既然他能这样做,为什么我不能?可是反过来想,有为青年那么多,为什么纳飞偏偏拿梅博酷做榜样呢?不像大哥耶律迈,最近几年才开始交恶;这个二哥似乎是自己的天敌,难道我命中注定要跟随他的足迹,做梅博酷二世?

纳飞心中随即闪出一个有趣得紧的恶毒念头:虽然我进军戏剧界比梅伯晚,可是甫入行即参演正剧,后发而先至,这个打击不可谓不沉重,估计梅伯想死的心都有了。

不对不对,应该说,梅伯想我死的心都有。

纳飞从"王子复仇记"的白日梦里回过神来,被台上的一幕吸引住了。那个卖药老头正在竭力挽留一个不胜其烦的姑娘,想兜售一味草药。

    叶子泡进他的茶里
    花儿放在你的床上
    不到三点半
    他一定死翘……咳咳
    不好意思,说漏嘴了

  这样一来剧情就明朗了。老头为了毒死这个女子的情人,拿毒药装成春药卖给她。这女的显然没有识破老头的奸计——须知讽刺剧里面的角色都是一个赛一个的蠢——可是不知怎的,她就是不愿意买。

    我宁愿吊死树上
    也不愿意用你种的花
    我什么都不要
    只要他真心爱我

  突然老头唱起了歌剧。那演员故意唱得很夸张,为的是增强滑稽的效果,其实他的声音还是挺不错的。

    盲目的爱情令你神迷心醉

  这时候,梅博酷戴着面具出场了。他轻巧地跳上舞台,直面着观众,说道:

你们听老头吹得天花乱坠

　　然后这两人开始了一段很古怪的二重唱。老头唱一句,梅伯扮演的年轻人就向着观众说一句评语。

　　可是爱情的方式数之不竭（我已经跟踪了他几天几夜）
　　相逢恨晚的盼能朝夕相对（我知道他对她的爱人图谋不轨）
　　没心没肺地拖到地老天荒（听听这头蠢驴在不停叫嚷）
　　何必顾虑重重反复思量（看来我要给丫儿一些幻象）
　　我一定能助你达到目的（他准会奉为上灵的旨意）
　　须知爱情游戏没有局限（在幻象里面加点儿火焰）
　　英雄莫问出处,只要全情投入,你那爱人还不是照样来电

　　又是来自上灵的幻象,又是火焰,连卖药老头的面具都做成白须白发。这部戏在讽刺谁,实在太明显了。纳飞很生气。那些风言风语不会传播得那么快速广泛吧？确实,有些讽刺作家特别善于收集流言蜚语,所谓"先天下之八而八"。人们甚至通过看他们的新戏去了解城中最新的八卦热点,看完之后才开始揣测这出戏影射的是谁。
　　梅博酷开始拨弄台上的一个箱子,编剧喊他:"先别管火焰特效,你就当它在喷火得了。"
　　梅博酷回答道:"我们总得测试一下吧。"
　　"晚点儿再说。"
　　"晚到啥时候呢？"
　　剧作家站起来,大步流星地走到台下,正对着梅伯,双手拢着

嘴吼道："特……效……晚……点……再……说！"

梅伯说："行，行。"

编剧回到山坡上坐下，嘟囔着骂道："多管闲事。"

梅伯说声"对不起"，走回那个本应喷火的箱子背后，其他演员也各就各位。

梅伯说："歌停，喷火。"

马上，卖药老头和那个女子同时张开双手，很夸张地呈惊讶状。

老头大喊："火焰柱啊！"

那姑娘也喊道："沙漠里面一块石头怎么会突然喷火呢？真是奇迹啊！"

卖药老头转头对姑娘吼："八婆，你知道个屁！这是个幻影，只有我一个人才能看到。"

梅博酷粗着嗓子叫道："错啦，这是个舞台特效。"

老头嚷道："舞台特效？那您一定是……"

"没错！"

"……号称千王之王的上灵！"

"你是个有水准的老千，眼看就要把这蠢女人搞定。"

"搞定了她我还是普通，您才是真正的老祖宗。"

"错啦错啦！"编剧又在咆哮了。"不是'普通——'，而是'普——通'，强调'普'字，否则就和后面'祖宗'不押韵啦。"

扮老头的演员说："噢，对不起。虽然你写的东西狗屁不通，但至少还能押韵嘛。"

"真是个小破孩儿!我写的东西狗屁不通,却能让我财运亨通,懂不?"

虽然大家不喜欢这个剧作家,却还是被他逗乐了。哄堂大笑过后,众人又重新投入排练。梅伯和卖药老头开始载歌载舞,先是歌颂自己如何行骗有术,然后嘲笑人们容易上当受骗——尤其是女人。歌词里面的每一段对唱都在专门嘲弄某一部分观众,整首歌下来,在女皇城中你能想到的每一个群体都被骂了个遍。而在那两人又唱又跳的时候,那个女子却在火焰上面烧鸡翼。

梅伯不像其他人那样老是忘词。纳飞虽然明知整部戏都是在诋毁和嘲笑爸爸,却不得不承认梅伯的确演得不错,咬字尤其清晰。纳飞想,我也能做得到。

台上两人唱的时候,反复地使用同一段副歌:

我们俩站在火焰旁
老千界的最佳拍档
一旦我们施展招数
你们就会万劫不复

唱完的时候,梅伯扮演的上灵已经说服卖药老头,只要让城里的女人们相信他能够看到上灵发送的影像,那他就可以为所欲为了。梅伯说:

女人天生爱听谎言
遇上我们无一幸免

这一幕结束时,卖药老头带领那个女子走下舞台,一边走一边描述着他看到的火烧女皇城的幻象。此处剧作家使用没有押韵的白话,听起来比较自然,却不如原来有趣。

过几个星期就是世界末日,你就别在那个愣头青身上浪费时间了,他啥也不懂。你别看我一个糟老头子,可我见多识广,还有上灵罩着,保证让你乐不思蜀。

编剧说道:"好!就这样吧,我们开始排练街上那一幕。"

另外一群面具男鱼贯走上舞台,纳飞连忙穿过草地走到梅博酷那儿。他还戴着面具,手已经在一张小纸片上面写对白了。

纳飞说:"梅伯。"

梅伯吓了一跳,抬起头,透过面具的两只眼孔很艰难地往外看。

"你叫我什么?"

然后他看到了纳飞,见鬼似的跳起来,拔腿就走。"滚开,你这粒老鼠屎。"

"梅伯,有些话我一定要跟你说。"

梅博酷继续往前走。

纳飞说:"今晚你上台演戏之前,我无论如何要和你谈一谈。"

梅伯突然转身说:"这不是'戏',是讽刺剧;我也不是个演员,我只是个面具男;而你更加不是我的弟弟,你只是个浑蛋。"

梅伯的发飙让纳飞丈二和尚摸不着头脑,他问:"我怎么你了?用得着这样吗?"

"阿飞,我太了解你了。无论我怎么解释,反正你也一定会向老爸告密的。"

好像纸能包住火似的,自己的儿子参演一部公开诋毁自己的讽刺剧,难道这事情能瞒爸爸一辈子吗?纳飞说:"你这人太恶心了,到这份儿上了你也只是关心自己有没有惹上麻烦,你对我们韦爵家就没有一点点忠诚吗?"

"我现在怎么对不起韦爵家了?做面具男开始演艺生涯,这本来就是一条正路,而且我还能自力更生。告诉你,我现在得到的尊重和快乐,绝对比我帮老爸打工多得多。"

梅伯在说什么呢?

"我才不介意你做面具男呢。老实说我觉得这条路还真不错,我今天来这儿本来是想看看有没有机会尝试一下的。"

梅伯扯下面具,上下打量着纳飞说:"你这身材在舞台上应该还可以,可惜嗓音还是幼稚。"

"梅博酷,我们做不做面具男都不重要,关键是你不能这样对爸爸。"

"我是自力更生而已,怎么对爸爸了?"

和梅博酷说话总是那么累,他似乎怎么都理解不到点子上。纳飞说:"做面具男演戏,没问题!可是你针对自己的爸爸,这就是禽兽不如了。"

梅伯茫然若失:"针对爸爸?"

"别告诉我你不知道。"

"这部讽刺剧怎么针对他了?"

"你刚刚演的那一幕。"

"这地方又不是只有爸爸一个人相信上灵,而且有时候我觉得他也没有完全迷信。"

"那个幻象啊,梅伯!沙漠里的火,世界末日的预言,你以为这些是在讽刺谁?"

"我不知道啊!那个老鬼杜迪克根本没有告诉我们。他本来就不需要我们知道这是取材自哪一个流言,只要我们照读台词就可以了。"然后梅伯脸上呈若有所思状。"上灵这东西,和爸爸有什么关系呢?"

纳飞说:"今天凌晨时分,爸爸在回程途中,在沙漠路上看到了一个幻象。他看到火柱从石头喷出,女皇城也着火了。爸爸说这意味着世界末日,像传说中的地球那样,妈妈也相信他。爸爸肯定已经四处跟人说了,否则你那个编剧怎么会加上这段小插曲呢?"

梅博酷说:"这不是发疯吗?"

纳飞说:"我可没有胡编乱造,今天早上我就坐在妈妈的门廊那儿……"

"门廊那一幕!我想起来了,他写那药剂师如何……原来是在讲爸爸!"

"可不就是吗!"

梅伯咬牙切齿道:"那浑蛋,他竟然让我上台演上灵!"

说完他转身跑到扮演药剂师的演员面前,盯着他的面具和戏服,打量了好一会儿。"太明显了,太明显了。嗨,我真是人头猪脑,那幻象……"

面具男问道:"你在说什么呢?"

梅博酷说:"给我,把面具给我!"

"行,行,给你,拿去。"

梅伯猛地将面具从那人手中抢走,一溜烟地跑上小山坡,向那个讽刺剧作家奔去,纳飞紧跟在后面。梅伯跑到作家面前,挥舞着面具吼道:"杜迪克你这个老不死的,你敢这样害我?"

"你小子装什么傻?别扮作什么都不知道。"

"我睡醒了就来彩排,怎么会知道?你把我蒙在鼓里,让我上台去攻击我老爸,还说我装傻?"

"嘿,这招能吸引观众入场嘛。"

"吸引观众?怎么个吸引观众法?你原来是要利用我的身份去做卖点啊?做面具男的行规不是要保密身份吗,要不还戴那些狗屁面具干吗?"梅伯转头向着面面相觑的演员们说:"大家听好了,这条老狐狸,他要讽刺我父亲,然后告诉人们是我在扮演上灵,他要暴露我身份啊!"

作家开始有点担心事态的发展会失控。虽然大部分面具男脸上都看不出表情,不过可以想象他们肯定会生气的:讽刺剧作家暴露面具男的身份,这可是冒天下之大不韪。那么作家必须采取措施,重新控制局面。他说:"别听这小子胡扯,我刚才炒了他鱿鱼,因为他竟然要改我的台词。现在他是造谣报复来着。"

大伙儿好像松了一口气。

梅伯也意识到自己一败涂地了。毕竟大家都不想失业,只能"被相信"那作家了。梅伯说道:"我爸爸没有说谎,你才是骗子!"

杜迪克说:"讽刺剧本来还挺有趣的,是吧?可是火烧到自己家人头上就不那么有趣了。"

梅伯把那个老头的面具高举过头,眼看就要砸在作家头上,杜迪克连忙举起一只手去抵挡。可是梅伯并没有动手打架的意思,他只是将面具敲在自己膝盖上面,顿时裂成两半。然后梅伯把两片面具扔到作家的腿上。

杜迪克放下手,和梅博酷四目对视:"这下好了,我的工匠要花十分钟才能把胡子贴在另一个面具上面。你这是干什么呢?算是象征性地威胁我吗?"

梅伯说:"那你呢?你算是害我象征性地谋杀我老爸吗?"

作家一脸难以置信的表情,头摇得像拨浪鼓似的:"不是谋杀,那是讽刺,只是几句笑话而已。"

"是几张额外的门票吧!"

"也是你的薪水哦。"

"其实是你的暴利!"梅伯说完,扭头就走,纳飞当然是亦步亦趋。身后传来杜迪克的声音,交代小跑腿去问各位面具男,谁能够在三小时之内排好一个新角色。

梅博酷不想让纳飞跟着自己,所以他越走越快,到最后两人撒开腿沿着起伏不平的街道飞奔。梅博酷体力不济,始终无法甩开纳飞,终于停在一个房子的墙角,弯下腰拼命喘气。

纳飞欲言又止,他并不想赛跑,只是要亲口告诉梅伯,他刚才实在是太棒了:他当面直斥那个剧作家,又骂他是个骗子,将其各个苍白无力的借口逐一击破。纳飞想说:"你刚才将面具掰成两块,我都想欢呼了!"

可是当纳飞走近时,他才意识到梅伯不是在喘气,而是在哭;不是悲伤地流泪,而是怒极而泣。纳飞走到他身边时,梅伯开始用拳头砸墙,还在喃喃自语:"自私鬼!蠢货!把我害惨了!害惨了……"

纳飞安慰他:"别这么抓狂,为了杜迪克这浑蛋,不值得。"

梅伯说:"你白痴啊?我又不是为了杜迪克抓狂。那家伙,我向来都知道他不是什么好人。现在也没什么大不了,就是工作没了,我在这一行也算是走到尽头了。杜迪克肯定会四处说我正式开演之前三小时才撂挑子。"

"那你是为了谁抓狂呢?"

"当然是老爸了,还有谁?一个幻象……真是不可思议。我原来以为杜迪克会告诉我,他讽刺的并不是老爸,而是其他人。我多么希望他会反过来质问我,为什么你会认为我在讽刺韦爵?哪个白痴能蠢到以为德高望重的韦爵竟然会接收到上灵的所谓幻象?"

纳飞说:"妈妈相信他。"

"你妈自从怀了你之后就每年都和老爸续婚约,嘿嘿,很明显,一旦涉及老爸,你老妈的判断力就大打折扣了。我很好奇,除了和他上过床的人,还有谁会相信他?你呢?你信吗?"

"我不知道。而且,还有谁知道这件事情我也不确定。"

"还有谁知道?我告诉你吧,再过几个小时,整个女皇城都会知道了。我真想把这老不死的给灭了!"

"你镇静点,别口不择言……"

"我口不择言?你以为我不想一拳砸他脸上?"梅伯说着,突然转头对着街上的路人大吼:"你们这群不明真相的屁民听着,谁想看神迹就过来呀!"

人们都停下脚步,看着梅伯。

纳飞说:"你还好意思怨爸爸让你难堪,瞧你自己在干吗?"

"我可没叫你跟着我,是你自己屁颠屁颠凑上来的。觉得尴尬吗?那你自己滚开,一头撞死怎么样?"

纳飞实在不知道说什么好,只挤出了几个字:"我们回家吧。"

第五章　车　轮

　　纳飞知道，家，并不是个好去处——至少今晚不是。他希望爸爸不在家，那么梅伯在和爸爸说话之前还有机会先冷静下来。可惜事与愿违，这回是爸爸想找梅伯谈话。之前他已经和耶律迈讲了一个多小时，纳飞庆幸自己没有凑上那场热闹。现在轮到梅伯了，爸爸好像还真的奢望能够说服他相信自己看到的幻象。

　　从梅博酷走进书房的那一刻起，他就和爸爸吵开了。纳飞知道大家说来说去也还是那几句，没什么新意，自己不如归去。他回自己房间的时候，穿过院子，看到羿羲也在房间门口往外张望。呵呵，同病相怜啊！

　　在开局的第一个小时里，隐约可闻的主要是爸爸低沉的嗓音，估计是在解释他看到的影像，还不时被梅博酷铿锵的咆哮声打断，不是在谴责就是在嘲笑。斗转星移，斗争进入了第二个阶段，梅伯在抱怨爸爸让整个家族蒙羞的时候，无意中说漏了嘴，泄露了他做面具男表演讽刺剧的事情。这下轮到爸爸大吼，而梅伯则百口莫辩了。第二局持续了一个小时左右，终于以梅伯暴怒离家结束，爸爸则去了厩舍照料牲口平复情绪。

　　这时候，饥肠辘辘的纳飞才敢走进厨房，毕竟他今天还没有正正经经吃过一顿饭。进去了才发现，耶律迈和羿羲都已经坐在饭桌旁了。

纳飞说:"迈哥,我不知道你在这儿。"

耶律迈一脸茫然地看着他,然后突然想起来了。他说:"噢,没事儿,今早我太抓狂了,你别放心上。"

纳飞的确没放在心上。今天发生了那么多事情,他又怎能想起耶律迈警告过他别回家呢?纳飞说:"我压根儿没放心上。"

耶律迈很厌恶地瞪了他一眼,又埋头大嚼。

纳飞说:"我又说错什么了?"

羿羲说:"别说废话了,我们正在商量对策呢。"

纳飞打开冰箱找吃的,褚尼萨通常会有些库存以备不时之需。可是现在虽然纳飞已经饿得不行了,却没有找到一样好吃的东西。

"就剩这些啦?"

羿羲说:"不只这些,我还藏了好多在我裤裆里面呢。"

纳飞好不容易找到一些东西,在记忆中是好吃的,可是现在看来也难以勾起食欲。他把那些食物放进炉子里面加热,然后转身对两人说:"那你们商量出什么对策没有?"

耶律迈头也没有抬。

羿羲说:"尚未。"

"这算什么?我突然变成家里唯一的小孩了吗?全部由你们大人来做主啊?"

羿羲说:"恭喜,您猜对了。"

"哼,好笑了,好像你们真的能做主似的。除了爸爸,谁有资格说了算?房子是他的,生意是他的,钱银是他的,这次被整个女皇城笑话的也是他。"

耶律迈摇头道:"不是整个女皇城。"

"别告诉我还有人不知道这事情。"

"我是说,不是人人都觉得好笑。"

"等讽刺剧上演之后就是了。我看了排练,梅伯演得可好了。当然,他知道这戏是讽刺爸爸之后,就辞演了。不过你们知道吗,他唱歌真的很好听……"

耶律迈很鄙视地看着纳飞:"阿飞,你就真的那么肤浅吗?"

纳飞说:"对,我就是肤浅。我觉得,要是爸爸真的看到了什么神迹,这点尴尬也不算什么。"

耶律迈说:"我们当然知道爸爸的确看到了。可是关键在于过后他如何处理这件事情。"

"什么?您的意思是,爸爸看到了上灵发过来的影像,警告他世界末日要来了,他还要保守秘密啊?"

耶律迈说:"你就吃你的吧。"

羿羲说:"爸爸四处跟人说,上灵要求我们恢复旧的法典。"

"哪几条?"

"所有的旧制。"

"我是说,有哪几条我们不在遵守呢?"

耶律迈一针见血地说出了真相:"爸爸跑去帕华部族元老会那里,公开反对与剖头国结盟一起攻打油头族。"

"什么族?"

"孤威国的人,油头族。"

孤威国的人习惯留长头发,上面系着一个一个小圈圈,浸泡着某种特殊的香料油,不断往下滴,所以被称为油头族。这些人彪悍好战,心狠手辣。据说战俘落在他们手上,如果没有重伤,就会被视为不战而降的懦夫,必死无疑。

纳飞说:"可是他们在北面上千公里以外,而剖头国则在东南面好远的地方,他们干吗要打仗啊?"

耶律迈说:"你在你那间小学校里面读的什么书啊!剖头国早就已经将他们的战略防护区扩张到整个海岸平原,一直到达莫愁河。"

"是吗?战略防护?防谁呢?"

"防着孤威国啊,纳飞。我们正好夹在中间,这是地理常识。"

纳飞说:"我当然知道地理,我只是不明白孤威国和剖头国为什么会打仗。还有就是,他们怎样对攻呢?剖头国只有水军,他们本来就生活在船上;而孤威国是个内陆国……"

"曾经是个内陆国,不过他们已经征服了鱼丝路,所以现在已经可以直通大海了。"

"这我知道。"

耶律迈说:"对啊,你什么都知道。还有啊,他们已经拥有马车了。听说过马车吗?"

纳飞说:"哦,就是把圆形的轮子装在载人的木箱下面,由马拉着去打仗。"

"除了载人打仗,马车还可以运载辎重物资,为远征军作供给。是远征军啊!马车真是改变了一切!"说到这里耶律迈突然兴奋莫名,纳飞好多年没有看见他这么兴奋了。"我预见到有一天我们将山脊路、平原路和市场路拓宽,农民就可以用马车运载货物进城了。有了马车,同样数量的马匹可以拉十倍的货物。现在一打农民和二十匹马运的东西,将来只需要一个人、两匹马和一辆马车就可以搞定。这样一来,食物的价格必然会下降,而我们这一行的运输成本则会降得更低,这里面商机无限啊!试想一下,我们的商队沿着延绵数千公里长的大路,穿过沙漠;同时我们可以减少驮马的数量,饲料也随之减少，路上也不需要浪费时间、精力去寻找大量水源。大势所趋，这个世界会变得越来越小，可是爸爸却企图螳臂当车。"

"什么？你说这些和他得到的神谕有什么关系？"

"上灵的传统法典规定，轮子只许安装在齿轮装置或者玩具上面，应用在其他任何场合者，都算犯了亵渎神灵罪。你有没有想过，数万年来，为什么马车这个概念已经广为人知，却一直没有人着手去制造？"

羿羲接话说："直到今天为止……"

纳飞说："那个禁令可能有它的道理吧？"

耶律迈说："哪有什么道理，就是迷信罢了。现在剖头国让我们给他们制造两百辆马车，他们出设计图纸和钱。贾霸跟他们谈判，结果剖头国给了一大笔钱，足够我们额外造两百辆留给自己用了。"

"为什么剖头国不自己造马车呢？"

耶律迈说："他们是坐船过来的。与其在本国造好了马车再通过水路运过来，不如预先弄好了摆在女皇城，他们只要派兵过来就行了。"

"那为什么选择这里呢？"

"那是因为剖头国把防线定在这里，如果孤威国的油头小子敢越雷池半步，他们就要惹火烧身了。纳飞你就别费心了，这是男人的事情。"

纳飞说："依我看，爸爸试图阻止这桩交易，其实是对的。如果孤威国发现我们帮助剖头国造马车，他们还不派兵来打我们？"

"等他们知道都已经太迟了。"

"为什么会太迟？难道女皇城的人很擅长保守秘密吗？"

"阿飞，就算油头族知道了，剖头国也会派兵来对付他们的。"

"不过，要是从一开头我们就不帮剖头国造马车，那双方就都没有借口派兵过来了。"

耶律迈低头看着桌面，摆出一副不屑再继续解释下去的姿态。

羿羲说："这个世界正在剧变啊纳飞，以前打仗都局限在本地，可是孤威国改变了游戏规则，他们甚至征服了好多对他们完全没有威胁的国家。"

耶律迈又开始解释了："无论剖头国是不是掺和进来，油头族的魔爪总有一天会伸到女皇城这儿。按我说，还不如让剖头国的人去当炮灰呢。"

纳飞说："真是难以置信，为什么城里完全没有人谈论这些事情呢？我不是两耳不闻窗外事的人，可也从没听过给剖头国造马车这件事。"

耶律迈摇头道："这本来是个秘密，可是现在被爸爸捅到部族元老会那儿了。"

"啊？你是说有人瞒着元老会偷偷干这件事啊？"

"都告诉你了，这是秘密啊，要我说多少遍你才明白呢？"

"你是说，有人打着女皇城和帕华部族的旗号做这事，却把女皇城议会和帕华部族元老会都蒙在鼓里？"

羿羲苦笑道："这事儿给你这样一说，就显得特荒谬了是吧？"

耶律迈说："一点都不荒谬，纳飞就是罗达的粉丝呗。"

"罗达是谁？"

羿羲说："他也是帕华部族的成员，和迈哥的年纪差不多吧，老拿这战争的话题来说事儿，把自己包装成先知。只是他不像老爸那样得到上灵的神谕；他只是写一些预言，笔锋极其犀利，像能把你生吃了。而你刚才说的话正和罗达不谋而合啊。"

"这样看来,这个所谓秘密的计划其实是人尽皆知,已经有个叫罗达的人率领大家去抵制了。"

耶律迈说:"这不是一个真正意义上的秘密,没有什么不轨图谋,也没有不可告人的阴谋,只是一些有良知的人在为女皇城谋福祉,而有些叛徒竭尽全力去阻挠。"

显然在这件事情上,耶律迈有预设立场,偏帮着贾霸一边,纳飞必须说出另外一方的道理。

"或者是一些贪婪的奸商为了赚钱,害女皇城陷入危险的境地,而有些好人为了拯救我们的城市出手阻止他们。我仅仅是说有这个可能性而已。"

耶律迈大怒道:"参与这个计划的人本来就很有钱了,根本不需要再赚更多。我就想不明白,一个十四岁的小子,整天只懂得读死书,压根儿没干过男人的工作,为什么刚听到一些和政治有关的事情,就迫不及待地发表谬论呢?"

纳飞说:"我只是提出一个问题而已,又不是在指控你。"

耶律迈说:"你能指控我什么?我又没有参与他们的计划。"

纳飞说:"你当然没有参与,这是个秘密行动嘛。"

耶律迈说:"我今早就应该把你打得满地找牙。"

为什么最后总要使出威胁这一招呢?"有人提出一个问题,如果你没办法好好回答,是不是就要把提问的人打得满地找牙呢?"

耶律迈一边站起来,一边说:"以前还不是,可是现在我要把以前错过的机会都补回来!"

羿羲吼道:"你们就别闹了,现在还嫌不够烦吗?"

耶律迈犹豫了一下,重新坐下来:"我不该被他惹毛的。"

纳飞终于开始呼吸了,这才发觉自己刚才一直都屏住气。

耶律迈说:"他只是个小孩,啥都不懂。可是爸爸本该清醒一点的。他激怒了好多人,其中一些是谁都惹不起的。"

纳飞说:"你是说他们在威胁爸爸吗?"

耶律迈说:"没有人威胁,那样太过下三滥了。他们只是对爸爸的言行比较……担忧。"

"可是如果人人都当爸爸是笑话,那他们担忧什么?似乎他们更应该担忧罗达吧?"

耶律迈说:"最关键的是爸爸看到的幻象,就是上灵的神谕。多数男人都不当回事,可是女人嘛……女皇城议会……你妈妈更是在雪上加霜。"

"或者她是在雪中送炭,取决于你站在哪一方的立场上。"

耶律迈又站起来了,不过这次他不是在威胁。"你说得对,我也知道你支持哪一方。不过,阿飞,我只能警告你,如果爸爸继续一意孤行,我们最后都会沦落为孤威国的奴隶。"

纳飞说:"你为什么那么肯定呢?莫非上灵也给你什么幻象了?"

"小子,我那么肯定,是因为我明白事理。你长大之后或者就会理解我的意思了,不过我深表怀疑。"说完耶律迈就走出了厨房。

羿羲叹道:"唉,这个家里面还有谁不讨厌谁吗?"

纳飞的晚餐煮煳了,可是他根本顾不上,他此时全身发抖,甚至没办法将晚餐托盘端到桌上。

"你怎么在发抖?"

纳飞说:"我不知道,可能因为害怕。"

"怕耶律迈?"

纳飞说:"我干吗要怕他,因为他可以用一个手肘击敲断我的脖子？"

"那你还总惹他？"

"等等……或者我真的应该怕他。"

"为什么？"

"羿羲，你不觉得很古怪吗？迈哥坐在这儿高谈阔论，说爸爸惹了权贵，引火烧身。可是他并没有帮着爸爸一同谴责那些坏人，却在想着怎么才能让爸爸闭嘴。"

"没有人是理性的。"

纳飞说："我其实懂政治，我看那么多历史书，早就超出了课堂的阅读范围。我知道战争是如何爆发的，也知道什么人会赢。耶律迈提到的这个计划，其愚蠢程度绝对是史无前例。须知剖头国既没有可能性也没有强烈的动机来守住这片地区。他们只会派来一支军队，同时也把孤威国的油头族招惹过来。然后剖头国打不过就狼狈逃窜，跑回他们的沼泽地老家龟缩起来。油头族也无奈其何，最后只能将愤怒发泄在我们身上。帮助剖头国造马车，很明显有百害而无一利。一个人如果不是利欲熏心，怎么会支持呢？要是上灵叫爸爸去反对造马车，那上灵就是对的。"

"嗯，得到您的赞许，上灵终于放下了心头大石。"

"我要尽力帮忙！"

"纳飞，拜托，你才十四岁。"

"那又如何？"

"耶律迈不想听你说这些废话。"

"你也不想听，是吧？"

"我太累了，今天够折磨人的了。"羿羲说着就飘出了厨房。

纳飞终于开始吃晚饭了。郁闷的是，虽然他明知自己饿了，却一点胃口都没有。快吃……吃不下……罢了罢了，纳飞把晚饭都倒进水槽里，再将碟子放进洗碗机。

回房间的时候，纳飞穿过院子，夜空凄冷，寒气入骨。他们家在沙漠边缘，昼夜温差非常大，晚上太阳下山之后，温度剧跌。纳飞还在浑身发抖却不知为何。他只知道，肯定不是因为爸爸看到那个世界末日的幻象，也不是因为与剖头国结盟而招惹的战祸。那些固然是危险，却并非迫在眉睫；至于耶律迈的威胁就更是纳飞日常生活中的一碟小菜而已。

当纳飞躺进温暖的被窝里却还在继续哆嗦的时候，他才终于意识到是什么让自己如此恐惧。耶律迈刚才提起贾霸参与了和剖头国的谈判，还拿了个好价钱。很明显贾霸是支持这个计划的，当然了，除了部族的首领，谁还敢瞒着元老会擅作主张去危及整个帕华部族的前途？如此推断，迈哥提到可能有危险人物会对爸爸不利，他就是指贾霸。

而今天下午，耶律迈还偷访了贾霸府。

耶律迈到底向着谁？是爸爸，还是他的同母异父的兄弟贾霸？目前可以肯定的是他参与了这个战车计划。除此之外，他还参与了其他什么行动呢？耶律迈说过，那些狠角色不是在恐吓——莫非他们已经在付诸行动了？那迈哥有没有参与一些对爸爸不利的行动呢？他今天说那些话，是否某种提示，想让爸爸知难而退吗？

就在今天，梅博酷才说起"象征性地弑父"。

不会的，不会的。纳飞想道，我只是在胡思乱想而已，因为一天之内发生那么多事情实在让我很不安。爸爸先是看到了一个幻象，然后以一种空前怪诞的方式卷入了一场政治风波。感觉好像上灵专门为了阻止贾霸的战车计划才让爸爸看到幻象的。

这一切都是为什么呢？女皇城的命运对于上灵来说何足轻重？在人类历史上，数百万计的城邦和国家走过兴亡盛衰，上灵又何尝干涉过一次？既然上灵不在意人类的战争和苦难，那这次为什么要插手呢？还要害得我们家变，用得着那么紧急吗？谁有资格决定牺牲我们家去成全大局？事情发展到这个地步，绝不是某某人向上灵祈祷的结果，如果非要用他们家做棋子去下一盘很大的棋，上灵最好清清楚楚地告诉他们，他葫芦里卖的是什么药。

纳飞还在被窝里哆嗦。

突然他想起一件事情：我今晚打算不用床垫，因为我要做一个男子汉。

纳飞几乎笑出声来：睡在地板上就能让我变成男子汉？我怎么会有如此愚蠢的想法呢？真是个笨蛋。

在自嘲中，纳飞终于沉沉睡去。

第六章　敌　人

"昨天一整天你去哪儿了?"

纳飞不想听妈妈唠叨,可是又没办法脱身,因为妈妈是绝不会放任学生逃课一整天而不闻不问的。

"我四处走了一下。"

这样的回答当然没办法蒙混过关。妈妈说:"你当然是四处走而不是四处飞,我也很奇怪你为什么没有缩在一个角落里打盹儿。快老实说你到哪儿去了。"

"去了一些很能振聋发聩的地方。"纳飞说这话的时候,脑子里想到的是贾霸府和开放剧场,可是妈妈自然是往她觉得最合理的地方想。

她问:"美人区?"

"妈妈,美人区大白天的哪有什么好玩儿的?"

"不管白天晚上,你压根儿就不该去那地方。莫非你觉得自己什么都会,不需要再读书了?"

"妈妈,有些东西在学校里面是学不到的。"又是一个不紧不实的回答。

"呵呵,你德琳阿姨真没说错……"

又来了,给小男孩找个小姨吧。

"我一早就该知道的，你身体长得太快了，其他各方面都没跟上。"

是可忍孰不可忍。纳飞本来都打算保持沉默，让妈妈说去，等她唠叨完了就回去上课，整件事就算过去了。可是现在妈妈竟然以为纳飞的生活是由下半身主宰的，这个看法完全违背了事实，实际上他的思想是那么的成熟和深邃……

"妈妈，这就是你最睿智的看法吗？"

妈妈扬起了一条眉毛。

纳飞知道这句话太过分了，可是既然开了个头，剩下的话就如鲠在喉不吐不快了。纳飞把心一横，继续说："你看到一些事情，没找到合适的解释；然后发现主角是个男孩子，你就很自然地归咎于他的性冲动。"

妈妈似笑非笑道："纳飞，我对男性多少都有些了解。有很多研究表明，一个十四岁的男孩子，他的行为和性冲动的确有千丝万缕的联系哦。"

"可我是你儿子，你怎能仅凭一些废纸烂书就把我看死呢？"

"如此说来，你没有去美人区喽？"

"我去了，却不是因为你猜想的任何一个原因。"

妈妈说："呵呵，我可以想到好多个原因，但不管是什么原因，都只能说明你不明事理。"

"噢，对啊，就你最明事理。"

这种讽刺只会火上浇油。"你别忘了，我是你的妈妈，也是你的校长。"

"昨天是谁让那两个女的来参加家庭会议的？妈妈，是你！不是我。"

"这就表明我不明事理吗?"

"你这么做简直是糊涂透顶!你知道吗,昨天我到开放剧场时,离天黑还有好几个小时呢,有关爸爸看到幻象的闲话已经传开了。"

"这没什么大惊小怪的。"妈妈说,"你爸爸后来直接去了部族元老会,然后这事就不是个秘密了。"

"妈妈,不仅仅是爸爸的幻象啊。那个毒笔杜迪克已经在排练一部讽刺剧了,剧中就有那么一幕发生在开放式门廊呢。开会时在场的,除了我们一家人,就只有那两个小巫婆……"

"闭嘴!"

纳飞马上不说话了,却体会到一种胜利的快感。没错,妈妈发怒了。能够让妈妈这么失态,纳飞已经占了上风。

"这种蔑称,是外面的粗鄙俗人才用的,你居然也这样称呼她们,实在是太过分了。"妈妈虽然还是很生气,可是声音已经平静下来。"绿儿能够通过解梦去预言未来,而如诗可以解构人与人之间的联系,她们不是什么巫婆。而且,她们两人都很谨慎,并没有四处乱说。"

"对啊,每一秒钟你都盯着她们……"

"我说了让你闭嘴!"妈妈的声音冷若冰霜,"告诉你吧,冰雪聪明成熟稳重的小朋友,杜迪克的讽刺剧里面之所以有开放式门廊这一幕——顺便说一句,我看过了,编得实在很烂,所以没什么好担心的——是因为你爸爸去部族元老会的同时,我也去了女皇城议会。在我陈词的时候,我将家庭会议的过程也说出来了。你一定想知道为什么我要这样做吧。怎么一脸的迷惑,你不是向来都很聪明吗?告诉你吧,只有当绿儿相信爸爸,而爸爸看到的幻象又与绿儿获得的神谕互相吻合的时候,议会才把你爸爸的影像当真。"

原来是妈妈泄的密,是妈妈让我们家族蒙羞。

真是难以置信!纳飞一声叹息。

妈妈说:"我还以为你的看法会有所改变。"

纳飞说:"我明白了,让绿儿和如诗参加家庭会议并没有错,错在不该让你参加!"

妈妈一巴掌掴过去,纳飞本能地向后仰头躲避,虽然脸颊得以幸免,下巴还是被指甲尖刮破,顿时刺痛与鲜血齐飞。

妈妈说:"阁下忘记自己的身份了。"

"不如您忘得厉害,女士。"纳飞回答——其实纳飞只是打算这样回答,不过他才一开口就哽咽了。妈妈竟然出手打他,这种暴行带来了无与伦比的震惊、疼痛和屈辱。

纳飞流泪了。

他竟然说出一句"对不起"。其实纳飞想说的是"你竟敢打我""我已经长大了,你少来这一套"或者"我恨死你了"。可是他已经哭得像个小孩子一样,想说狠话也有心无力了。纳飞痛恨自己不争气,从小就容易流眼泪,长大了也没有进步。

妈妈说:"希望以后你记住,和我说话时要放尊重点。"可是她说这句话的时候,也凶不起来了,因为她一边说一边搂住纳飞,还想安慰他一下。

妈妈不知道,她这样搂住纳飞的头靠在她肩膀上,只会让他倍感羞辱,敌意愈坚。妈妈之所以能够令纳飞哭泣,是因为纳飞爱她。所以,唯一的解决方案就是,不再爱妈妈。纳飞有信心绝不重蹈覆辙。

她说:"瞧你都流血了。"

纳飞说:"没事儿。"

"我先帮你止血吧。得用我这块干净手帕,不是你口袋里的那条咸菜。唉,你这个臭小子。"

在你的地盘里,我永远都是个臭小子,是吗?纳飞挣扎着躲开,不想让手帕碰到下巴。可是他拗不过妈妈,到底还是被手帕轻轻地捂住了伤口。白缎子顿时有了血染的风采,纳飞一把将手帕夺过来,按住了伤口,说道:"很深是吧?"

"如果你没有仰头躲避,我的指甲就不会这样划伤你的下巴了。"

如果你没有打我,我根本就不会受伤。当然,纳飞没有说出来。

"纳飞,我知道你担心这个家,可是你的价值观多少有点扭曲了。那些剧作家的冷嘲热讽有什么关系呢?女皇城历史上哪一个伟人没有被攻击过?而且他们为时人所诟病之处,往往正是她或者他不朽的原因。所以说,这点嘲讽不算什么。关键在于,爸爸看到的影像很明显是来自上灵的示警,会直接影响到女皇城在未来几个月、几星期乃至几天之内的动向。到了那时候,眼前的窘迫和尴尬自然会烟消云散。在女皇城中几个大姐级的人物眼中,爸爸是个出类拔萃的男人,他得到的尊重也与日俱增。所以啊,当你因为自己父亲处在一个万众瞩目的地位而感到尴尬的时候,请控制一下自己的情绪。我明白所有十几岁的少年都很害怕尴尬,以至于敏感到自讨苦吃的地步;可是在成长过程中,你会了解到刁难和奚落并非总是坏事;恶人的憎恨正好衬托出你的高尚。"

纳飞实在不敢相信,都到这个时候了,妈妈还是这么小看他,竟然居高临下地给他讲大道理。她以为纳飞害怕尴尬吗?要是妈妈愿意虚心聆听而不是在说教,纳飞本来要告诉她耶律迈对爸爸的警告,还有耶律迈偷偷去过贾霸府。可是现在很明显,在妈妈眼中纳飞只是一个小孩子,他说的话无足轻重。如果他说出心中的忧虑,妈妈只会给他讲另外一番大道理，她肯定会教育纳飞不要让心里的恐惧和担忧战胜理智，应该专注学业，让大人去处理象牙塔之外的问题。

在她心里，我永远都是六岁的小孩儿。"妈妈，对不起，我以后再也不会这样和你说话了。"实际上，我可能在你有生之年都不会再和你讲任何严肃重要的话题了。

"纳飞，我接受你的道歉。刚才我太生气，打了你，请你也接受我的道歉。"

"好的，妈妈。"只有你真诚地向我道歉，我才会接受。至于现在嘛，亲爱的敬爱的生我养我的母亲，你说那么多废话，可是自始至终压根儿就没有向我道歉。你只是表达出一个愿望，希望我接受一个子虚乌有的道歉而已。

"纳飞，我希望你继续专心学习，不要再让城里这些事情扰乱你的生活规律。你的思维很敏锐，就像一把锋利的尖刀，需要心无旁骛地磨炼，千万不要被杂事打断了。"

妈妈，谢谢你的迷魂汤。其实你是想说我幼稚、冲动，我的观点看法不值得一提。你对那个小巫婆说的每句废话都奉若神明，而我的话未曾说出口就已经被你贴上了"没用"的标签。

纳飞说："妈妈我知道了，不过现在我真的不想回去上课，可以吗？"

妈妈说："当然可以了，我明白的。"

亲爱的上灵，请帮我忍住笑。

"可是纳飞，我不能再让你在街上乱走，相信你也能理解。爸爸看到的影像已经在城里掀起轩然大波，你走在路上说不定会被旁人的冷言冷语激怒。我不想要你打架。"

妈妈，你担心我打架？拜托，回忆一下今天是谁在你这儿动手来着？

"不如去图书馆待着吧？羿羲也在那儿。他总是很冷静，你多向他学学。"

羿羲冷静？妈妈真失败，她对两个儿子一点都不了解。或者说，女人永远都不能了解男人。话又说回来，男人不见得就了解女人，可是至少我们不会以为自己了解。

"好的，妈妈，我就去图书馆吧。"

妈妈站起来道："那你现在就去吧，把手帕也带着。"

说完她就走出了开放门廊，也没有等着看纳飞是否听话。

纳飞二话不说就站起来绕到屏风后面，径直走到栏杆前面，看着外面的长峡谷。

从这里看不到湖。峡谷的下半部分被厚厚的云层遮盖着；而且在云雾刚刚开始聚集的地方，峡谷两边的山脊就突然变得陡峭，所以即使没有云层的遮挡，估计还是看不到圣湖。

眼前只有苍茫的白云和峡谷两边深邃的密林，林中点缀着缕缕炊烟。那里住着很多女人，比如爸爸的管家褚尼萨，她的房子就在西岩区。女皇城中一共有十二个像西岩区这样的男人禁地，笼统称作女人区。这十二个区的人口虽然远远少于其他二十四个允许男人居住的地区（他们还是不能拥有房产），可是在女皇城议会却发挥着巨大的影响力，因为这十二个地区的代表总是一致投票。她们保守而且虔诚信奉上灵，绿儿确认了爸爸真的接收到神谕，肯定会左右这些议员的决定。如果她们支持爸爸在战车事件上面的立场，那么只要再有六票就可以形成十八对十八的僵局；要是再有七票的话，就可以直接把贾霸的计划给废了。

正是来自这些女人区的议员们,几千年来一直禁止在人口密集的开放区多细分几个选区,也拒绝让城墙外的地区派代表加入议会,更是严禁男人在城内拥有物业,总之她们想尽一切办法保持女人在女皇城中的绝对优势。

现在,纳飞凭栏俯瞰圣女谷,眼前云雾缭绕,生趣盎然。可是纳飞对这片幽谷美景视而不见,因为他内心充满了对妈妈的怨愤。此刻纳飞只留意到,山谷里的房子少得出奇。她们怎么能把这块地方划分成十二个选区呢?有些区可能只有两三个女人,轮流坐庄当议员。

再想想城墙之外,无数没有房产的单身汉只能租住在昂贵的斗室里面。他们被无良房东剥削,遭薄情负心女子抛弃;面对生活的种种不公,他们求助无门。那里没有法律的保护,只有弱肉强食的丛林法则。看着圣女谷中那片桀骜不驯的密林,纳飞突然明白了,贾霸这样的强人,之所以能够轻易纠集一帮支持者,是因为在女皇城这座太监之城里面,男人们每日每时每分每秒都在被女人去势,所以他们渴望抓住每一个机会在城内获得哪怕是一点点的权力。

这时候谷中微风骤起,云霞散开一角,下面反射出点点波光,竟然露出了一角湖面。这一小片湖面并不是在谷底的中心,而是在靠着边缘地势偏高的地方。纳飞立即下意识地转移视线看着别处。要知道,走来栏杆这儿充其量不过是对妈妈的示威和挑衅而已;然而直视女人们进行礼拜仪式的圣湖,就是直接冒犯上灵了。种种迹象表明,上灵是真实存在的;如果因为走到妈妈的门廊边上偷窥了什么湖而惹毛了它,那就很无谓了。纳飞赶紧转身绕回屏风后面,暗骂自己愚不可及。如果被抓到怎么办?即使抓到了又能拿我怎么办?不,不对,为这种挑衅行为冒险太不值得了,他要去做更实际的事情。既然妈妈对他的担忧置若罔闻，纳飞决定自己采取行动去帮助爸爸。不过首先他需要收集一切关于贾霸、上灵等的信息。

纳飞甚至想到去找绿儿，她不是很了解上灵吗？不像爸爸只得过一次神谕，绿儿整天都看得到，她当然可以解释很多东西。

不过绿儿是女的，纳飞知道这时候没有哪个女人会帮助他。女皇城中的女人们，从小就被教导如何去压迫男人，让他们自惭形秽。所以，绿儿肯定会当面耻笑纳飞，然后转头就去妈妈那儿说三道四。

所以纳飞只能信任男人，而且只有寥寥可数的几个人，因为现在爸爸的对头是贾霸那一伙。纳飞或者可以找迈哥提到的那个罗达，或者先搞明白上灵在打什么主意吧。

羿羲看到纳飞，并没有很振奋，说："忙着呢，别打扰我。"

纳飞说："这是学校图书馆，就是给我们做研究的嘛。"

"瞧，才说完，你就打搅我了。"

"喂，我可没有先开口说话啊。是你自己在我一进门的时候抢先发难的。"

"我本来指望你会知难而退。"

"我是无路可退，老妈赶我过来的。"纳飞说着就走到羿羲背后。羿羲很舒适地悬浮在电脑前面，屏幕上面开了三四十个窗口，每一个里面只有几个单词，平铺在大屏幕上面，一目了然。羿羲把这些只字片语移来移去，像在玩蜘蛛牌一样。那些单词来自各种古怪的语言，纳飞认得其中几个是很古老的。

纳飞指着其中一个单词问道："这是什么语言？"

羿羲叹道："你真的没有打扰我，我实在太高兴了。"

"这是什么语言呢？是古维基语？"

"不错嘛！这是斯洛卡语，源自奥比莱语；而奥比莱语正是维基语的原型,不过现在已经没人用了。"

"我能看懂维基语,你也知道的。"

"我不知道。"

"嗯,你现在成为语言学家了?专门研究那些已经没有人用,连你自己也不懂的古代语言?"

"我不是在学这些语言,而是在找寻那些丢失了的字。"

"要是整个语言都没人用,里面哪个字不是丢失了的?"

"我是说那些失去了原本的意思或仅仅幸存在成语里面的字。比如说'跳舞熊',你知道什么是熊吗?"

"不知道,我一直以为是某种很优雅的小鸟。"

"错了。熊是一种古代的哺乳动物,只在地球上面有。我猜是没有带过来吧,或者来了之后很快就灭绝了。这动物比人巨大,非常凶猛。"

"那它还跳舞?"

"这个词本来是用来形容某些东西很笨拙,比如一只狗直立起来用后腿行走。"

"可是现在它的意思正好相反,真奇怪,这是怎么转变的呢?"

"因为熊已经灭绝了。当初还有熊的时候,大家都知道一头熊跳舞有多么笨重,所以这个词的意思就相当明显。可是在熊消失之后,这个词的意思就变得无定向了。发展到今天,这个词用来形容某个人可以非常迅速地从尴尬的社交场合中脱身。而且,这是唯一用到'熊'字的地方。很多人甚至还把这个字写错。"

"不错嘛,你是在做一个语言学的项目吗?"

"不是。"

"那你干吗研究这个?"

"我喜欢。"

"你喜欢收集旧成语?"

"是丢失了的字。"

"就像'熊'字?阿羲,'熊'这个字并没有丢失,只是熊没了。"

"阿飞,恭喜你,答对了!一边凉快去吧。"

"你不是在找丢失的字,而是在研究一些丢失了本来意义的字。为什么会丢失了本来的意思呢?因为那些字所指代的事物已经不复存在。"

羿羲缓慢地转头看着纳飞说:"你的意思是,你原来真的长了一个脑子啊。"

纳飞指着屏幕说:"kolesnisha,这是个库尼语的单词。你找到了它的意思……是战车。这就奇怪了,库尼语已经一千万年没人说了,现在只是一种书面语言。可是它却有一个叫'战车'的单词。战车不是才发明的吗?莫非很久以前就已经有战车了?"

羿羲咯咯咯地笑个不停。

"笑什么?我说错了吗?"

"没什么,我只是觉得很无厘头。你想想,这件事情多明显啊!就连你,随便找台电脑,一眼就把什么都看穿了。那为什么一直以来没人发觉呢?我们有'战车'这个单词,我们也知道是什么意思,可为什么偏偏就没有人去制造呢?"

"真是挺奇怪的。"

"不是奇怪,是恐怖。看一下那些油头族,有了战车之后,机动性剧增,打仗的时候占尽上风。他们正在建立一个真正意义上的帝国,而不是一个联盟,因为他们可以轻易控制周边地区,即使是六日行程之外的国家也逃不出他们的掌心。既然战车有这么巨大的威力，而几百万年前人们就已经拥有战车了，那我们为什么会忘得一干二净呢？"

纳飞想了一会儿，说道："人们必须要笨得离谱，否则不可能忘记这样的事物。即使我们一千年不打仗，也还是能在图书馆里面找到图片的呀。"

羿羲说："没有战车的图片。"

纳飞说："那人类真是蠢死了。"

羿羲说："再看这个单词。"

纳飞说："zrakoplov？这肯定是一个奥比莱语的单词。"

"对！"

"什么意思呢？是'空气'什么？"

"大概可以翻译成'空中游泳器'。"

纳飞想了一会儿，他脑子里描画出一条鱼悬在空中游来游去。"一条会飞的鱼？"

羿羲说："其实是一台机器。"

"一艘快艇？"

"纳飞，你听听你自己在说什么。那么明显的意思，你却非要努力地避开。"

"一艘能潜水的船？"

"阿飞，潜水的船怎么会是'空中游泳器'呢？"

纳飞觉得自己笨死了。"我不知道，我忘记了'空气'这一块。"

"你忘记了，可是你刚才一眼就认出了'空气'。你明明知道zrako是奥莱比语里面的一个词根，是'空气'的意思，可是你偏偏就忘记了'空气'这个部分。"

"那我是挺蠢的。"

"阿飞，你一点都不蠢。其实你是很聪明的。可是到了这个时候，你只能傻站在这儿，听着我的提示，却始终想不出这个单词是什么意思。"

纳飞突然指着另外一个词语 puscani prah，说道："你看这个词是什么意思呢？我认不出是什么语言。"

羿羲摇头道："如果我不是亲眼看到，真不敢相信。"

"什么？"

"你不是好奇 zrakoplov 是个什么东西吗？"

"你说了呀，空中游泳器。"

"一台机器，名字叫空中游泳器。"

"嗯，对啊。这个 puscani prah，到底是什么意思呢？"

羿羲慢慢转过身，正对着纳飞说："坐下来，你这个天才白痴，上灵的忠实拥趸，我要详细告诉你，有什么机器可以在空气中游来游去。"

纳飞说："对不起，我打扰你了。"

羿羲说："你没有打扰我，是我想和你说话呢。我要解释一下如何飞……"

"我要走了。"

"你为什么要急着走呢？"

纳飞已经走到门口了。"我不知道。我需要点新鲜空气，快憋死了。"一走出门口，纳飞马上就觉得舒服多了，头重脚轻的感觉瞬间消失。怎么回事呢，是图书馆太拥挤了吗？里面人太多了？

突然听见羿羲说："你为什么要走？"

纳飞猛一转身，发现羿羲一声不响地浮在他身后。纳飞顿时觉得刚才那种幽闭恐惧的感觉卷土重来。纳飞说："图书馆里面太挤了,我想一个人待着。"

羿羲说:"刚才只有我们俩。"

纳飞努力回忆着:"是吗?我……我得到外面去,你别拦着我。"

羿羲说:"那你想想昨天爸爸和绿儿的谈话。"

纳飞一下子就放松了,那种幽闭恐惧感消失殆尽。"好啊。"

"绿儿当时在盘问爸爸,关于他的记忆。当他发现自己对于那个影像的回忆是错的,爸爸觉得有点蠢,是吧?"

"他是这样说的。"

"愚蠢,紊乱。他当时目光呆滞……"

"是吧。"

羿羲说:"刚才我在追问你zrakoplov的意思,你就是这副德行。"

纳飞突然觉得缺氧窒息。"不行了,我一定要到外面去。"

羿羲说:"呵呵,你真的很敏感嘛,比爸爸妈妈的反应还要强烈。"

纳飞嚷道:"别跟着我!"可是羿羲一路浮在他身后,穿过大堂,下了楼梯,走到大街上。到了开阔地带,羿羲轻而易举地越过纳飞,在他面前飘来飘去,像赶牲口似的把他赶回学校。

纳飞大叫:"别闹了!"可是他无处可逃,只觉得莫名的恐慌铺天盖地般袭来。高压之下,纳飞终于慢慢转身跪在地上不动了。

羿羲轻声道:"没事的,放松一下!没事的,放松,放松。"

恐慌的感觉渐渐消退,纳飞终于可以呼吸,羿羲的声音听起来也没那么可怕了。纳飞抬头四顾:"我们在街上干吗?肯定会被妈妈骂死。"

"纳飞,你自己跑出来的。"

"是吗?"

"纳飞,是上灵啊!"

"上灵怎么了?"

"有一股力量驱使你宁愿跑出来,也不要听我说……说一些上灵不想人们谈论的事情。"

纳飞说:"不可能吧。上灵专门传播而不是封锁信息。我们把文章、音乐作品什么的都上传,然后上灵往世界各地的图书馆发送,不是吗?"

羿羲说:"你的反应比爸爸强烈多了,可能也是因为我逼得你太紧吧。"

"你在说什么呢?"

"纳飞,上灵入侵了你、我、所有人的脑子,只是各人受影响的程度不一样。你可能不相信,不过它的确每时每刻都在监视着我们的思想。"

纳飞也想起来那天绿儿似乎能够知道他在想什么。"阿羲,我一早就知道了。"

羿羲说:"真的?那我就容易解释了。当上灵发现你快要想到一个禁忌话题的时候,它就开始让你变蠢。"

"什么禁忌话题呢?"

"如果我提醒你,那你又要开始发作了。"

"发作?就是我开始变蠢是吧?"

"对啊,你变得愚不可及,居然还不知不觉地想转移话题。平常你是很聪明的,可以举一反三,见解也相当独到。可是刚才在图书馆的时候,你像个白痴一样呆站着,面对真相却视而不见。我想提醒你,逼问你,你的幽闭恐惧感就开始发作了,对吧?你无法呼吸,非要离开房间不可。我就跟着你,继续逼问,最终我们就来到这里了。"

纳飞努力回忆刚才发生的一幕幕。羿羲所说的事情,顺序是对的。可是,纳飞刚才迫切需要离开学校,以及羿羲要讨论的话题,这两者有什么联系呢?纳飞实在想不起来,他甚至想不起来羿羲刚才跟他讨论什么来着。"你逼问我什么?"

羿羲说:"作为过来人,我完全理解。你知道吗,几年前我开始探索的时候,和你现在一模一样。那时候我在研究一些失去意义的字和词,就像'跳舞熊'那一类。我列出了很长的一串单词,把每一个的定义和解释都写出来,还标注了这个词原本最有可能是什么意思。然后有一天我看着一个已经完成了的列表,突然觉得里面有几十个单词是没有意思的。我当时想,这太蠢了,足以把我的整个列表给毁了,于是我把那些单词都删掉了。"

纳飞惊道:"删了?你不去搜索它们的意思,反而删掉了?"

羿羲说:"看到了吧,它可以让人变蠢到什么地步?最离谱的是,当我把那些单词都删掉之后,我突然发觉不妥了。于是我找到那个恢复命令,可是在我企图敲入指令的时候,竟然下意识地输入了彻底删除,完全将垃圾箱里面的信息都清空,然后保存文件,把原文件给覆盖了。"

纳飞说:"那么复杂的操作你都能做,一点都不笨拙啊。"

"问题就在这里了。我明明已经知道不应该删除,可是我不但没有纠正这个错误,没有去恢复这些单词,反而将它们彻底抹掉,清洗得一干二净。"

"你觉得是上灵搞的鬼?"

"纳飞,你有没有思考过上灵是什么,它到底是做什么的?"

"当然有了。"

"我也有,而且我现在已经知道了。"

"就因为那些单词?"

"是的。我虽然没办法把它们全部找回来,可是根据之前的研究,我还是恢复了八个单词。你不知道这过程有多困难,因为当时我已经对那些单词敏感了。在那之前,我肯定是忽略了它们,或者即使看到了也突然变蠢;就像昨天爸爸理解错了上灵的本意,突然有种笨笨的感觉。一开始我收集这些单词的时候,是没有定义和注释的,因为每次我一想到它们就会变蠢。到后来我看到这些单词的时候就会产生幽闭恐惧感,必须逃出图书馆才能重新呼吸。可是我硬是强迫自己回去,你知道这有多难吗?我必须霸王硬上弓,努力去想着那些不可想象的事物,把一些被上灵禁止的概念强留在意识里面。曾几何时这些概念是多么的普遍,世界上每一种语言都有相关的字和词去指代这些概念,而这些古老的字正是那些丢失了的单词。"

"看来上灵捂着一些东西不让我们知道?"

"正是!"

"比如说?"

"纳飞,如果我一说,你又要发作了。"

"不会的。"

羿羲说:"你一定会的,我太清楚了,过去一年来我自己就是这样挣扎着过来的。所以昨晚耶律迈在厨房高谈阔论着战车的时候,我都傻眼了,因为这是一个禁忌的话题。"

"禁忌?怎么会是禁忌呢,现在不是已经有人制造战车了吗?"

"看到没有,你都已经忘记了,'kolesnisha',记得这单词没?"

"啊，对对，我没有忘记啊。"

"你是没忘记，可是如果我不提醒你，你就想不起来。"

纳飞想，有道理，暂时性的记忆缺失，像盲点一样。

"昨晚你和耶律迈坐在那儿大谈战车，而我呢，我当初花了好几个月的时间和精力才能够正常地研究 kolesnisha 这个单词。"

"可是我们并没有说起 kolesnisha 这个单词啊。"

"纳飞，我是想告诉你，上灵已经快不行了。"

"这是一种说法而已，老生常谈。"

羿羲说："现在看来，这说法是对的。上灵一直以来都保护着一些概念，不让人类涉足。而在过去几年里，油头族突然可以想到其中的一个，然后剖头国的人也想到了，现在我们也想到了。昨晚当耶律迈对这个话题谈笑风生的时候，我已经感觉不到丝毫的恐慌。"

"可它还是能够让我忘记那个单词，是什么来着……kolesnisha 是吧？"

"这只是一种残留效应而已，至少你现在已经记住了，对吧纳飞？几千万年来上灵一直保护'战车'这个概念，但它现在已经放弃了。"

纳飞问："还有其他什么概念吗？"

"上灵还没有放弃其他的东西，而你，阿飞，你对上灵特别敏感，我不知道能不能跟你说，就算说了你可能五分钟就忘掉了。"

"那就是说，我知道了上灵有东西瞒着我们，不过我不知道是什么，因为上灵还在瞒着我。"

"对。"

"那为什么上灵不把谋杀、战争、强奸、偷窃这些念头都从人们的脑子里面屏蔽掉？要是它有能力这样折腾我，为什么不做些更有用的事情？"

羿羲摇头道："问得好，我也想过这个问题——记得吗，我和它斗了整整一年——我得出的结论是，上灵并不想改变人类的天性，包括我们的恶行。它只是想尽量缩小我们做坏事的范围。所有它禁止的那些东西——嗯，我该怎么说才能不踩到你的尾巴呢——这样说吧，那些禁忌单词所指代的各种机器，如果我们拥有那些设备的话，我们的武器会威力无穷，而我们行事也可以无远弗届，一日千里。"

"你是指时间会加快？"

"不是。"羿羲很谨慎地选词择句，"如果……如果孤威国可以派遣一支五千人的军队，从崖布雷出发，一天之内到达女皇城，那会怎样？"

"别说笑了。"

"如果他们真的可以呢？"

"那我们当然就死翘翘了。"

"为什么？"

"因为我们没有时间组建一支军队迎敌啊。"

"如果我们知道别人有这样的能耐，那我们是否必须设立一支常规部队呢？这样才能防范敌国的突袭，对吧？"

"大概是吧。"

"那我们再假设，孤威国想到一个办法，可以派遣一支五万人的军队，在六小时之内来到这儿。"

"不可能！"

"要是我告诉你，以前有人做过这样的事情呢？"

"能够这样做，还不天下无敌啊！"

"阿飞，你说得对，是天下无敌；除非……除非所有国家都可以做得到。想象一下那是个怎样的世道。仿佛整个世界都缩小了，各个国家犹如近邻。要是出了一个像孤威国那样霸道的狠角色，它就可以直接威胁到其他所有国家的安全；其他国家就必须联合起来对付它。那时候的战争，死亡人数就不是几千人，很可能是上百万上千万人了。"

"所以上灵不让我们想到……想到快速运输大量士兵去别处的方法。"

"这句话很难说出口是吧？"

"对啊，我总是……我的思维老是要跳开。"

"这个概念本来就很难保存在脑子里，更不用提具体的某个设备了。"

纳飞说："真不爽！它怎能这样糊弄我的思想呢？我甚至不能够把一个概念完整地保留在我的思维里面，真的很不爽！"

"我猜一直以来都没有人留意到这些事情，所以上灵不见得知道如何应付目前的状况。事实上，你现在能够触及'禁忌概念'这个概念，这就表明了上灵已经不能完全控制局面了。"

"阿羲，我这辈子从来没有像现在这样觉得无助和愚蠢。"

羿羲说："还有呢，这不仅仅关于战争和军队，记得克拉提的事情吗？"

"屠夫克拉提？"

"他半夜爬窗入室，将屋里的女人开肚挖肠，像是屠宰牲口一样。"

"当他构思这些暴行的时候，为什么上灵不让他变蠢呢？"

"因为上灵并不是要把我们变成圣人。问题是，你想象一下，如果克拉提能够坐飞,呃……能够快速旅行,可以在六小时之内到达另外一个城市……"

"当地人知道来了个陌生人,自然会盯紧了,那他就干不了坏事啦。"

"你还没想到点子上,要是千百万人每天都做同样的事情……"

"屠杀女人?"

"从一个地方飞去另外一个地方。"

"太疯狂了,太疯狂了,我不能再想下去!"纳飞一边喊着一边跳起来就向学校跑去。

羿羲叫道:"回来!你不是真的不能想,你是被迫不去想。"

纳飞靠在门廊的一根柱子上,他知道羿羲是对的。之前他还好端端的,然后羿羲说了一件什么事情,他就突然需要跑开。结果现在他靠在门前的柱子上,气喘吁吁,心如鹿撞,跳得一米之外的人都能听见。这真的是上灵在搞鬼,把自己弄得既愚蠢又恐慌吗?如果真是这样的话,那么上灵就是纳飞的敌人了。纳飞绝不肯任其摆布,他自己要思考什么东西,轮不到上灵来替他决定。无论羿羲说的是什么,只要纳飞愿意,他就可以去想,而不需要逃走。

纳飞回想起刚才和羿羲对话的一些片段,说起克拉提,花几个小时就可以到达另外一个城市,在陌生的城市人们当然会留意他了……不过,如果成千上万的人都能够……能够……飞!

一幅很滑稽可笑的画面出现在纳飞的脑海里,人们在空中像小鸟一样上蹿下跳,扑腾翻滚。可是纳飞笑不出来,相反他突然觉得喉咙发紧,头顶像戴了一个金刚箍,然后一阵剧痛从颈部一路上升到后脑勺。不过他到底还是能够想象人在天空中飞这个情景了。再从这个画面,纳飞终于接上刚才羿羲的思路:要是成千上万的人可以在城市之间飞来飞去，那么官方就不可能对每一个人都进行监控了。

纳飞说："克拉提可以流窜作案，在每一个城市干完一票就溜掉，那就永远不会落网了。"

羿羲已经来到了纳飞身边，一只手轻轻地搭在纳飞的肩膀上，他说："对的。"

纳飞问："那么，市民这个概念又有什么意义呢？如果在一天之内……有一千个人……飞……飞来女皇城……"

羿羲说："没关系的，你不是非要说出来不可。"

纳飞说："不是的，我非要亲口说出来不可！我有思想自由，它不能阻挠我！"

"其实我是想跟你解释，上灵不是想消灭世上的一切罪恶，它只是防止事态过度恶化，它把一切可能的损失都限制在本地。可是对于好的事物，纳飞你想想，我们把艺术、音乐、文学等作品都奉献给上灵，它就将这些好东西传送到世界各地。可见好的事物是可以广泛流传的，所以说，上灵其实让我们的世界变得更美好。"

纳飞说："不对……嗯……你说得不完全对。比如说，这个世界不是挺好的吗，如果我们都能够……能够……飞。"

"飞"这个字几乎把纳飞噎住了，可是他还是说出来了。虽然他此刻很想跑开，因为身旁的空间似乎突然从四面八方向他挤压过来，空气也变得无法呼吸，可是纳飞还是强留了下来。

羿羲赞道："你还真行，我服了你了。"

可是纳飞一点都感觉不到自己有什么让人叹服的地方，他觉得自己上当受骗了，只感到恶心和悲愤。"凭什么？上灵凭什么把这一切都剥夺了？"

"什么？难道你想外面突然有敌军兵临城下吗？我可庆幸没有这个。"

纳飞摇头道："我是说它没有权利决定我能思考什么，不能思考什么。"

"阿飞，我完全明白你的感受，好几个月前我自己也尝到这滋味，我知道你现在又生气又害怕。可是我也知道，总有一天你会克服这种感觉的。昨天，妈妈说起她看到的景象，关于一个星球着火燃烧，其实有一个单词去形容这——唉，不过现在你不能听到这个单词——上灵一直在保护着我们，防止同样的命运发生在我们身上。它已经守护了我们三千万甚至四千万年，你意识到这段时间有多长吗？和谐星球的历史长得完全超乎我们的想象，它被完整地存放在某个地方。而我们能够接触到的只是一部超浓缩的简史，只是蜻蜓点水地概括了近一千万年来发生过的重要事件。而就是这部简史，已经足够让研究者皓首穷经了。即使是在最近的一百万年之内，就有很多国家和语言我们连听都没有听过。可是所有这些历史都没有湮没。我在图书馆做研究的时候，找到一些线索，连着其他图书馆的藏书。根据这些线索，我找到一本书，是三千二百万年之前写的，现在只有非常粗劣的翻译了，你知道里面写了什么吗？当时那个作者就已经感叹，人类历史浩如烟海，实在太漫长，我们的思维能力有限，根本无法去全面了解；如果我们把人类历史浓缩在一本千页书中，那地球上的人类史充其量只能占一页。留意了，说这句话的人活在三千二百万年以前。"

"嗯，我们在和谐星球的确已经过了好长时间。"

"按照那个作者的算法，人类在地球上只待了八千年，然后地球就……烧了。"

纳飞明白了,上灵禁止人类扩大自己的破坏范围,所以人类在和谐星球上面存活的时间是在地球上的五千倍。

"那为什么上灵不能阻止地球的毁灭呢?"

羿羲说:"我不知道,可是我有一个想法。"

"什么想法?"

"我不知道你能不能想这件事情。"

"试试呗。"

"我猜上灵是人类来到和谐星球之后才制造出来的。你看,在所有语言里面,这个星球的名字都有同样的意思,比如Sklad,Endrakt, So-glassye, 等等。大概当他们踏上这个星球的时候,还带着家破人亡的切肤之痛。所以他们决心不重蹈覆辙,于是设立了上灵,防止我们再度拥有那么可怕的破坏力。"

"这样说来,上灵是人造的喽?"

羿羲说:"对的,你想到这一点的时候,没觉得不妥吗?"

纳飞说:"没有啊。其实这想法不是那么出奇了,以前就有人说过上灵只是一台机器而已。"

羿羲说:"当时这个想法对我来说特别困难,可能因为我是通过别的途径得出这个结论的,是通过一些被禁锢的思路。人类的大脑经过了基因改造,思维能够直接与卫星通信。"

纳飞听了,完全不知所云。

羿羲问:"你不明白我在说什么,是吧?"

纳飞说:"不明白。"

"我也早猜到了。"

"阿羲,上灵对我们打什么主意呢?"

"我也在寻找答案。我要通过这些禁忌的词语,找到其中的规律，发掘出爸爸看到那个世界大火的影像到底隐藏着什么信息。还有，妈妈看到的影像，和绿儿的那个关于鲜血和灰烬的怪梦，这些都是什么意思。"

"还能是什么意思，就是我们都是扯线木偶呗。"

"不是的，纳飞。你不要让自己因此而憎恨上灵，我现在已经知道，这样做没有一点好处。我们必须去理解它，了解它在做什么。如果上灵的控制真的日趋式微，那么这个世界就真的陷入危机了。事实证明上灵的确变弱了，它都已经放弃了战车，下一步它会放弃什么呢？哪一个帝国会脱离它的控制呢？哪一个又会发现 puscani prah 呢？就是你刚才问起的那个单词，那是一种粉末，一点即爆，像个气球一样炸开，不过威力要强千万倍，足够把一堵墙炸倒，也足够把人炸死。"

"请别再说了。"纳飞低声说。他要全力抵抗那些话语带来的恐慌感觉，实在忍受不下去了。

"上灵不是我们的敌人。我猜，它召唤爸爸是因为它需要协助。"

"那你为什么以前不说起这些事情呢？"

"我说过的，我对好多人都说过，爸爸、妈妈、一些老师、一些学生，还有一些学者。我甚至还写过一篇论文，只是没有人记得收到过这篇文章罢了，而且他们也不可能找得到。我给同一个人发过四次，最后就放弃了。"

"可是你却告诉了我？"

羿羲说："反正你刚好来图书馆了，我想着，试一试呗。"

纳飞突然说："Zrakoplov。"

羿羲说："哈，你居然还记得这单词？"

"这是一台什么机器，因为人是不能自己……飞的，需要某种设备。"

羿羲说:"别逼自己了,你只会让自己恶心呕吐。看,你现在已经开始头痛了吧?"

"不过我没说错吧?"

"我觉得最有可能的是,那东西是空的,像一座房子,人们待在里面飞,就像一艘船,不过是在空中而不是水里,所以这东西还得有翅膀。我猜以前我们曾经有过这种机器,你知道黑原区吧?"

"当然知道了,就在市场的西面。"

"这个区,以前曾经叫'空港',一直叫到大约两千万年之前吧。当时,人们把这区改名叫黑原区的时候,已经没有谁记得原来的名字是什么意思了。"

纳飞说:"唉,我现在实在不能再继续想下去了。"

羿羲说:"可是今天我们说了那么多,你还想记住吗?"

"可是我怎么可能忘记呢?"

"如果我不每天提醒你的话,你会忘得一干二净。问题是你想不想要我提醒你?须知每次你都会和现在一样难受,一样恶心。所以我要郑重问你,你是希望就此忘记这一切,还是想要我一直提醒你?"

"是谁提醒你的呢?"

羿羲说:"我给自己留了笔记,存在图书馆的电脑里面,就是备忘录。要不我怎么会折腾了一年才有这么一点进展呢?"

纳飞说:"我要记住这些事情。"

"你会生我气的。"

"你也可以提醒我不要生气。"

"你会头晕恶心啊。"

"大不了我就经常晕倒呗。"纳飞顺着柱子滑倒,一屁股坐在门廊上面，看着大街上人来人往。"为什么没有人注意到我们呢？我们又不是在窃窃私语。"

羿羲笑道："人们当然注意到了。妈妈已经出来过一次，还有几个老师也是，只是她们听了一会儿就忘记为什么要出来了。"

"那太好了，以后我们要是不想被别人烦着，就开始讨论zrakoplov得了。"

羿羲说："这招嘛，只对那些和上灵有紧密联系的人才有效。"

"谁和上灵没有联系呢？"

"比如说，想到战车的那些人。"

"可你不是说过是上灵主动放弃他们的吗？"

羿羲说："没错，它是主动放弃他们，不过这是最近的事情而已。可是在女皇城里面，很久以来就有人计划建造战车，也有人一直和剖头国商量着这事情，这些事都超过一年了。那些人就没有被上灵为难过，好像他们把上灵给屏蔽掉了。当然了，大部分人还是受影响的，所以贾霸一伙才能够把这事情保密那么久。当然难免有人听说战车的事情，不过其中的大部分人转头就忘记了。我猜上灵最近特意撤销了战车的禁锢，就是为了让大伙儿可以公开讨论这事情，这才有可能制止贾霸他们。"

"这样说来，为了对付那些不受上灵控制的人，上灵必须放弃对其他所有人的控制。"

羿羲说："这是一个两难境地，为了取胜，上灵必须放弃。所以我说嘛，上灵这下麻烦大了。"

还有一件事情纳飞想不通，他问："为什么它开始找上爸爸呢？"

"这正是我们需要研究的，还有它下一步要爸爸做什么。"

"哦，我们应该让上灵留几手，保持一些神秘感嘛。"纳飞笑着，但是并不觉得很好笑。

羿羲也不觉得好笑："纳飞，就算现在我们赞同上灵的立场，可是事态的发展谁也无法预料，说不定有一天我们会发现它好心办坏事了，到时候该怎么办呢？"

"阿羲，我知道上灵现在有点力不从心，可是如果我们没有它，不见得就一定过得很滋润。"

"唉，我们永远也不会知道答案了，是吧？"

第七章　祈　祷

接下来的一个星期里，纳飞每天都和羿羲一起研究。他们没有请示妈妈就擅自在学校过夜，妈妈也没有赶他们走。纳飞被弄得筋疲力尽，倒不是因为这些任务有多难，主要是上灵的影响力实在是太恐怖了。不过羿羲说得对，那些困难都是可以克服的；虽然纳飞现在比羿羲当初的反应要强烈得多，可是他却能够更快地克服——这主要归功于羿羲的提醒和安慰。

两人逐渐发现了很多东西，都是人类曾经拥有过，却一直被上灵禁锢，重新问世的东西。

比如说一种通信系统，让世界各地的人们可以实时通话。

有一些设备，安装在人们的家里，可以接收在空中传输的艺术、戏剧、故事等信号，而不像现在只局限在图书馆里。

有些机器可以在地上快速移动，不需要用马去拉。

还有些机器是可以飞的，不仅在天空中飞，而且能到外太空去。"当然了，必须要有太空飞行器，否则人类当初是怎么从地球来到和谐星球的呢？"然而在纳飞突破各种障碍之前，他根本想不到这一点。

然后就是武器了，比如炸药、投射型的武器。有一些特别小，能够用手拿着；有一些威力大得可怕，一个就足以摧毁整座城市，几百个同时发射的话，整个星球就完蛋了；还有自变异的疾病、毒气、地震干扰机、导弹、近地轨道发射平台、破坏基因的病毒。

所有这些设备和武器,构成了一幅既美好又可怕的画面。

纳飞说:"我能理解为什么上灵要这样限制我们了。它是要把我们从那些可怕的武器中拯救出来,但是,阿羲,我们要付出的代价就是自由。"

羿羲点头道:"至少上灵也给我们留了些好东西,比如说利用太阳能设备、计算机、图书馆、冰箱、厨房设备、温室,还有我的浮衣赖以运行的磁场。我们也有一些相当精细的手持武器,像'充电刀锋'和脉冲枪。有了这些小武器,弱小的人对着彪形大汉也不会处于劣势。本来上灵可以夺走我们的一切,只给我们留下石器或者金属工具,也没有任何移动的部件,只让我们靠烧树来取暖。"

"这样一来我们就不再是人类了。"

羿羲说:"我们还是人类,只是失去文明而已。上灵给我们的礼物就是不会带来毁灭的文明。"

有一次他们试着向妈妈解释,却无功而返。因为她突然变得很蠢,完全不明白两人在说什么。临走时,妈妈还兴致勃勃地说她觉得很开心,因为可以抛开年龄差异,和两个儿子玩游戏做朋友。至于爸爸,根本连说话的机会都没有。

不过有一个人竟然在留意兄弟两人的动向——如诗。

有一天她问道:"你为什么不来上课呢?"

说完她就挨着纳飞坐在门廊的台阶上面,一边还吃着面包夹奶酪。她狠狠地咬了一大口,完全不像艾雅那样细嚼慢咽。不过也难怪,就是妈妈教学生们吃东西时要大方,不要赶潮流学女皇城里面那些浅薄少女,装腔作势地抿着嘴吃饭。如诗听了妈妈的教诲,结果纳飞看在眼里,反而觉得她的吃相非常不雅。

"我和羿羲在研究一个项目。"

如诗说:"有同学说你躲起来了。"

躲起来?因为爸爸臭名昭著,备受争议?"我爸爸怎么了?我又没什么见不得人的!"

如诗说:"没有,没有。反正是他们说的,又不是我。"

"那你以为我在干什么呢?上灵没告诉你吗?"

她说:"我是个解构者,不是解梦人。"

"哦,对啊,我忘记了。"好像他真的关心她是哪一种女巫似的。

"不用上灵说我也知道你正在努力钻进这个世界的关系网里面。"

"因为你看得见?"

如诗点头道:"我也看得出你很勇敢。"

纳飞很惶恐地看着如诗:"不过……我只是和羿羲坐在图书馆里面而已。"

"女皇城中有几股势力互相对抗,你融入了正义的一方。可惜这一方实力太弱,毫无胜算。"

"什么你们我们的,君子群而不党,我哪一方也不是。"

如诗又点头说:"行,如果你不想听真话,我就不说了。"

说得好像她自己是智慧源泉似的。

纳飞说:"只要是真话,哪怕是一头猪在哼哼,我也愿意听。"

如诗立刻站起来就走。

纳飞马上开始自责了:你这样说话实在太蠢,人家想来帮忙的,你却开这样愚蠢的玩笑。他立刻站起来追上去说道:"对不起啊。"

如诗避开他继续往前走。

纳飞说:"我总是开这些蠢蠢的玩笑,这习惯很不好,可我真不是有心损你的。其实我也知道上灵是真实存在的。"

她冷冷地说:"我知道你知道。不过,知道上灵的存在,并不代表你就突然变得有脑了,变得懂分寸了,变成一个好人了。"

"骂得好,我认栽了,您再多骂几句吧。"纳飞一边说一边绕过如诗,站在她面前。这下她终于不再躲避了。

她说:"我能够看到各种事物整合在一起的模式,我能够看到你和羿羲如何开始融入这个世界。"

纳飞说:"其实我没有留意城中热点,最近做这个项目太忙了,我都不知道这几天发生了什么事情。"

她说:"这事情把你累坏了吧?"

纳飞说:"大概算是吧。"

如诗说:"贾霸是其中一股势力的核心人物,很多因素综合起来决定了他这一派是最强的。这事情已经不仅仅是关于制造战车,或者和剖头国结盟了,而是关系到男人的地位,尤其是城外那些男人。所以贾霸拥有最多的支持者,而他强大也是因为他的手下为了示威而不惜诉诸暴力。"

纳飞回想起在吃饭时听别人说起的摧花党,就是那些无缘无故把街上的女人撞倒在地的暴徒。"原来摧花党是他的人啊。"

"贾霸当然否认了。他不止推得一干二净,还趁机宣布要派他的士兵进驻女皇城的街道,名义上是保护女人们不受摧花党的袭击。"

"士兵?"

"正规来说,他们是帕华部族的民兵。不过他们都听贾霸的指挥,而帕华部族元老会还来不及开会讨论应该如何使用这些民兵。你是帕华部族的吧?"

"我还不够岁数加入民团。"

"他们其实不是什么民兵,都是花钱雇回来的。他们其实是住在城外那些最穷困潦倒的男人，没几个是帕华部族的人。贾霸出钱把他们收为手下，连那些摧花党也是他雇的。"

"你怎么知道的？"

"我走在路上也被摧花党撞倒过，当我后来再看到贾霸那些雇佣兵的时候，我就知道他们其实是一伙的，因为他们两者组合起来简直是天衣无缝。"

又来这些神神叨叨的巫术了。可是纳飞怎能怀疑如诗呢，难道他自己在思考禁忌单词的时候还体会不到上灵的威力吗？现在纳飞一想起上个星期的艰苦奋斗就汗流浃背，那凭什么如诗看雇佣兵和摧花党一眼却不能瞅出其中的蹊跷呢？凭什么骆驼不能飞？这个世道，已经没什么是不可能的了。

有一点可以肯定，上灵确实是日落西山，力不从心了；纳飞和羿羲不就可以斗赢上灵，自由思考那些禁忌的话题了？

"你也知道我不是他们一伙的。"

"可是你的哥哥却是。"

"是摧花党？"

"不，他们是贾霸一伙儿的。当然我不是说羿羲，而是耶律迈和梅博酷。"

"你怎么知道他们的？他们又没有来过学校，也不是我妈妈生的。"

如诗说："耶律迈这星期来过几次，你不知道吗？"

"他来干吗？"可是纳飞根本不用想就知道答案了。以妈妈在城中的声望之隆，城中男子对她的一众干女儿当然是趋之若鹜。而耶律迈正当壮年，是时候正式考虑婚姻大事和传宗接代了。纳飞抬头四顾，院子里有很多女学生和几个男孩子在吃晚饭。所有走读生都已经回家，低年级的小朋友也一早吃完了，现在在吃饭的都是些适龄女生，包括妈妈的那些干女儿在内，只要她批准，都可以结婚。耶律迈想追求哪一个呢？

纳飞低声说了出来："艾雅。"

如诗说："猜得好，反正不是我。"

纳飞很吃惊地看着她：当然不是你了，耶律迈会喜欢你？在纳飞看来，这是何等荒谬的想法。可是万一如诗看出纳飞此刻在想什么，那有多尴尬啊！

幸好如诗完全没有留意到在纳飞的沉默中所隐藏的贬损意味，她似乎更加清楚耶律迈约会艾雅这件事情对纳飞的沉重打击。如诗继续说道："你大哥一进门，我马上就知道他和贾霸相当亲密。华纱阿姨肯定很难过，因为她很了解艾雅，知道艾雅肯定会答应的，毕竟你的大哥声名显赫啊。"

"不会吧？爸爸看到的幻象已经惹来那么多流言蜚语了。"

如诗说："可是耶律迈是贾霸一伙的。在贾霸的拥护者——就是所谓的'男人帮'里面，你爸爸越离经叛道，耶律迈就越受欢迎。因为一旦你爸爸有什么不测，耶律迈就会立刻继承家业和封号，马上变得有钱有势了。"

如诗的话唤醒了纳飞心灵最深处的恐惧，可是这个恐惧实在有违伦常，想想都有罪。"贾霸只是希望迈哥能够劝一下爸爸。"

如诗点了点头。她真的同意吗，还是她只想让纳飞闭嘴，好继续说下去？"另外一股强大的势力是罗达一方，虽然领袖是个男的，可是人们都叫他们'女人党'。他们主张和孤威国结盟，想剥夺所有单身汉的投票权。他们还主张每天日落时把光棍都赶回城外，等第二天破晓时分才放人进城。他们说这个措施可以杜绝摧花党，其实很大程度上也是针对贾霸。这一方的支持者主要是女人和已婚的男人。"

"爸爸是和他们一伙的吗？"

"男人帮的人都这么想，不过罗达他们知道不是。"

"还有第三方吗？"

"他们自称'城市党'，其实应该算是'上灵党'。他们不想和交战两国的任何一方结盟，只想恢复旧制，保护圣湖。只有这样做，才能够让女皇城超然于政治和争端之外。他们还主张散尽女皇城的财富，过简单朴素的生活，这样一来，别的国家就不会再想着侵略我们了。"

"没人会赞同他们的。"

如诗说："你大错特错了。很多人都赞成呢，你爸爸和华纱阿姨获得圣湖区域绝大部分女人的支持。"

"可是长峡谷那一带都没住几个人。"

"她们占了议会三分之一的议席。"

纳飞以前想过这事情，他说："我觉得他们的处境非常危险。"

"为什么？"

"因为他们手中只有传统，而没有任何实质性的支持。贾霸对传统破坏得越厉害，他就会越来越多地使用摧花党和雇佣兵去威吓人们，于是越来越多的人会要求议会采取措施去制止贾霸。可是爸爸和妈妈的做法使议会不可能出现多数派，换而言之，是他们导致罗达无法阻止贾霸。"

如诗微笑道："你对这些事情还挺在行嘛。"

"我学得最多的就是政治学。"

"你看到了危险，却说不出我们该如何走出困境。"

"我们？"

"女皇城啊。"

纳飞说："你不是说知道我是哪一派的吗？"

她说："你当然是支持上灵的。"

"你怎么能确定呢，连我自己都不知道，因为我不喜欢被上灵控制在股掌之间。"

如诗摇头道："你在脑子里面还没有做出决定，可是在心里你早就做出了选择。你既反对贾霸，又和上灵那么接近。"

纳飞说："你错了……嗯，你说我和上灵很接近，这没错。其实羿羲很早以前就已经决定拥护上灵了，他有他的理由。在我看来，虽然上灵在背后鬼鬼祟祟地操纵着人们的思想，可是反对它的话后果会更危险。不过，这并不代表我赞成把女皇城的命运托付给长峡谷那一小撮神神叨叨的狂热宗教分子。"

"我们和上灵是最接近的。"

纳飞说："所有人的脑子里面都有上灵，你们不见得就比其他人更接近。"

如诗坚持说："第一，我们是主动选择去信奉上灵；第二，并不是所有人的脑子里面都有上灵，否则他们就不会把战火蔓延到远方的国度了。"

纳飞听了这句话，怀疑如诗是不是也发现了上灵一直以来如何阻止人们重新发明战车，而最近又是如何失败的。然后他才意识到如诗其实是在引用旧法典的第七条："你们不要与你们的邻居的邻居的邻居争执；倘若他们卷入争端，你们应该留在家中紧闭门窗。"一直以来，人们对这一条戒律的理解是，不要卷入远方国家的联盟和争端，因为无论结果如何都不会对本国有实质性的影响。纳飞和羿羲当然知道这条戒律的原意,也很清楚上灵是如何把它灌进人们脑中的。可是对于如诗来说,这条戒律一直抵御着四方群雄的问鼎野心,造就了千秋万代的太平盛世。她不知道,天下豪强从来就不曾试过望峰息心,只是受制于落后的通信手段和运输方法而已。

纳飞说:"我可不是你们上灵党人。恢复旧法?你有办法让时间倒流吗?"

如诗说:"要是真没办法的话,女皇城就凶多吉少了。"

纳飞说:"或者吧。可是如果罗达赢了,剖头国的舰队到达之后,就会杀上山来,抢在油头族赶到之前就把我们灭了;要是贾霸赢了的话,最后油头族会先把剖头国的军队打败,然后再杀上山来报仇,始终还是会把我们给灭了。"

如诗说:"对啊,可见你还是我们这一派的。"

纳飞说:"我已经说过不是啦。你想想,要是城市党一直维持着这个僵局,贾霸和罗达两派,总有一方会忍不住先动手。然后就大开杀戒,一发不可收拾。到时候不需要有外敌,内讧就足够毁灭女皇城了。要是两个巨头开战的话,不知道你们女人的统治还能维持多久呢?"

如诗呆望着半空,说道:"真的会这样吗?"

纳飞说:"我虽然不懂得解构,可是我学过历史。"

"可是,这么多年来,我们一直守护这片和平的净土,女人之城。"

"你们本来不该让男人投票的。"

"可是他们拥有投票权已经超过一百万年了。"

纳飞点头道:"我知道,所以说,现在我们陷入这个局面,其实是因为上灵。"

纳飞突然发现如诗已经目不能视，因为她眼中已经充满了泪水。"她快要死了，是吗？"

纳飞想不到有人会对上灵动真情，好像它是个什么至亲似的。可是像如诗这种人，大概也不出奇。更何况她妈妈是个苦行女，就是所谓的"圣女"。苦行女怀孕，不是因为强奸就是因为随便在街上苟合，而她们生的小孩还被称作"上灵的孩子"。可能如诗真的把上灵当作自己的父亲吧？可是，不对啊，女人们都把上灵称作"她"，而如诗也清楚自己的生母是个苦行女。

那她还哭哭啼啼的干吗？

纳飞说："你到底想要我怎么样呢？我又不知道上灵葫芦里卖的什么药。你也知道，你的妹妹才是解梦人嘛。"

"上灵已经整整一个星期没有向她传话了——不止她一个，所有人都没有。"

纳飞很奇怪："即使在圣湖那里也没有？"

"我知道，这一个星期以来，你们两兄弟和上灵的联系非常密切，她把你们耗得筋疲力尽，就像她弄绿儿一样，有时候我也试过。同时，越来越多的女人进圣湖里祈祷，都一无所获，充其量只能做个毫无意义的白日梦，大家都开始害怕了。可是我安慰她们说，上灵没有死，因为纳飞和羿羲已经得到她的神谕了。然后她们就让我找你了解一下……"

"了解什么？"

眼泪终于淌出来，一直滑下脸颊。如诗凄惨地说："其实我也不知道……了解……了解上灵要我们怎么做，她对我们的期望是什么。"

纳飞不知如何是好，只能拍着如诗的肩膀，以示安慰。他说：

"我不知道啊,可是有一件事情你说对了,上灵其实也是筋疲力尽。可我想不到它会狼狈到连幻象也发送不了。会不会是因为它的注意力被分散了,或者是因为……"

"什么?"

纳飞摇头道:"让我去和羿羲谈谈,好吗?"

如诗点了点头,低头时顺势把眼泪拭去。"好的,麻烦你了,我不能……和他说话。"

这是怎么回事?为什么如诗"不能"和羿羲说话呢?可是纳飞无暇深究,如诗刚才的一番话已经让他头大如斗。他和羿羲一直以为他俩的研究项目是个秘密,谁知道如诗已经向全城的女人通报了,说两人已经被上灵耗得油尽灯枯了。最可笑的是,那些女人们竟然无知到这个份儿上,以为他和羿羲知道为什么她们接收不到上灵发过来的幻象。

纳飞直奔图书馆,把刚才和如诗的对话原原本本地复述给羿羲。"我是这样想的,会不会上灵其实没那么强大,他应付我们两人的同时,已经无暇顾及给女人们发送影像了?"

羿羲大笑道:"阿飞,你少来这一套,说得好像世界围绕着我们转似的。"

"我是说真的。老实说,上灵会有多大的能耐呢?世界上大部分人不是太无知就是太蠢或者太弱,即使他们偶尔触及那些被禁锢的话题,也不可能付诸行动,所以没有必要盯着他们。换而言之,上灵只需要监视着少数人就足够了;即使是这少数人,也不用时时刻刻盯住不放,只需要不时地抽查一下。所以上灵有足够的时间把他们从危险的话题上面引开。可是现在,上灵已经变弱了,你能够帮自己脱敏,这实际上是你和上灵之间的一场较量,而你赢了。要是在这个过程中，上灵把精力完全集中在你身上，它就无暇给别人发送幻象，也不能同时监视其他人。幸好你进展太慢，所以上灵其实还有足够的能力去干别的。"

羿羲接着说："可是现在我们两人合力，所以它必须全力以赴，一刻不得闲。所以它现在更是每况愈下，眼看就要一败涂地了。"

"所以啊，羿羲，我猜我们其实在帮倒忙。"

羿羲又笑了："不会吧，这是上灵啊，又不是一个老师在对付几个捣蛋学生。"

"上灵又不是没有失败过，否则就不会有战车了。"

"那我们该怎么办？"

纳飞说："我们暂停一下，就一天，不要想那些禁忌话题，看看人们是否又开始接收幻象了。"

"你真的以为就凭我们两人就足以把上灵耗得油尽灯枯？那我们睡觉吃饭的时候呢？上灵干吗去了？"

"可能我们把它弄糊涂了，或者它已经慌张得不知所措了。"

羿羲说："好吧，不过我们不要就这样停下来，我们先给上灵一些建议，如何？"

纳飞说："好啊，反正它也是人造的，对吧？"

"可能吧，我想。"

"那我们就叫它别再浪费时间试图屏蔽我们的思想了，那纯粹是做无用功，因为即使我们想到了所有的禁忌话题，我们也不会泄露半句，更加不会去建造什么高科技的东西。"

"对啊。"

"来吧羿羲，我们一起发个誓。上灵，你听好了。本人纳飞，在此庄严发誓，我们绝不与你为敌，请不要再浪费时间对付我们。请你重新给女人们发送影像,屏蔽那些危险的人物,像油头族、贾霸甚至罗达。即使你没有办法屏蔽他们,至少告诉我们应该怎么做,让我们替你完成。"

"你在跟谁说话?"

"上灵啊。"

羿羲说:"你这样做感觉怪怪的。"

纳飞说:"我们长这么大,它一直在指挥着我们的思想;现在轮到我们给它一点建议,有什么怪的。快发誓,阿羲。"

"行,行,我发誓,发最庄严的毒誓,听到没有,上灵?"

纳飞说:"他正在听,你知道的。"

羿羲说:"是又怎样,你觉得他会按照我们说的去做吗?"

纳飞说:"这我就不知道了。不过有一点可以肯定,今天我们也别无谓地在图书馆里折腾了,不会有什么收获的。我们走吧,晚上回爸爸那儿去,说不定能想出个好主意,或者爸爸又会看到些幻象什么的。"

直到下午离开学校的时候,纳飞才想起耶律迈来约会艾雅这件事。他其实没有权利因此恨上耶律迈,毕竟纳飞没有向任何人透露过他对艾雅的感情,而且他才十四岁,没有人会把这么年轻的男孩子当作潜在结婚对象。所以艾雅仰慕耶律迈是天经地义的,这也能解释为什么她虽然一直对纳飞很好却始终不会太密切,因为艾雅只是希望纳飞能够在耶律迈面前给她加点分。可以说艾雅压根儿没对纳飞起过一丝念头,毕竟他还只是个小孩。

然后纳飞想起如诗提起羿羲的时候,说她"不能和他说话"。因为他是个瘸子?不太像。是了,她提起羿羲就害羞,因为在她心中,羿羲是一个潜在的结婚对象吧。纳飞想,即使像我这样对女人一无所知，也能猜到这一点。如诗和我同年，当她想到结婚的时候，首先想到的却是我哥。即使在同龄女生眼里，我的性感度大概和路边一棵树或者一块砖头差不多吧。而艾雅甚至比我还大，在班里她是年纪最大的，而我是最小的，我又怎能奢望……

虽然没有人知道他的窘迫，可是尴尬的感觉已经涌上心头，纳飞的脸颊在瞬间变得通红。

走在女皇城的大街上，纳飞突然意识到自从他和羿羲开始这个研究以来，除了偶尔上雨露街走几步之外，他基本上都关在妈妈的学校里。可能是因为如诗的一席话，纳飞也留意到城里的变化。是街上的行人比以前少了吗？或许是吧。但最明显的变化是路上人们走路的气度和姿态。女皇城的人通常都不会无定向地乱走，多数是冲着一个目的地去的，可是人们不会因为这个目的地而忽略了沿途的风光。街道两边有很多卖艺人在弹奏乐器或者变戏法，也有滑稽演员在朗诵打油诗；再匆忙的行人见到这些街头艺人，即使不驻足观赏，至少也会报以一个微笑。更多的人则是在闲庭信步，享受路上的景色。有同伴的固然会高谈阔论，独行的人也会和街上的陌生人聊天，仿佛女皇城中的人彼此都是邻居或者亲戚。

今晚的气氛却大不相同。斜阳西照之下，层层叠叠的屋顶在街上投射出一片片黑影，人们似乎都刻意行走在这些黑影之中，避开阳光的照射，似乎怕被烫伤了。人与人之间也不再有交流，街头艺人们无人问津，连他们演奏的音乐似乎也畏畏缩缩的，仿佛随时都会被路人的不满情绪打断。因为行人的沉默，街道显得一片死寂。

很快，造成这一切的罪魁祸首就出现了：一个八人队列沿着街道慢跑过来，每一个人手上都拿着脉冲枪，腰上别着充电刀锋。纳飞想，这些所谓的士兵其实都是贾霸的爪牙。虽然他们号称是帕华部族的民兵，纳飞依然觉得这些人非我族类。

这些雇佣兵个个都目不斜视，似乎有任务在身。但是纳飞和羿羲都留意到，他们所过之处，街道瞬间清零。人都到哪儿去了？要等那些士兵过去好几分钟了，人们才陆陆续续冒泡。其实他们也不是真的躲起来，只是一头扎进商店里，呈购物状；也有人马上拐进一条偏巷绕路走。其他人则根本没有离开，他们只是像纳飞和羿羲那样驻足不前，仿佛被凝固成街边建筑的一部分，而不再是一个活生生的人。

看起来没有人觉得那些士兵让城市变安全了。正相反，他们让人们生活在恐惧当中。

纳飞说："女皇城这次麻烦大了。"

羿羲说："女皇城死了吗？人还是那些人，可是这座城市已经不是女皇城了。"

幸好，当他们沿着翅膀街走下去的时候，情况有所改善。刚才那些士兵经过的地方是翅膀街和小麦路的交界，距离贾霸府只有几个街区。现在来到了远一点的旧城区，人气也旺起来，可是有些变化还是触目可及。比如说，泉水路变得畅通无阻。

泉水路是女皇城的一条主干道，始自烟囱门，穿过旧城区，直达长峡谷边缘。城中的很多大道都有这样一种怪象：有些建筑商觉得这么宽广的一条大路空荡荡的不利用是一种浪费，因为路中央可以住人嘛。于是，在翅膀街和神殿路之间的一个长长的街区里面，无良建筑商便在泉水路的正中建了六栋楼房。

在女皇城中，当一个建筑商悍然建造阻街建筑的时候，事态的发展有几种可能性。如果那条街不太繁忙，只有寥寥数人会反对，自然就成不了气候。他们大概只能高声叫骂几下，有种的或会向工人扔东西。通常建筑工人都是肌肉男，所以那些抗议者有如蚍蜉撼树，根本无力阻止新建筑拔地而起，到最后人们只能另辟蹊径了。最惨的是那些临街房产的业主，他们的物业无论是私宅还是商店，都失去了临街旺地这一大优势。他们还要商量借用邻居的房屋做走廊，这样才能走到外面大街上。如果邻居弱小的话，那就不用商量，照用可也。有时候，那些业主干脆就搬走，放弃自己的物业。不管是新"走廊"也好，废弃房屋也好，它们很快都会变成一条新的通道。最后总会有些古道热肠的善人把这些房屋买下，推倒铲平了就正式成为一条新路。议会从来不干涉这些事情，因为女皇城几千万年以来一直都是用这种方式进化发展到今天的规模，人为干涉其实是阻挡历史前进的脚步，与螳臂当车无异。

不过，如果有人企图在泉水路这样的主干道上阻街僭建，后果就很严重了。一来是行人众多，声势浩大，二来此举实在带来太多不便，反对者们通常都被逼得敢作敢为。他们会在路过工地的时候故意搞破坏，比如把石匠撞翻在地，或者顺手牵羊偷石头。有些建筑商也不是省油的灯，死活不肯退让，工人和路人之间经常爆发冲突。一旦闹上法庭，建筑商总会败诉，因为法律规定了，路人由于建筑商占路僭建而发起攻击，乃"合法袭击"。

可是泉水路这个建筑商非常聪明。

他们把那六栋楼房设计成拱形，所以泉水路并没有被截断。那些房子其实是从二楼才开始住人的，横跨在街道上空。来往行人虽然看着也挺不爽，却没有不爽到要付诸武力的地步。所以那些楼房在一个夏天之内就顺利建好，一些有钱人还马上搬进去住下了。

然而有一个后果是无法避免的，相信建筑商也早就预见到了：楼房底下那一条长长的拱道，很快就挤满了小摊贩和小食店。于是这一带的交通就像蚂蚁爬一样，然后其他建筑商也凑上来建造正式的商店和货摊。情况不断恶化，终于，几个星期之前，这里已经完全被一个个小建筑物堵塞，根本不可能从翅膀街走去神殿路。于是，女皇城里又一条街道被毁了。这还是一条主干道，给很多人带来了严重的不便，获益的只有最开始那个建筑商和后来占街经营的小商贩。住在拱顶房屋的业主们回家时想走到楼梯口都越来越困难，有些人已经准备放弃内层的房屋了。

当纳飞和羿羲穿过泉水路的时候，发现阻塞交通的小型建筑已经全部被拆除。那六栋拱形楼房还在那儿，不过底下的过道已经恢复畅通。最关键的是，拱道两端守着几个士兵，传递着一个很明显的信息：禁止占道僭建。

羿羲说："贾霸还没蠢到家。"

纳飞知道羿羲的意思。那些士兵在街上巡逻，暗示着暴力和管制，人们肯定不满。可是现在重开泉水路，这些士兵便显得亦邪亦正，让人不再觉得忍无可忍。

翅膀街最终并入神殿路，纳飞和羿羲沿着这条路一直走到了神殿外面的环路上。神殿可以说是男人宗教在女人城中的唯一据点，在这里，上灵是男性的，圣水并不是水，而是鲜血。纳飞八岁时来过，是举行割礼仪式，之后就再也没进去过了。此刻他突然心血来潮，停在北门前面，说道："我们进去吧。"

羿羲打了个冷战道："我很讨厌这地方。"

纳飞说："要是他们使用麻药，可能小孩子就不会那么讨厌做祈祷了。"

羿羲笑道："无痛祈祷？这个主意不错。女人们也可以考虑一下'干爽祈祷'嘛。"

他们穿过门口，走进外堂，这里阴暗霉湿，连一扇窗户都没有。

虽然神殿的外观是一个圆形，里面的几个礼拜堂却是仿照心脏的构造设计的，包括了下陷心耳堂、上凸心室堂、内流心耳堂和外流心室堂。这几个礼拜堂之间还有很多蜿蜒曲折的走廊和小房间，都用各条静脉动脉来命名。在进行割礼之前，男孩子们必须熟知所有房间的名字，通常是靠背一首不知所云的歌才能做到。现在纳飞和羿羲边走边看着各个门楣和拱顶石上面刻着的名字，没有一个熟悉的，所以很快他们就迷路了。其实不要紧，所有走廊过道最终都会把朝拜者引到中心庭院，也就是神殿中唯一能见天日的明亮之处。此时将近黄昏，阳光已经不能直射到院子里的石头地上。可是刚才在黑暗中待久了，即使是折射的阳光也相当刺眼。

在门口，一个教士拦住他们，问道："祈祷还是冥想？"

羿羲又抖了一下，这其实是一个痉挛反应，因为浮衣把他肌肉每一次细微的抽搐都放大了。他说："我去内流心耳堂等着算了。"

纳飞说："别那么胆小嘛，就冥想一分钟呗，会死啊？"

羿羲说："什么？你是想祈祷吗？"

纳飞说："是吧……"

老实说，纳飞自己也不知道为什么要来祈祷。他只知道他和上灵的关系日趋复杂化；他比以前更了解上灵，而上灵也严重干扰了他的正常生活。在这个关头，至关重要的是直接和清晰的沟通，而不是雾里看花般的瞎猜。为了让上灵理解他们的苦心，纳飞和羿羲已经暂停了禁忌单词的研究。可是这并不足够，纳飞觉得需要更上一层楼。

他看着教士刺破了羿羲的手指，把伤口在血石上面擦拭。羿羲泰然自若，根本不怕疼。他这一生中经历了多少的苦楚，这点疼痛又算什么呢？只是他觉得这种"男人式"的祈祷方法没多大意义，只是一种血腥运动罢了，与斗鲨鱼不相上下。在斗鲨鱼的时候，人们总是先把水池里每一条鲨鱼都划个伤口，让它们流血，然后鲨鱼就开始互相乱咬一通了。现在，羿羲的鲜血抹了一点在粗糙的石头上，一弄完他就向着墙边的长凳飘过去。那堵墙向着太阳，估计还有半小时的日照时间吧。长椅已经坐满了人，不过羿羲可以自个儿浮在旁边。当他经过纳飞身边的时候，低声说道："赶快。"

因为纳飞是来祈祷的，所以教士没有扎他的手指，而是让他去金碗里面取祈祷指环。碗里面装着一种非常强劲的消毒水，有双重功效，一是防止祈祷指环上面的尖刺传播疾病；二是让每一下刺痛延长几秒钟。人们通常只拿两个指环，戴在两只中指上，可是今天纳飞觉得不够。其实他也不知道自己到底想祈祷什么，他只是想让上灵知道，他是认真的。于是纳飞把十个手指都套上指环。

教士惊呼："不会吧！你到底干什么坏事了？"

纳飞说："我不是来祈求宽恕的。"

"我怕你晕倒啊，今天人手不够……"

"我不会晕的！"纳飞走到庭院中心，喷泉的旁边。喷泉水不是一般的浅粉色，而是一片深红。纳飞还记得，他小时候第一次意识到这水为什么弄成这颜色的时候，吓得全身都在发抖。爸爸说过，每逢女皇城有危难的时候，比如说旱灾或者兵灾，喷泉里面几乎全是鲜血。纳飞把衣裤凉鞋都脱了，踏进池中跪在血水里，如果他跪坐在脚跟上的话，可以没过腰间。纳飞知道，无数狂热的信徒用他们的鲜血造就了这一池赤水。如今泡在这温暖的血水中，他就像突然注射了强心剂一般。

纳飞张开双手放在身前，镇定情绪，静默良久，为与上灵对话做最后的准备。然后他双手狠狠地拍在两条上臂那儿，就像平日做晨祷那样，不同的是现在指环上的尖刺深深地刺破了他的皮和肉，带来了剧烈的疼痛。这是一个强有力的开始，纳飞听到几个正在冥想的信徒发出了惊叹声。他们一定是听到了这一下尖锐的拍打声，也看到了纳飞强忍疼痛一声不吭；这种彪悍的自制力确是一种美德，人们已经被纳飞折服了。

纳飞默祷着，上灵，这一切都是你折腾出来的！你已经弱不禁风了，还要扰乱我们整个家庭的正常生活。上灵，我希望你已经成竹在胸，也希望你能够马上将你的锦囊妙计开诚布公地告诉我。

纳飞又拍了一下，这次是在更加敏感的胸膛。刺痛过后，他能感觉到鲜血在汗毛之间磕碰穿行，痒不可耐。上灵，这就是我为你做出的牺牲。如果你需要，我把我的痛苦奉献给你，你要我做什么都可以。我只要求你给我一个承诺作为回报：请你务必保护我的父亲，并且把你真正的目标和计划都告诉他。请你阻止我的两个哥哥，别让他们参与任何不利于女皇城，尤其是不利于父亲的犯罪活动。如果你答应保护父亲，答应把你的计划告诉我们，我会全力以赴帮助你实施这个计划。因为我知道你从一开始就设定了一个终极目标，防止人类自我毁灭。我一定尽全力帮助你达成这个目标。只要你公平地对待我们，我誓效犬马之劳。

然后纳飞打在肚皮上面，顿时痛得登峰造极、魂飞天外。好几个正在冥想的人忍不住大声谈论起来，连教士也走到了他的身后。纳飞想，别打断我。不管上灵有没有在听，我也要继续。如果他真的在聆听，我就要他知道，我是认真的，认真到即使被千刀万剐也在所不惜。我不认为流血这件事情有多神圣，只是这种方式可以彰显我追随上灵的决心，付出多大的代价我都愿意。上灵，我会听命于你，但是你必须遵守我们的约定。

教士低声道："小伙子……"

纳飞低声答道："走开。"

身后传来凉鞋踩着石头地面走远的脚步声。

纳飞伸手越过肩膀刮在后背，这一次，尖刺不再是扎在身上，而是划出长长的伤口。上灵，你看到没有？你不是躲在我的脑子里面吗？你该知道我在想什么，也知道我此刻的感受。羿羲和我暂停了我们的活动，就是为了让你有精力给人们发送影像。快去吧，是时候复工了，别让事态失控。你要我做什么，我都会去做，我会的。连这种疼痛我都能忍受，还有什么磨难我扛不下来？看，我已经知道这样做有多么痛了，可是我还能再来一次。

于是纳飞又刮了一次，新旧伤口重叠交织，纳飞不禁眼泪横流，可是始终一声不吭。

够了，不管上灵有没有听到，真的够了。

纳飞闭上眼睛一头栽进血池里，完全没进了水中。然后血水又将他托起来，后背和屁股露出水面，让纳飞感觉一丝寒意。

憋气……再憋多一会儿……再多一会儿……等上灵的声音……在寂静的水下。

可是纳飞始终等不到上灵对他说话，只感觉到后背和肩膀上面的疼痛愈演愈烈。

纳飞终于站起来了，浑身上下滴着的不知是血还是水，一边向池边走去，一边慢慢睁开双眼。有人给他递上一块毛巾，还有人伸手搀扶他跨出血池。纳飞擦干双眼，看到几乎所有冥想者都从墙边走到他身旁，围成一圈，递上毛巾、衣服。他们喃喃道："真是个虔诚的祈祷者，愿上灵能听到。"他们坚持要为纳飞擦身和穿衣。"那么年轻就这么虔诚。"他们为纳飞轻敷着伤痕累累的后背,用力地擦干他的大腿。"我们神殿里有你这样虔诚的祈祷者,上灵肯定会保佑女皇城的。"他们还为纳飞穿好衣服裤子。"你的父亲一定为你的虔诚和勇气感到骄傲。"给纳飞绑鞋带的时候,他们发现鞋带只能绑到膝盖,于是又赞叹道:"不会盲目媚俗的年轻人。""看凉鞋就知道是个勤劳的人。"

直到纳飞跟着羿羲离开喷泉的时候,还能听到大家低声地赞叹:"上灵今天显灵了。"

在外流心室堂的门口,有人匆匆走进来,把纳飞的去路挡住了。当时纳飞低着头,只看到那人的脚。通常来说,一个满身鲜血的祈祷者走出来,谁都会主动让路的。可是这人没有。

羿羲说:"梅伯。"

纳飞把眼光从那人的鞋子上移到脸上,真的是梅博酷。在电光火石的一瞬间,纳飞仿佛看到了一个全新的二哥。他没有穿那些像戏服一样华丽的潮衣,却一身生意人的正式派头,身上的衣服看起来还挺贵的。纳飞关心的不是他的衣着,也不是他哪来的钱买这身行头——这本来就不是个秘密。纳飞看到梅博酷的脸,他就知道了——无法言表,也没有原因——纳飞就是知道,梅博酷已经投靠了贾霸。大概是梅伯的表情出卖了他:通常梅伯脸上总是似笑非笑,得意扬扬,眼中闪着狡黠恶毒的光芒;而现在他一脸的严肃庄重,却还带着一丝恐惧——他怕什么呢?怕他自己,怕他即将要变成的那个人。

怕他的主子。虽然梅伯的表情或者衣着没有任何蛛丝马迹显示出他已经受控于贾霸,可是纳飞还是知道了。他想,这种顿悟可能类似于如诗看到人与人之间的联系,没有原因,却不容置疑。

梅博酷问道:"你为什么要祈祷?"

纳飞答道:"为你。"

不知为什么,泪水竟然涌上了梅博酷的双眼,可是他的表情和语气还在竭力否定着内心的情感。他说:"你给自己祈祷吧,顺便给这城市也捎一个。"

纳飞说:"还有为爸爸。"

梅博酷的眼睛瞪大了一点,不多,就是一点点,可是纳飞知道自己戳到了他的痛处。

"快让开,给这个虔诚的年轻人让路。"身后传来一个愤怒低沉的声音,可能是某个冥想者吧,反正是个陌生人。

梅博酷让开一步,躲进了阴影里面,纳飞从他身边走过,在走廊里追上了羿羲。

确认隔墙无耳了,羿羲问道:"梅伯为什么会来这儿?"

纳飞说:"可能有些事情非要向上灵坦白过后才能做的。"

羿羲笑道:"可能他觉得现在有必要以一个虔诚信徒的形象出现在公众面前。你也知道他是个演员,现在好像有人给了他一套新的戏服,我就是不知道他这次会演个什么角色。"

第八章 警　告

　　纳飞和羿羲回到家的时候，褚尼萨还没走。她白天在家煮饭，往冰箱里补充储备。可是今晚没有新鲜滚烫的饭菜，因为爸爸不会让管家惯坏他的儿子。

　　当然了，褚尼萨一眼就看出了纳飞的失望。"我怎么知道你们俩今晚回家吃饭呀？"

　　"我们偶尔也回家一趟的。"

　　"我拿你爸的钱买菜煮饭，本来是要让你们吃上新鲜的热饭菜。可是你们几个老是不回家吃饭，东西都浪费了。如果早知道要放冰箱的话，我就用另外一种煮法了。"

　　羿羲说："对啊，所以你老是把什么都煮过头了。"

　　她说："东西煮烂了才不会磕坏你那个弱不禁风的下巴。"

　　羿羲从喉咙背后发出一声低吼，像狗叫一样。他和褚尼萨就是这样玩儿的。只有褚尼萨敢拿他的缺陷开玩笑，而羿羲也只会在褚尼萨面前才会自嘲地吼两声，显示出一点他可望而不可即的猛男气概。

　　纳飞说："反正你煮的那些冷冻食物也不差啦。"

　　她说："真得谢谢您的夸奖哟。"夸张的语气流露出不满，显然她被纳飞的话惹怒了。可是纳飞是真心夸赞她的，为什么他表达善意的时候，人人都以为他是在讽刺呢？纳飞真的需要反省一下，他说话的方式有什么问题？传达了什么信号，以至于别人都觉得他是在挑衅？

"你爸爸在马厩那儿，他想跟你们俩谈谈。"

羿羲问："单独谈？"

"我怎么知道？要不要我带你们去他门口排个队？"

"当然要了，"羿羲一边说，一边对着褚尼萨空咬一口，像狗一样。"可惜你只是一头没用的老山羊。"

褚尼萨大笑道："哟，还敢说别人没用，都不撒泡尿照照自己。"

纳飞看得敬畏万分。羿羲说出这样难听的话，她就认为是开玩笑；而纳飞真心称赞她的厨艺，她却当作是讽刺。纳飞想，我还是躲到沙漠深处去苦行算了。当然了，只有女人去苦行才会受到法律和习俗的保护。实际上，一个苦行女在沙漠里得到的待遇比她在城里得到的要好得多。住在沙漠的人不会对这些圣女胡作非为，甚至会给她们留些水和食物。可是如果一个男的在沙漠里面落单，可能一天之内就会被抢光甚至干掉。纳飞想，何况我根本就不懂得如何在沙漠里生存。爸爸和耶律迈固然懂，可是他们也必须携带大量补给，否则不见得能比我撑得久。唯一的区别是，他们会死得很诧异，因为他们自以为是沙漠达人。

羿羲问："纳飞……纳飞，你又做白日梦啦？"

"嗯？没……没有啊。"

"那你怎么一直不吃饭呢？等着它下子儿啊？"

纳飞低头一看，原来褚尼萨早已把一盘饭菜放他面前了。纳飞说："谢谢。"

褚尼萨说："给你放吃的就像去坟头拜祭你的祖先一样。"

纳飞说:"我祖先又不会说谢谢喽。"

她嘟囔着说:"哟,有人还懂得说谢谢呢。"

纳飞问道:"那你想听我说什么呢?"

羿羲说:"你就吃你的吧。"

"我只是想知道,我说谢谢怎么不对了?"

羿羲说:"阿飞啊,她开玩笑而已。人家逗你玩儿呢,这人怎么一点幽默感都没有呢,真是的。"

纳飞狠狠地咬了一口,愤怒地咀嚼着。原来她在开玩笑,我怎么可能知道?

外面传来声响,先是大门打开,然后是凉鞋摩擦地面,紧接着就是房门打开和闭上。肯定是爸爸,只有去他的房间不用经过厨房门口。纳飞马上站起来就往外走。

羿羲说:"吃完再去吧。"

褚尼萨接话道:"他没说是急事。"

"他也没说不是啊。"纳飞说着就继续向门外走去。

羿羲在他身后叫道:"告诉爸爸我马上就到。"

纳飞走到院子里,从大门前面经过,然后进了爸爸的客厅,里面没人。再走进书房,爸爸正坐在电脑前面,屏幕上是一本书。纳飞马上就认出那是《上灵经》,可能是最古老的宗教典籍。在这本经书的成书年代,男人和女人的宗教还没有分开。

纳飞大声读出屏幕上的第一句:"她在你的睡梦中驾临。"

父亲回答道:"她在你惶恐时对你耳语。"

纳飞继续说道:"无论心清目明,抑或不知所措,你都可依靠她恒久不灭的智慧。"

"只有她沉默时你才会孤单,只有她沉默时你才会犯错,只有她沉默时你才会绝望。"爸爸叹道:"纳飞,这里写得多明白啊,是吧?"

纳飞说:"上灵不是男的也不是女的。"

"对啊,你很清楚上灵是什么。"

爸爸的语气很疲惫,纳飞决定不和他争论神学上的问题了。"你要找我吗?"

"你和羿羲。"

"他马上就来了。"

说曹操,曹操就到。羿羲飘进来了,还一边吃着奶酪面包。

爸爸说:"把我的书房弄得满地面包渣儿,真是谢谢你了。"

"对不起。"羿羲说着就一百八十度转身向门口飘去。

"回来吧,我也顾不上面包渣儿了。"

羿羲又转回来。

"女皇城中好多人都在谈论你们俩。"

纳飞和羿羲对望了一眼。"我们只是在图书馆做些研究而已。"

"女人们说上灵现在只对着你们两人说话。"

纳飞说:"我们其实也没有收到很清晰明确的信息。"

羿羲说:"基本上我们一直在激发它的'避害'条件反射,把它的精力都耗尽了。"

爸爸说:"嗯……"

羿羲连忙说:"不过我们已经收手了,所以才回家来。"

纳飞说:"我们本来也不是故意干扰上灵的。"

羿羲说:"不过纳飞回来时去神殿祈祷了,相当触目惊心啊!"

爸爸叹道:"唉,纳飞,你难道就不能从我这儿学到一点点理性吗?向上灵祈祷为什么非要把自己扎得浑身是血呢?"

纳飞说："对啊对啊，你自己突然看到一个石头喷火的影像，这就很理性了是吧？我还以为你已经接受这一套了呢。"

爸爸说："我不用流血也可以看到那个影像……不过算了，我原来只是以为你们俩可能从上灵那儿得到什么有用的信息了。"

纳飞大摇其头。

羿羲说："没有啊，上灵只是把我们弄得蠢头蠢脑的，因为他使劲干扰我们，不让我们接触一些禁忌的话题。"

爸爸说："唉，那真是没办法，我只能靠自己了。"

羿羲问："靠自己干啥？"

"今天耶律迈替贾霸传话了。看来贾霸和我一样，都对女皇城的现状忧心忡忡。他说早知道制造战车会惹来那么多争议，当初就不搞了。现在他想和罗达开个会，当面把话说清楚，希望我能够出面做中间人，主持这个会。贾霸只是想找个体面的台阶下来，希望罗达也能够同时放手，不要再拉帮结派搞对抗。"

"那你和罗达约了吗？"

爸爸说："我已经约了，黎明时分，在市场门外东面的那个冷库。"

纳飞说："我怎么觉着贾霸像加入了城市党呢。"

爸爸："听起来是有点像。"

羿羲说："你不信任他吧？"

爸爸说："我真的说不准了。局势发展到今天这个地步，贾霸的建议是唯一可行的，也是最合理和最聪明的。可是贾霸什么时候做过合理和聪明的事情？我认识他那么多年，即使在他年纪轻轻，还没有坐上第一把交椅时，就已经处心积虑地往上爬。要超越别人总有两种方法，提高自己和搞垮别人。以我对他那么多年的了解，他对后者是情有独钟啊。"

纳飞说:"那你也怀疑他其实是利用你去害罗达吧。"

爸爸说:"可能他最终会背信弃义搞垮罗达,然后我回头一看才发现自己被利用做了帮凶。这种事情不是没发生过。"

羿羲问道:"那你还答应他?"

"因为万一,哪怕是万一,他是真心的呢?如果我拒绝调停,而事态继续恶化的话,我就成罪人了。所以我只能选择相信他的话啊,对吧?"

纳飞拾爸爸的牙慧说道:"那就尽力而为,听天由命吧。"

羿羲也来了一条老爸语录:"提高警惕,小心谨慎。"

爸爸说:"好,我会的。"

羿羲很睿智地点点头。

纳飞说:"爸爸,明早我和你一起去好吗?"

爸爸摇摇头。

"爸爸,我是说真的。我要是去了或许可以帮你拾遗捡漏。比如说你可以专心去应付那两人,我在旁边盯着各人的反应,旁观者清嘛。"

爸爸说:"不行。作为一个公正的调停人,我是不应该带人去的。"

纳飞知道这是爸爸的托词:"我猜你是害怕万一有什么不测,不想我做池鱼。"

爸爸耸耸肩:"作为一个父亲,我当然有顾虑了。"

"爸爸,可是我不怕!"

"那么你显然比我想象的还要愚蠢。快去睡吧,你们俩。"

羿羲说:"现在睡觉太早了吧。"

"那就先别睡。"

说完爸爸转过身对着电脑屏幕,不理他们了。

明显这是个逐客令,可是纳飞忍不住继续问道:"爸爸,要是上灵婆和你说话,那你为什么还看他那些老掉牙的废话呢?难道你还指着能挖掘出什么有用的东西吗?"

爸爸叹一口气,没说话。

羿羲说:"纳飞,我们走吧,让爸爸静一静好整理思路。"

纳飞跟羿羲出了书房,问道:"为什么从来都没人愿意回答我的问题?"

羿羲说:"那是因为你问个不停,更何况你问题根本就没人知道答案。"

"可是,如果我不问,又怎能知道他们也不知道答案呢?"

羿羲说:"你得了吧,回屋凉快去。思春也好,干什么都好,总之就做些正常十四岁小孩做的事情吧。"

纳飞说道:"你也得了吧,这家里人人都是惊世骇俗的极品,凭什么要我做唯一的正常人!"

"总有人要做这个角色嘛。"

"你说梅伯为什么要去神殿?"

"去祝福你每提一个问题就生一颗痔疮。"

"只有你才那么恶毒。说真的,你能想象梅伯去祈祷吗?"

"顺便去刮花他那完美的身躯?"羿羲大笑道。

当时他们正在院子里羿羲的房门前,听到有脚步声,一转身,只见梅博酷出现在厨房门口。之前厨房很暗,两人想着褚尼萨已经走了,里面肯定没人,所以肆无忌惮地调侃。看来梅伯什么都听到了。

纳飞一时不知道说什么好。当然,这并不意味着他就闭嘴了。"梅伯,我猜你没有在神殿呈待很久吧?"

梅伯说:"没有。可是我的确做了祈祷,劳你费心了。"

纳飞觉得很丢人:"对不起。"

羿羲却没有丝毫歉疚:"少来这一套,有种秀一秀你的伤疤。"

梅伯说:"阿羲,你先回答我一个问题好不好?"

羿羲说:"好啊。"

"你那活儿有没有装一个'浮鸡鸡',拉尿的时候帮你托住,还是像娘儿们那样飞流直下?"

天太暗了,纳飞看不到羿羲有没有红脸,只见他一声不吭地飘回房里。

纳飞说:"你真是好样儿的,奚落一个瘸子。"

梅伯说:"他说我撒谎,难道我还拿热脸贴他的冷屁股啊?"

"他在开玩笑而已。"

"一点都不好笑。"说完梅博酷就缩回厨房,隐没在黑暗中。

纳飞回到房中,却不想睡觉。虽然夜晚气温骤降,他却觉得浑身是汗,还痒痒的,可能是因为喷泉中的消毒剂和鲜血混在一起又变干了粘在身上。虽然一想到肥皂擦在伤口上纳飞就很不快,可是现在浑身又黏又痒,更加难以忍受。于是纳飞脱了衣服,走到院子里花洒下面。这一次他先把全身冲洗一遍,水箱里的水虽然被太阳晒了一整天,可现在还是冰冷刺骨。擦肥皂的时候,伤口痛彻心扉,似乎比刚刚受伤的时候更严重。纳飞也清楚这是心理作用,正如爸爸常说的,痛在当下,空前绝后。

纳飞正在静夜中凄凄惨惨地擦肥皂,耶律迈回来了。他直接走进爸爸的房间,过了不久又走出来,把院子内外两层大门都锁上。

这个举动很不寻常，纳飞想不起上一次看到内门锁上是什么时候，好像是有个特大风暴；还有一次是为了训练一只狗，把它困在两道大门之间。可是现在既没有风暴，也没有狗。

耶律迈也回房间了。纳飞一拉绳子，登时被冰水卷入万劫不复的深渊。为了赶在水流光之前洗掉肥皂，纳飞顾不上遍体鳞伤，连伤口也照擦不误。都怪变态的老头子，非要把他的小孩硬生生地磨炼成铁人。哪个有钱人会在倾盆暴雨般的冰水中洗澡？

这回洗澡，冲了两次才把肥皂洗净。中间加水的时候，纳飞只能湿漉漉地站在冷夜中听风怒吼。终于回到房间了，纳飞冻得牙齿打战、全身发抖，就算擦干身体穿好衣服之后还是冷。他几乎忍不住要关上门，好让供暖系统启动。可是他们兄弟几人一直比谁在冬天夜里撑到最后才关门，纳飞今晚尤其需要赢，否则就等于告诉大家，一次小小的祈祷就足以把他弄得弱不禁风。于是他把所有衣服都从衣箱里掏出来，堆在身上取暖。

无论他用哪种姿势睡觉都不舒服，只有侧身躺着带来的痛苦最少。愤怒、疼痛和忧虑使纳飞无法入睡。他隐约听见其他人准备被褥的窸窸窣窣声，然后长夜就陷入了万籁俱寂的虚空，偶尔传来一声鸟叫，或是远山的几下犬吠，还有厩舍里的马骡声响。纳飞干躺着，似乎全无睡意。

然后，纳飞一定在不知不觉中睡着了，否则他怎么会突然惊醒呢？是什么声响吵醒了他？是一个噩梦？他刚才梦见了什么来着？一些很黑暗、很恐怖的东西。纳飞浑身发抖，却不是因为冷，因为他埋在衣服堆里面已经汗流浃背了。

纳飞起床，把那些衣服全塞回衣箱里。开关箱子的时候他都非常小心，不想吵醒别人。阵阵的疼痛在举手投足间袭来，伴随着肌肉僵硬和全身发烫，纳飞知道自己肯定发烧了。然而他同时也觉得脑子里面一片空明，各种感官异常灵敏；这个烧发得真古怪，纳飞从来不曾像现在这样心清目明、生龙活虎。也不知道是否因为浑身疼痛的刺激，纳飞似乎连马厩里面一只老鼠跑过屋梁的声音都能听到。

纳飞走到院子里面站定了，其时月亮尚未升起，繁星已经满天闪烁，大门还是锁上的。纳飞在担心什么，在害怕什么？他刚才又梦到了什么呢？

梅伯和迈哥的门是关着的，真是好笑……我伤痕累累浑身疼痛，尚且开着门睡觉；那两人却早早地关上门，像三岁小孩似的。可是，莫非只有小孩子才会在意这种所谓男子汉的比试？

室外实在太冷了，连纳飞的高烧也冷却下来。他很想回房间，却始终没有成行。然后纳飞突然想起，他刚才已经好几次决定要回房间了，可是每次都走神，所以始终没有迈出一步。

纳飞知道了，又是上灵。上灵想要我起床，可能要我做些事情……到底是什么事情呢？

从今天在本月的位置推算，月亮还没升起来，表明离天亮还有三小时左右。也就是说，再过两小时爸爸就要起床去冷库赴约了。这个冷库是专门用来培育北方寒带植物的。

为什么要选在那儿会面呢？

纳飞突然有种不可名状的强烈愿望，想去外面眺望一下东北方思维谷对面的高山，那里是女皇城东南角的音乐门。这种想法其实很不明智，因为开门的噪声会吵醒别人。可是纳飞知道上灵今晚有所动作了，既然它能够阻止纳飞回房间睡觉，那么现在这个迫切要出门的念头是否也来自上灵呢？

纳飞今天不是祈祷过吗，莫非这就是上灵的回应？现在纳飞有这个要出门的迫切愿望，而爸爸当初一时冲动离开沙漠路，结果看到了火焰的幻象，这两者有什么相似之处呢？

会不会纳飞也即将接到上灵的神谕？

纳飞蹑手蹑脚地走到门前，静静地把那条沉重的门闩搬开，没有发出一丁点儿声响。因为此刻纳飞的感觉和反应都出奇的灵敏，所以能够在做动作的同时保持绝对的安静。只有内门打开的时候吱吱作响，不过也就一瞬间，因为纳飞只需要开一条缝就能钻出去了。外门因为常用，户枢不蠹，所以开关顺畅，也没有发出噪声。纳飞走出门外的时候，明月初升，在东面的四季度山脉顶上露出一弯光晕。他想绕到房子另一边眺望冷库，刚走了两步，突然听见过客堂那边有响声传来。

这一带有个风俗，每个房子都预留了一个房间，房门从不上锁，永远对外开放，好让过路的旅人有个像样的地方躲风避雨、驱寒取暖并休养生息。爸爸将这个好客传统发扬光大，还在房间里面放置了干净的床铺被席，以及一个装着食物的橱柜。纳飞不清楚哪一个家丁负责打扫这个过客堂，可他知道总是有旅行者使用这个房间，还要经常补充食物。所以即使今晚有人在这儿过夜也不奇怪。

然而，纳飞知道自己必须去看一眼。

微弱的光线穿过门缝照进房中。他将门彻底打开，月光倾泻而入，落在床上。纳飞和一个人对望着，大眼瞪小眼——是绿儿。

他小声说道："是你啊。"

她小声答道："原来是你。"说完不禁松了一口气。

纳飞问："你来干什么？还有谁？"

绿儿说："就我一个。我也不知道要去谁家的房子找谁，我从来没有出过城。"

"你什么时候到这儿的?"

"我刚到,是上灵领的路。"

果然又是上灵。"目的何在呢?"

她说:"我也不知道,可能要告诉你我刚做的梦吧。反正我是被上灵弄醒的。"

纳飞回想自己刚才做的梦,却怎么也想不起来。

绿儿继续说:"我真的很开心,因为上灵又开始说话了,只是那个梦实在很可怕。"

"你梦见什么了?"

绿儿问:"我要转达的人是你吗?"

纳飞说:"我怎么知道?不过现在好像只有我一个人在这儿。"

"是上灵把你带到这儿来的吧?"

这么直接的问题,答案自然也容不得丝毫含糊。纳飞说:"我想是吧。"

绿儿点头道:"那我就告诉你吧。如果这梦和你的家庭有关系的话,倒也能解释过去,因为你爸爸勇敢地公开宣布他看到的影像,已经四面树敌。"

"是的,"纳飞回答,还不忘提示一句,"那个梦……"

"我看到一个人独自走在雪地上。虽然今天没有下雪,可我知道就是在今晚。你能不能明白这种感觉,虽然现实和梦境有些差异,可我就是知道。"

纳飞想起上星期在妈妈办公室的一幕,点了点头。

"地上有雪,却是在今晚;月亮也升起来了,我知道马上要天亮了。那人继续走着,突然有两人冲出来拦在路中央,他们都穿着斗篷遮住头脸,手上还拿着刀。虽然看不见脸,可是他好像认识这两人。他说,'我的喉咙就在这里,我也没有带武器。我以前就一直知道你是我的对头,你本来也随时可以杀我。可是这一次你为什么要先骗取我的信任呢?难道你觉得就这样杀我是便宜了我,非要让我先尝到被背叛的滋味吗?'"

纳飞一下子就联想到爸爸三小时之后的会面:"贾霸。"

绿儿点头道:"我之前还不明白,不过来到你爸爸的房子,我就想通了。"

"其实是贾霸安排了一个三人会谈,他、爸爸和罗达,就在今早,在冷库那儿。"

"噢,雪!"

"对啊,冷库里面墙角都是结霜的。"

绿儿低声说:"还有罗达啊……这就能解释下一段了。"

"快说。"

"其中一个蒙面人突然伸手把另一个人的面罩扯开,那一瞬间我看到了那个人的脸,好像开口在笑。然后我才看清楚了,根本不是他的脸在开口笑,而是他的喉咙被切开一道大口,深到脊骨都露出来了。我看的时候,他的头往后一倒,喉咙那个刀口猛地咧开,好像一个人张大了的嘴巴在尖叫。而一开头那个人,就是梦里的我……"

纳飞说:"我知道,我爸爸。"

"对的,不过当时我还不知道。"

"对啊对啊。"纳飞很不耐烦地说,催着绿儿快入正题。

"你爸爸——如果真是你爸爸的话——说道,'我估计你会传话出去说是我把他杀了'。蒙面人说,'好兄弟,你是把他杀了,千真万确嘛'。"

纳飞说:"贾霸就是这样说话的。这样看来,他是算计着要杀罗达的。"

绿儿说:"我还没讲完呢……嗯,是这个梦还没完呢。那人——就是你爸爸——说道:'那么,他们会说是谁杀了我呢?'然后蒙面人说:'不是我,我可没有碰过你一个小指头,因为我对你敬爱有加嘛。我只会发现你的尸体,旁边站着两个凶手,手上还沾着你的血。'说完之后他就大笑着退回阴影里面消失了。"

"这么说来,他没有杀爸爸。"

"没有。你爸爸这时候转身,发现另外两个斗篷怪客就站在身后。虽然他们没有说话也没有掀起面罩,你爸爸还是认得他们。我感到一阵很强烈的悲哀。他对其中一个说:'你就不能等一等。'然后对另一个说:'你也不能原谅我。'他说完之后,那两人一起出刀把他杀了。"

纳飞说:"不可能!上灵在上,他们不会这样做的!"

"他们是谁?你知道吗?"

纳飞说:"答应我,千万不要把最后这一段告诉任何人,你要发最毒的誓!"

绿儿说:"我从来不发誓。"

纳飞说:"我的大哥二哥今晚都在家中,没有在什么地方埋伏着准备袭击爸爸。"

"后来那两个蒙面人,难道就是你的两个哥哥?"

他说:"不!不可能!"

绿儿点头道:"我不发誓,可是我答应你,如果你爸爸因为我的梦而得救的话,我不会把这个梦的最后一段告诉任何人。"

他说:"连如诗也不能说啊。"

绿儿说:"可是我先郑重声明了,如果你爸爸遭遇不测,我就知道你没有警告过他。那么,梦里面的斗篷刺客你也是其中之一。因为明知这是个阴谋却不发出警告,和手执凶器者无异。"

"你以为我不懂这个道理吗?"纳飞生气地说,心想着还用你来教我伦理道德?可是他的思绪顺藤摸瓜,因为绿儿的这一番话让他想通了今天发生过的怪事。"我明白了,这就是为什么梅伯今天去祈祷,为什么迈哥把内层院门也锁上了。他们知道了这个阴谋——或者他们只是有怀疑——却不敢告诉爸爸。这个梦应该这样解释才对,不是说他们要动手害爸爸,只是他们事先知道却不敢警告他。"

绿儿点头:"梦通常都是通过这种曲笔来表达一件事情的。看来我们分析得没错。因为我一想到这个念头的时候,并没有觉得脑中一片空白。"

"可是上灵自己也未必就知道吧?"

绿儿轻轻拍了一下纳飞的手,像是安慰小朋友似的。她其实比纳飞还要年轻一点,体积上更是小了不止一圈,所以纳飞很不快。

她说:"上灵知道的。"

"他又不是什么都知道。"

"只要能够知道的她都知道。"说着她就向着房门走去。"别告诉别人我来过。"

"可以告诉爸爸吗?"

"你不能说是你自己的梦吗?"

纳飞说:"为什么?你的梦他才会相信,我的梦他不会当真的。"

"你低估你爸爸了,你也低估了上灵,你甚至低估了你自己。"绿儿踏入门外的月色中,正要右转往山脊路方向走。

"别!"纳飞低声道,伸手抓住了绿儿瘦弱的手臂。她还是个小女孩，骨架还没长开。"别经过前门。"

绿儿很疑惑地注视着纳飞，大眼睛里倒映出一轮明月。

纳飞解释道："因为刚才我开门的时候，恐怕吵醒别人了。"

绿儿点头道："行，那我就从房子背后绕过去。"

"绿儿。"

"嗯？"

"你现在这样回去，安全吗？"

绿儿说："月亮已经出来了。烟囱门的守卫不会难为我的，刚才我出城的时候，上灵就让他睡着了。"

"绿儿。"纳飞再一次把她叫住。

她又一次停住，等着纳飞说话。

"谢谢你！"言语实在表达不出他此刻心中所感之万一。她不但救了他爸爸一命，而且一个女孩子，连城都没出过，仅凭着一个梦的指引，竟然在三更半夜赶那么远的路，这是何等的勇气！

绿儿耸肩道："是上灵派我来的，谢她吧。"说完就走了。

纳飞走回大门那儿，这次他关外门时故意弄出一点声响。万一大哥或者二哥在偷听偷看的话，也不会被他突然回来吓到。他们会听到关门声，然后赶在纳飞走进内门之前就回房了。如他所料，院子里空无一人。纳飞直接走进爸爸的屋子，穿过客厅和书房，来到卧室。

爸爸睡在硬地上，连个垫子都没有，白须就铺散在石头上。纳飞呆站着，想象着爸爸的喉咙被割开，白胡子被喷涌而出的鲜血染成暗红色。

突然他发现爸爸的眼睛在闪光，他是醒着的。

爸爸低声说："竟然是你？"

纳飞问:"你说什么?"

爸爸慢慢地坐起来,满脸倦容地说:"我……做了一个梦,也没什么,是我自己瞎担心而已。"

纳飞说:"有人今晚也做了一个梦,我刚刚和她在过客堂谈了,但你最好不要告诉别人她来过。"

"谁?"

"是绿儿。她的梦是警告你,小心一会儿那个谈判,只怕埋伏了刀斧手。"

爸爸一下子弹起来,将灯打开,纳飞猛眨着眼睛适应突如其来的强光。

"看来刚才我做的那个也不是一般的梦。"

纳飞说:"我开始觉得我们的梦都是非同小可,因为我也做梦了,那个梦把我惊醒,然后上灵就指引我走去屋外和绿儿会面。"

"埋伏了刀斧手……我都可以猜到结局了。他把罗达先干掉,然后弄得好像我和罗达互殴,其中一人杀死另一个,最后又被第三方干掉。然后贾霸才到达现场,当然也带上几个德高望重的见证人,证明惨案在贾霸到达之前就发生了,顺便对外宣扬一下贾霸看到血案现场时的震惊程度。我怎么一早看不透呢?如果不是安排这样的会面,他怎么可能把我和罗达凑在一起,神不知鬼不觉地一箭双雕呢?"

纳飞说:"那你决定不出门了吧?"

爸爸说:"不!我还是得出门。"

"不会吧?"

爸爸说:"我当然不是去冷库,而是去别的地方,我的梦给提示了。"

"什么提示?"

"帐篷,我那堆帐篷,在沙漠的烈日下面排开阵列。如果我们留下来,贾霸就不会罢休,他只会搞新花样儿。而且,如果我们不离开,我的几个儿子就会在女皇城中堕入万劫不复的境地。"

纳飞知道爸爸的梦肯定很恐怖,可能还警告说有一个儿子要杀他,所以爸爸刚才看到纳飞时的第一反应是问"竟然是你"。

"如此说来,我们要到沙漠去吗?"

爸爸说:"对!"

"什么时候出发?"

"当然是现在了。"

"现在?今天?"

"现在,今晚,赶在黎明之前,这样我们越过山脊时才不会被贾霸的人发现。"

"可我们不是正好从贾府前面经过吗?就在羊肠径和沙漠路的交界处附近吧?"

爸爸说:"有一条小路,可以避开贾府上沙漠路。这条路虽然不方便走驼队,可事到如今也只能霸王硬上弓了。来吧,帮我叫醒你的几个哥哥。"

纳飞说:"先别。"

爸爸转头看着纳飞,眼神带点儿疑惑,却没有因为他不听话而生气。

"绿儿要求的,说不要把她泄露出去,我也觉得有道理。而且,应该告诉他们,是你做的梦,别把我扯进去。"

爸爸问:"为什么不呢?让他们知道今晚我们三个人都得到了上灵的……"

"因为如果这是你做的梦,他们必然会顾忌着你到底看到什么,知道什么。如果是其他人的梦,在他们眼中,就是你被我们耍了。于是他们肯定要和你争,也不会听你的命令;而你却必须带着他们一起走。"

爸爸点头道:"在十四岁的男孩子里面,你也算非常聪明了。"

纳飞却不觉得自己有多聪明,他不过是知道绿儿那个梦的最后一部分,沾了点好处而已。如果梅伯和迈哥留下不走,他们就会彻底栽在贾霸的圈套当中,连最后一点人性也会泯灭。纳飞相信他们肯定还有一点良知,可能还想过要警告爸爸。比如说迈哥今晚把内院门关上,爸爸走的时候就会把他吵醒,他就可以冲出来阻拦。

或者他可以跟踪爸爸,当爸爸到达现场看到罗达的尸体时,耶律迈就走到爸爸背后……

不可能!纳飞心中呐喊。不是耶律迈!我居然有这个念头,太邪恶了!我的哥哥绝不会做出这么伤天害理的事情。

爸爸说:"你回房间去……不,你先去厕所,过一会儿再出来,给大家做一个绝对服从命令的榜样。我不是说服从我,而是听耶律迈的命令。他知道在这种紧急情况下应该如何收拾行李和装备。"

纳飞说:"好的,爸爸。"

说完他就快步走出爸爸的卧室,穿过书房和客厅,来到院子里,只见耶律迈和梅博酷的房门还关着。纳飞向厕所走去,这个厕所是公用的,只有两堵墙,正对着院子无遮无挡。他刚走到那儿,就听到爸爸在敲梅博酷的门,说道:"起床,动作轻点儿。"然后又敲耶律迈的门:"出来,到院子这儿来。"

他听到三个哥哥都出来了,羿羲甚至不需要爸爸敲门。

羿羲问:"阿飞呢?"

爸爸说:"上厕所了。"

梅伯说:"说起来我也急了。"

爸爸说:"你先等等。"

纳飞从厕所走出来,身后的马桶会自动冲水,至少爸爸没有让他们过着完全原始的生活。

纳飞说:"对不起,让各位久等了。"梅伯对他怒目而视,无奈睡眼惺忪,没有一丝杀气。

爸爸说:"我们马上出发,去沙漠。"

羿羲说:"我们所有人?"

爸爸说:"对不起,是的。你必须用浮椅了。我知道没有飘浮衣方便,可是总好过没有。"

耶律迈问道:"为什么?"

爸爸说:"上灵托梦给了我一个警告。"

梅伯轻蔑地哼了一声,转身就要回房间。

爸爸说:"你给我站住!听好了,如果你不一起去沙漠,我就把你逐出家门。"

梅伯木桩似的立住了,却还是坚持把背对着爸爸。

爸爸继续说:"他们密谋要杀我,就在今天早上。一会儿我本来要去参加贾霸和罗达的会面,他们就在那里动手。"

耶律迈说:"可是老贾承诺过不动粗的呀。"

还老贾呢?连昵称都用上了!

爸爸说:"上灵看出他口不对心,如果我去赴约,就必死无疑了。即使我今天不去,贾霸肯定不死心,总有一天要找上我的。既然他要害我,那我留在这里也不得安宁了。我不怕死,如果死得有意义的话,我并不介意回城里引颈就戮。可是上灵指示我跑路。"

耶律迈说:"那只是一个梦!"

爸爸说:"我不需要做梦也知道冒犯了贾霸就必然惹来一身臊,你也很清楚。今天早上的冷库会谈,我爽约之后,贾霸会作何反应,谁也无法预料。我必须在他发现之前就逃进沙漠里去。我们走红石路。"

耶律迈说:"走这条路骆驼吃不消的。"

爸爸说:"它们吃得消,因为它们必须吃得消。我们带足一年的补给。"

梅博酷叫道:"这太恐怖了,我可不干!"

耶律迈问:"一年之后呢?"

爸爸说:"到时候上灵自然会有指示。"

羿羲说:"或许到时候一切都过去了,我们就可以回到女皇城了。"

耶律迈说:"爸爸,如果我们现在一走了之,老贾会觉得你背叛他了。"

爸爸说:"是吗?那怎么不说是他背叛我在先呢?"

"那只是一个梦罢了!"

爸爸说:"那是我的梦!我需要你们跟我一起走。谁要留下,就不再是我的儿子。"

梅博酷说:"不做你的儿子我也能活得好好的。"

耶律迈说:"你错了。你只是扮作不是他儿子。你才活得好好的,实际上恰恰是因为人人都知道你是他儿子。"

"我是靠自己的天才!"

"你能在这一行混,是因为剧院老板希望你爸爸投资他们的生意,或者希望你有朝一日得到一份遗产。"

梅博酷仿佛被人狠狠打了一大嘴巴。"迈哥，连你也踩我？"

耶律迈说："我过一会儿再跟你说，如果爸爸说走那我们就走，时间紧迫！"然后他对着爸爸说："老爸，我听你的，不是因为你威胁要把我赶出家门，而是因为你是我的爸爸，因为我不忍心看着你孤立无援地闯进沙漠里。就靠这几个家伙帮你，那是死路一条。"

爸爸说："阿迈，别忘了是我教你如何在沙漠中生存的。"

耶律迈说："可是你那时候还年轻，而且还有一大帮手下。这一次恐怕只有我们这几个人吧。"

爸爸说："用人肯定是要遣散的。阿迈，你现在马上准备驼队，把行李物资都装好，我去找拉士葛交接。"

在接下来的一个小时里，纳飞投入热火朝天的劳动中，完全想不到会这么狼狈。人人都在干活，连羿羲也不例外。耶律迈在这种紧急情况下还能运筹帷幄，指挥自如，纳飞对他的敬仰更上了一层楼。他很清楚有什么任务要完成，分配给谁做，要干多久。他还能在百忙之中狂踩纳飞，骂他学得太慢，像个白痴。事实上耶律迈也很清楚，纳飞是第一次干这种活儿，算做得相当不错了。

终于收拾好了，这是一支纯粹的沙漠驼队，只有骆驼，别的动物都不用。虽然在所有载重动物里面，骆驼的脾气最大，坐起来也最不舒服，在沙漠里却是最不可缺少的。羿羲的椅子固定在一头骆驼的一侧，另外一侧全是一包包粉末状的固体水。这些水是为了以后准备的，以期不时之需；在最初这一段旅程中，爸爸和耶律迈知道所有水源的方位，而且在秋季，沙漠中偶尔会下雨，所以用水不是问题。然而到了明年夏季，气候会变干燥，那时候再回女皇城收集这些昂贵的固体水就太晚了。而且，万一现在他们被人跟踪，逃到沙漠中一些人迹未至的地带，不知何处是水源，那就需要用到固体水了。只要把一些粉末倒到锅里点燃，那些粉末燃烧时与空气中的氧分子发生化学作用，就会生成液态水。纳飞以前喝过一次，味道怪怪的。因为粉末中带有某种化学物质，把氢分子结合成固态；这些化学物质残留在水中，形成一股铁皮罐头似的怪味。不过万一他们真的沦落到喝固体水的地步，那水的味道肯定胜过琼浆玉液。

羿羲的浮椅才是最大的难题。纳飞知道羿羲才是这次逃亡最大的受害者。穿着浮衣的时候，羿羲觉得身轻似燕，体壮如牛。可是现在他不能再用浮衣了，必须固定在浮椅上面。在万有引力的重压之下，羿羲要竭尽全力才能操控浮椅，一天下来就累趴了，他怎么可能撑过几个星期甚至几个月呢？羿羲会不会被磨炼得强壮起来，抑或像蜡炬一样逐渐被燃尽？希望上灵会帮助他支撑下去。

或者天使会下凡把他们一行人都解救到月球上。

他们出发的时候，距离天明还有整整一小时。收拾过程很安静，一个用人都没有吵醒——或者他们都醒了，可是既然没有人叫到，谁愿意在这个钟点自愿出来帮忙干些不知道是什么的疯活儿？大伙儿肯定小心翼翼地转个身，重投舒服的梦乡。

虽然红石路危机四伏，异常险恶，可是在月光的照耀下，在耶律迈的率领下，驼队还是顺利通过了。纳飞又一次重温了对长兄的敬仰之情：这世上还有什么可以难倒迈哥呢？我这辈子有没有可能变得像他一样强壮和能干呢？

他们终于穿过了羊肠径，来到了山脊的最高处，下面就是延绵不绝的大沙漠了。东方现出第一缕微弱的晨曦，他们刚好赶得及下山。下坡路也很难走，不过很快他们就走进了西边的沙漠高地。在这里，没有人能够轻易地跟踪他们，尤其是女皇城的人。耶律迈把脉冲枪分发给众人，让大家练习用激光瞄准，他指哪儿就瞄哪儿。

羿羲不堪大用，他连脉冲枪都拿不稳。而纳飞瞄得竟然比爸爸还好，不禁心中一乐。

至于纳飞能否亲手开枪杀强盗，那就再看吧，反正肯定不会走到这一步。别忘了他们是奉了上灵的旨意走进沙漠的，上灵当然会帮忙把强盗支开；要是供给用完了，上灵还能指引他们找到水和食物。

然后纳飞突然想起整件事情的起因正是上灵变弱了。那他怎么知道上灵真的能够保护他们？他到底有没有一个完整可行的计划呢？有的，他派绿儿来发出警告，又唤醒了纳飞去接收警告，同时还给爸爸报梦。可是这一切都不能说明上灵真的有心要保护他们，或者打算指引他们去什么地方。谁知道他葫芦里面卖的什么药呢？或者他压根儿就是要灭掉韦爵满门呢。

一想到这个阴暗的念头，纳飞忍不住坐直了，双腿夹紧前鞍，四处张望，看有没有强盗或者追兵，有没有什么古怪的事情，有没有上灵的征兆。他耳边充斥着梅博酷的骂骂咧咧声、耶律迈的号令声，和骆驼偶尔拉出大便砸在沙地上的嗒嗒声。纳飞胯下的骆驼，无忧无虑，一步一个脚印地前行，摇摇晃晃地从黑夜走向光明。

第九章 谎言与伪装

刚才去韦爵府的时候,黑灯瞎火;如今走在朗朗月色之下,绿儿很容易就找到了回城的路。而且,现在绿儿已经知道目的地在哪儿,就更加好办了,须知回家总比寻找一个陌生地方来得容易。

奇怪的是,她在城外倒没觉得什么,可进城之后反而有一种危险的感觉。烟囱门的守卫不见了,可能他刚才在岗上睡觉,事情败露,被抓去训了;也可能是上灵让他突发奇想跑去做别的事情。绿儿一想到上灵为了掩护她进城,可能特意让一个男人突然感到内急,她就忍不住偷笑。

在城中,月光不如在城外有用。因为月亮还没升高,所以在路上投下长长的阴影,导致南北走向的街道一片漆黑。这个钟点,说不准有些什么人在街上闲逛。据说摧花党会在早一点的时段活动,因为那时候街上还有好多女人。而现在是黎明之前人最少的时候,可能有比摧花党更可怕的狠角色在虎视眈眈……

"多漂亮的小姑娘啊!"

绿儿被这个嘶哑的声音吓了一跳,好不容易才看到在阴影中说话的女人。

"我不漂亮,是你在黑暗中看错了。"

这个钟点还在街上,肯定是个圣女。她刚才缩在一个黑暗的墙角躲风避寒,现在一步一步走出来。只见她浑身上下一丝不挂,脏兮兮的皮肤在黑暗中反而显得有点苍白。看着这个圣女,绿儿感到一丝秋夜的寒意。她因为一直在走路,所以还不觉得冷;可是这个女人一直待在墙角,而且在她的身体和寒冷的空气之间只有一层尘土隔着,她怎么能熬得住呢?

绿儿寻思,妈妈曾经是一个苦行女,就和眼前这个女人一样。她怀着我在沙漠中颠沛流离,然后赤身裸体地带着我进城,把我托付给华纱阿姨。虽然眼前这个女人不是她的妈妈,可绿儿还是忍不住心生怜悯。我的妈妈如今不知去向,不过可以肯定的是,她已经不再苦行了。听华纱阿姨说,她在我一岁的时候就不再追随上灵,而是跟着一个农夫去了碴瓦山谷。那里土地贫瘠,泥土里全是碎石,所以日子也过得很苦。

苦行女唱到:"圣洁女孩,明眸善睐,刺穿黑暗,长夜不再。"

唱罢她把手伸过来,一开始只是抚摸绿儿脸颊,然后竟然开始扯她的衣服。绿儿用自己的手捂住苦行女冰冷的双手,说道:"请不要这样,我不是圣女,上灵不会为我挡住寒冷……"

苦行女说:"上灵也不会为你挡住窥探的目光,可是她可以看到你的内心深处。你是圣女,没错,你就是圣女。"

苦行女的话很费解。窥探的目光?她是说谁的目光呢?上灵,那些将女人当牲口一样打量的猥琐男人,还是比喻流言蜚语?是她自己的目光?至于"圣女",这个容易理解。绿儿知道,上灵的确选中了自己,却并不是因为她有什么过人的美德。绿儿觉得这种天赋更像是一种惩罚,因为人人都把她奉为先知圣贤,而忽略了她其实也是一个普通的小女孩。她的亲姐姐如诗也说过:"我真希望有你的天赋,什么事情你都能看那么清楚。"绿儿想大声说,我其实什么都看不清！上灵根本就不信任我，她只是利用我去传递一些连我自己都不明白的信息而已。就像现在，我就不明白这个苦行女到底想让我干吗；如果是上灵派她来的话，又是为了什么。

苦行女说："带他去水边吧，不要害怕。"

绿儿问："带谁？"

"哪怕是上刀山下火海，上灵也要你救他一命。记住，奉上灵的命令行事，亵渎罪可免。"

"你说的是谁？"绿儿又问一次，心中惊疑交加，如果自己解不开这个谜的话，恐怕后果会很严重。其他人听她传话的时候，莫非也是这种心情？

苦行女继续说："你希望上灵把所有的真知灼见都喂给你吗？有些事情那么明显，难道你自己就看不出来吗？"

圣女啊圣女，我真的不是这样想的，那些影像并不是我想要的，我多么希望有这天赋的是别人而不是我啊！如果你真的要传达什么信息给我，你至少得学我那样，尽力说得清楚一点，让别人明白啊。

绿儿虽然很不满，可她还是尽量不在语气中流露出来，她追问："你说的那个'他'到底是谁？"

苦行女突然用力扇了绿儿一个耳光，绿儿觉得疼痛和耻辱交织，顿时泪如泉涌："我做错什么了？"

苦行女说："你将来有一天会亵渎上灵，我已经预先惩罚你了。这一巴掌过后，任何人都不能再惩罚你。"

绿儿不敢再问，反正也得不到答案。于是她仔细端详着这个女人，希望能从她的眼神中看出些什么。她刚才是发疯了，还是真的在传达上灵的信息？似乎前者更有可能。

苦行女又把手伸向绿儿的脸颊，绿儿往后缩了一下。可是这一次她的手很轻柔地抚摸着绿儿的脸，还为她拭去眼眶下面的泪水。"不要害怕他手上的鲜血，那是给上灵的祭品。女人祈祷用水，男人用血。"

说完，苦行女的脸一下子松弛下来，满面倦容，眼中也变得黯淡无光。她说："寒夜苦煎熬？"

"什么？"

"怜我年岁高。"

她的头发还没有变白，可是绿儿想，没错，您的确是非常非常的古老。

"万物有时尽，劫数岂能逃，金银或珠宝，难买亦难盗。"

她也是唱押韵打油诗的。绿儿知道，很多人以为一个苦行女唱押韵句子的时候是上灵附体在说话。其实不然，这种押韵的句子相当于一种音乐，像是念咒一般，帮助苦行女从现实生活的磨难中抽离出来，起了麻醉的作用。只有当她们说话不押韵的时候，才可能会有意义。

苦行女慢慢走开了，似乎忘记了绿儿的存在。看她好像忘记了原来那个挡风的墙角在哪儿，绿儿于是牵起她的手，走回那个角落，让她重新坐下来，蜷成一团靠着墙角。

苦行女还在低声唱着："世人多恶行，长风吹不尽。"

绿儿离开了苦行女，重新走进夜色中。此时月到中天，可是明亮的月色并没有让她欢快起来。虽然苦行女并没有恶意，绿儿还是忍不住担心在黑暗中到底藏着多少人，也意识到自己是多么的无助。她也听说过有些男人像对待苦行女那样对待受法律保护的女皇城市民，可是她最害怕的还不是这些事情。绿儿想到的是，女皇城此刻充满杀机——在这个最神圣的地方，竟然会杀机重重，而这一切都源自贾霸。如果不是上灵让我传达警告，好人就会惨遭屠戮。绿儿一想起梦中那个被切开的喉咙，就不禁发抖。

终于，她来到了神圣路连入圣女谷的地方。在这里开始下坡，路面变宽，逐渐融入峡谷，连上一条在山石上面开凿而成的古老石阶路，直达湖边。这一带湖面热气蒸腾，散发着硫黄味，沾在祈祷者的身上，几天也散不掉。有人认为这是神圣的味道，绿儿可讨厌这味儿了，从来不来这里祈祷，她宁愿去冷热水域交界的地方。那里雾气最重，暗流涌动，浮在水面上，不同温度的湖水随着漩涡流遍全身。绿儿可以全身放松地任由波浪载着她舞动，毫无保留地把身心奉献给上灵。

苦行女说的是谁呢？那个"他"手上沾着鲜血，她还要带"他"去水边，应该是指这个圣湖吧。

应该都是废话，估计这苦行女是疯的。

她唯一能想到的手上沾满鲜血的人就是贾霸。上灵怎么可能想让这样一个人渣靠近圣湖呢？不会有一天她真的要救贾霸一命吧？这样做怎么可能符合上灵的旨意呢？

绿儿在高塔街左转，然后在雨润街右转，再沿着这条弯弯曲曲的小路回到了华纱的学校。多亏上灵的保护，终于安全到家了。绿儿知道，上灵需要她做的远远不止传递这一个信息，所以她必须活下去，才能担起更多的重任。想到这一点，绿儿就松了一口气。当年她的亲生母亲把襁褓中的绿儿托付给华纱的时候就说过："这个小孩只有诚心为圣母效劳才能活下去。"在圣母的庇佑之下，绿儿在这乱世中又得以苟存了一晚。

绿儿本来以为可以神不知鬼不觉地溜回学校，可是她忘记了一件事情：最近山雨欲来，大厦将倾，就连女皇城中最负盛名的华纱女士也变得小心翼翼，把大门锁上了。绿儿不死心，想钻窗户，无奈发现所有临街的窗户都开得很小，虽然一个个都雕饰华美，却连小孩的头和肩膀也穿不过去，只能用来采光通风。

看来，女皇城以前也有过人心惶惶的时候。这座大宅原本的设计就是为了防止小贼趁着月黑风高潜进来，不过这些窗户更像是专门拦截那些求偶不成还死缠烂打的贱男，以及婚约到期被扫地出门的怨男——尤其是后者，他们在屋里住过就找不着北了，以为这豪宅是属于自己的，老是想回巢。

如今，这些抵挡猥琐男的防御措施把身轻如燕的绿儿也拦住了。绕到学校的侧面进去？当然是不可能的，因为相邻的房子都紧挨着这座大宅而建，都想靠在厚重坚固的石墙边上借点力。

为什么她就料不到出来容易回去难呢？当时她趁着天黑出门，可那时候学校里面还有人走动。如诗大概知道她要出去干吗，所以帮忙遮掩着不让人发现她不在屋里，不过两人完全没有想过要计划如何回屋里，因为华纱阿姨以前从来没有锁过大门。后来，上灵让门卫睡着了好让绿儿出城，进城时干脆把卫兵支开了，所以绿儿想当然地以为上灵已经把一切都安排妥当。

绿儿想过在门廊坐到天亮，可是实在太冷了。她走路时还不觉得，因为运动时身体是暖和的；要是睡着的话，那就扛不住了。女皇城中有修养的女士穿的都是轻纱薄缦，就这样在室外过夜，肯定会被冻病的，她们可比不上苦行女那样久经考验。

不过，还有一个办法：华纱阿姨面向圣女谷的那个开放门廊不是无遮无掩的吗？应该有路可以从山谷爬上去的。问题是门廊以东一片地区荒无人烟，甚至不属于任何一个行政区域，醋儿巷连到这里就没路可走了，女人们向来都不从这里下谷底。

可绿儿偏偏知道自己必须走这条路才能回华纱的学校。这其实还是上灵在指引着她——一边指引着她,一边还捂着她的眼睛,把她蒙在鼓里。

绿儿无数遍地问,上灵,您为什么这样对我?为什么不把您的真正目的告诉我?如果我一早知道今晚是去韦爵府,就不会一路上担惊受怕了。

恐惧和无知怎能帮助我达成您的目标呢?现在您让我绕到华纱府东边的野地里,究竟是为什么呢?难道把我弄得晕头转向您就开心了?难道我太蠢,理解不了您的苦心?我就像您养的信鸽,只能为您传递信息,却不配知道详情。

醋儿巷尽头,石子路接上草地,再走几分钟就来到了峡谷边缘的斜坡。尽管满腹牢骚,绿儿还是义无反顾地走进了树林里。

地面崎岖不平,灌木丛之间有些断断续续的空隙,却只能通向谷底。要是沿着这些空隙走的话,会离华纱府的开放门廊越来越远,反而走向神圣路那边的一个悬崖,难怪西岩区的女人们都不在这里建房子。绿儿并没有被这些貌似易走的小道误导,她知道一旦走岔的话,这些若隐若现的小径就会立马消失。所以绿儿硬是在那些灌木丛中穿行,也顾不上密密麻麻的荆棘在她身上留下了多少伤口。绿儿知道这些伤口会刺痛好几天,就算擦了华纱阿姨的药膏也没用。更狼狈的是,她现在又困又冷,累得骨头都快散架了;好几次她有一种突然惊醒的感觉,其实根本就没有睡着过。不过,既然已经踏上了这条路,就必须走下去。

绿儿来到了一小块空地前面,数缕明亮的月光奇迹般地射穿密密麻麻的树叶,在空地上形成斑驳的光影。再过一个月,树叶就会掉光,那时候月光就可以畅通无阻地照进树林了。绿儿眨了眨眼,就在这一瞬间,光影似乎发生了变化,空地上竟然站着一个女人。

"华纱阿姨。"绿儿低声道。她怎么会知道来这里接我呢?难道上灵又开始向大众传话了?

可是那并非华纱阿姨,而是如诗。绿儿刚才怎么会看错呢?

不是的,她不是看错了,因为现在如诗又变成了另外一个人。这一次是艾雅,如诗她们班的班花,就是纳飞无可救药地爱上的那个女孩子。然后,艾雅又变成了著名的女演员狄傲丽。她也是华纱阿姨的干女儿,年少成名,近年回到华纱的学校任教。很多人说,美人区的美人其实就是指狄傲丽(虽然人人都知道美人区这个地名已经有过万年的历史了),可见其美貌是如何的倾倒众生。在她豆蔻年华的时候真的是人见人爱,女人们都想有她这样可爱的女儿,男人们自然是看得眼珠子都要掉下来了。可惜现在狄傲丽二十好几,已经失去了少女时代的风采。可即使是这样,绿儿私下里还是希望拥有像狄傲丽那样的天姿国色,即使折寿一半也在所不惜。

为什么上灵要向我展示这些人呢?

狄傲丽变成了谢德美,华纱阿姨的另一个干女儿。如果拿她与狄傲丽、艾雅等绝世美女相比,那谢德美走的只能是一条完全相反的人生道路。今年已经二十六岁的她还留在华纱府,给高年级学生上科学课,毕竟她是一个声望日隆的基因学家。晚上她多数不在华纱府过夜,而是住在好多个街区以外的实验室,不过她在学校还是占着举足轻重的地位。谢德美不是美女,虽然也不算是回眸吓倒一片的恐龙,可是她的相貌实在太平凡了,看得越久就越不吸引人。可是她的思想却像磁石吸铁般追逐着真理,一旦靠近了就会飞跃上前,牢牢地粘住不放。在华纱阿姨的所有干女儿里面,绿儿最景仰的就是谢德美。可是绿儿也很清楚,她没有经天纬地之才去跟随谢德美的足迹,就好比她也没有闭月羞花之貌去步狄傲丽的后尘一样。除了能给上灵传信之外,绿儿觉得自己一无是处。

那个女人的影像消失了,绿儿孤零零地站在空地上,又一次体会到突然醒来的感觉。

这仅仅是一个梦吗——就是那种你在不知不觉间睡着之后做的梦?

就在那个幻影出现的地方背后,绿儿看到了一盏孤灯,凄然孑立在黎明前的黑暗之中。这点灯光肯定是来自华纱阿姨的开放门廊,在那个方向不可能有别的光源。刚才那个幻象大概并非完全子虚乌有,可能华纱阿姨真的醒了,正在苦等绿儿回家呢。

绿儿举步维艰地前行,沿途推开的枝条往回弹,抽打在她的身上;荆棘刺破了她的衣服和皮肤;高低不平的地面让她步履蹒跚。然而,绿儿始终盯着那一盏指路明灯,终于走到了华纱阿姨的开放门廊正下方,那一点灯火也被遮住了。

门廊就在一片风化岩石的上面,从栏杆到地面至少有四米,非常陡峭,连个扶手的地方都没有。就算华纱阿姨在迎接她也没用,不叫用人帮忙的话,绿儿绝对爬不上去。早知道要兴师动众,绿儿刚才还不如直接拉门铃算了。

绿儿穿过树林,千辛万苦地走到这个位置,差不多是华纱府的正南方,门廊的大部分都被挡住了。这栋房子当初设计的时候,很可能在这里留了一个出口,让人可以从门廊直接去外面的树林,这样的话,长峡谷就不仅仅是一幅只可远观的风景画了。而且就算没有设计好的通道,也肯定会有一个地方让她可以爬上去。

绿儿绕着门廊下面的山石走,终于发现一个位置的地势比较高。绿儿伸长了手去够,距离栏杆顶还有一个手臂那么远。她试图在栏杆的木条之间找一个就手用力的地方,这时候华纱阿姨的脸骤现眼前,简直比初升的太阳还要让人振奋。她向绿儿伸出双手。

如果绿儿再高大一点,华纱阿姨可能不够力气把她提上来;可是话说回来,如果绿儿高大一些的话,她自己就够力气爬上来了。

终于,绿儿坐在了长凳上面,几乎喜极而泣。华纱阿姨搂着她,问道:"傻孩子,你为什么要跑到野外呢?怎么就不能像其他晚归的同学那样走前门呢?你就那么害怕被我骂,宁愿冒着生命危险走到树林里面吗?"

绿儿摇头道:"我在树林中看到了一个幻象。不过可能我横竖都会看到的,走那条路大概是我一时脑筋不清醒了。"

接着,绿儿就把今晚发生的事情向华纱阿姨全盘托出——她向纳飞传达的梦,谋害韦爵的阴谋,黑暗街道上苦行女的话,以及华纱和她几个干女儿的幻象。

华纱说:"我实在想不出这个幻象是什么意思。如果上灵没有告诉你,我又怎能猜得到呢?"

绿儿说:"反正现在我什么也不想猜,也不想再接收或者谈论什么幻象。我浑身上下都痛死了,就想上床睡觉。"

华纱阿姨说:"当然了,当然了。你快睡觉吧,就让韦爵和我去考虑下一步的行动吧,除非他迂腐到为了遵守诺言而冒险去冷库赴约。"

一个恐怖的念头突然升起,绿儿说:"要是纳飞没有警告他,那会怎样?"

华纱阿姨向她投去犀利的一瞥:"纳飞明知他父亲有危险都不去警告?你说的是我儿子啊。"

儿子又怎样?绿儿从来就不认识自己的父母,她的爸爸可以是城里的任何一个男人，很可能是最残暴的那些。母子之间的情感对她来说并没有特别的说服力，在这个背信弃义成风的世道，任何事都是可能的。

绿儿这时候谁都不信任，其实是她的极度疲劳在作怪，她甚至开始怀疑华纱阿姨的判断力，而不仅仅是纳飞的忠诚度。显然，绿儿的脑筋的确是不好使了。她任由华纱阿姨半拉半扯地带她上楼去了华纱自己的卧室，睡在了豪宅女主人舒服的大床上。绿儿瞬间就睡着了。

如诗说："你整晚都在外面啊？"

绿儿睁开一只眼，窗户射进来的光很亮，空气中却有一丝寒意。绿儿睡了整整一天。

"回来的时候却不走前门，真是没脑子。"

绿儿轻声说："我又不是总依赖我的脑子。"

如诗说："这我知道，不过你本来应该让我陪你一起出去的。"

"两个人太显眼了。"

"去韦爵府啊，你就没想过我认识路吗？"

"我一开始不知道是去韦爵府嘛。"

"一个人晚上出去，什么事都有可能发生。你开始还答应我不告诉任何人的，现在华纱阿姨猜到我一定知道你要出门还不告诉她，几乎要把我剥了皮晾在门廊上面晒干呢。"

"如诗，你别生我气好吗？"

"你知道吗，现在城里一片混乱。"

一阵恐惧像尖刀似的直插绿儿心中："不会吧，如诗，你别告诉我谋杀案到底还是发生了！"

"谋杀？不太像。不过韦爵带着他的几个儿子跑路了，贾霸就乘机宣称，韦爵在音乐门外的冷库那里安排了他与罗达三人的秘密会面，然后计划对两人下毒手；幸好被贾霸识破，所以韦爵才要逃窜。"

绿儿说："他在撒谎。"

如诗说："当然了，我知道他在胡说八道。我只是告诉你他的手下在散播什么谣言，现在满街都是他的打手。"

"如诗，我太累了，你告诉我这些事情，我也帮不上忙。"

如诗说："华纱阿姨觉得你能帮忙，所以她才派我来叫醒你。"

"是吗？"

"这个……你也清楚她的为人。她派我上来两次了，说看看可怜的绿儿睡得好不好。到了第三次我才意识到其实她在等你，又不好意思让我直接跟你说。"

"好姐姐，您真是心思缜密、举一反三啊！"

"好妹妹，您就过会儿再继续睡吧。"

绿儿三两下就洗漱穿衣完毕。她年纪还小，华纱阿姨没有要求她出来见人之前一定要把头发梳理得高贵大方，也不用她穿上正式的套装。绿儿就舒舒服服地做回真实的自己：一个纤弱害羞的小女孩。她走下楼梯的时候，华纱阿姨正在客厅里，在场的还有一个陌生男子。华纱马上介绍道：

"亲爱的绿儿，这是拉士葛。正如我夫君常说的，他可能是世界上最忠诚和最值得信赖的人。"

拉士葛说："我这一生都在韦爵府效力，至死方休。虽然我出身低微，却是一个真正的帕华人。"

华纱阿姨点了点头，绿儿却不知道是否应该相信这人，还是应该当他说的是废话。不过,既然华纱阿姨信任他,那绿儿也姑且信他好了。

拉士葛说:"我知道是你把警告捎给韦爵的。"

绿儿很错愕地看着华纱阿姨。华纱说:"他已经发誓不会告诉任何人。绿儿啊,我本来不想把你牵扯进政治阴谋里面,可是老葛必须知道内情,才能确定我的韦爵没有精神失常。他给老葛留下指令,做一些很不可思议的事情。"

拉士葛说:"结束生意,解散员工,套现库存,只保留地产、房子,把流动资产存进加密户口。老板这么做,已经有人觉得他形迹可疑了。"

"韦爵没有出席那个会谈。半小时之后贾霸就扑上韦爵府,仗着自己是帕华部族的首领,声称要全权接管韦爵家族的一切财产。他居然敢直呼我丈夫出生时的名字佛意漫,好像他有资格把我丈夫从族谱中除名似的。"

拉士葛说:"可是如果老板真的永远离开女皇城的话,贾霸就有权接管韦爵的财产,因为帕华族人的财产是不能出卖或者转让给外族的。"

"所以我才想说服拉士葛,韦爵之所以出走,是因为你警告他有人要加害,而不是密谋携款私逃,离开女皇城。"

绿儿现在知道自己要担起什么样的责任了,她告诉拉士葛:"我的确和纳飞谈了,警告他贾霸其实想谋害韦爵和罗达……至少我的梦是这样暗示的。"

拉士葛缓缓点头道:"你的指控当然不足以告倒贾霸,在女皇城中,没有谁会仅仅因为一些没有付诸行动的密谋而被告上法庭,即使嫌疑人是男人也不会。可是你的话足以让我下定决心保卫韦爵家产，决不让贾霸得逞。"

华纱说："你也知道，我曾经和贾霸结过婚，很清楚他的为人。所以我建议你提高警惕，尤其注意保护那些流动资产。"

拉士葛说："夫人请放心，这些家产属于韦爵家族的头人，谁也抢不走。谢谢您的帮忙，还有你，聪明的小姑娘，谢谢。"

说完他转身就走，没有再啰唆半句，完全不像绿儿见过的其他宾客。那些所谓上流社会的人，诸如艺术巨匠、专家学者、政府官员、金融精英之流，他们总是不识趣，赖着不肯走。为了体面地送客，华纱阿姨还得装作疲劳不适，或者谎称必须处理学校的一些紧急事务，弄得好像学校其他老师没有校长监督就不懂工作似的。不过话又说回来，拉士葛和其他客人最大的区别在于，他这个阶层的人，不可能对华纱阿姨或者她的几位干女儿起意，更谈不上追求了。

华纱阿姨说："真可惜你没有多睡一会儿，不过你醒得真是时候。"

绿儿点头道："虽然昨晚我困得走路都能睡着，可是今天我睡太多，可能其实只需要一半就够了。"

华纱阿姨说："我只需要再问一个问题，然后你就可以回去继续睡了。"

"好阿姨，除非你问一些我最近学过的东西，否则我可答不上来。"

"你别假装不知道我在说什么。"

"你也别以为我有多了解上灵。"

话一出口，绿儿马上就知道自己太无礼了。华纱阿姨气得柳眉倒竖，鼻孔张开，却还能强忍怒气，平静地说："小丫头，你有时候真是没大没小的。上灵让你成为一个先知，你就装得很低调，一副不敢贪天之功的样子；可是对我你却胆敢口不择言，你也知道，女皇城中不论男女老幼，没有人敢这样和我说话。到底哪一面才是真正的你呢？是你谦卑的话语，还是你嚣张的态度？"

绿儿低头道："我的话才是真的我，华纱阿姨。请原谅我的态度，就当是一个粗鲁小孩的真情流露吧。"

华纱阿姨大笑道："你这句话才是最难以置信的。不过算了，我就先不问了，你快回去睡觉吧。不过这次回你自己房间哦，我保证没有人去打搅你。"

绿儿刚走到客厅门口，突然有个年轻女子撞开门，风风火火地冲进来，硬是把绿儿逼回了客厅里。

那女的大声嚷嚷道："妈妈，这太讨厌了！"

"莎芙，见到你我真开心。好几个月没见了，你突然上门给我一个意外惊喜吗？没等通传你就擅自闯进我的会客厅，真的那么迫不及待想见到我吗？"

莎芙，华纱阿姨的长女，绿儿只见过她一次。按照易子而教的传统，华纱把两个女儿都送去密友德琳那里上学。莎芙的老公是一个小有名气的学者，叫什么来着……费雅思？婚姻并没有阻碍她的歌唱事业，莎芙以唱哀歌怨曲著名，这种曲风正是女皇城传统文化的精髓之一。此刻的莎芙没有一丝哀怨，却是一副强横暴怒的架势，而她的妈妈也不遑多让。绿儿决定三十六计走为上计，免得听到什么难听的对话。

可是华纱阿姨却把她叫住了："绿儿，你留下来，别错过了这个反面教材，我这个女儿从我和德琳阿姨身上学不到一点好品行。"

莎芙横了绿儿一眼问："谁呀这是？你又救济难民啦？"

"阿芙，她的妈妈是一个圣女，我想你可能也听过'绿儿'这个名字吧？"

莎芙脸唰地红了，说道："不好意思。"

绿儿甚至不知道该怎么回答，因为准确来讲华纱阿姨对她的养育之恩的确算是一种"救济"，所以绿儿不应因为莎芙的蔑称而流露出不满。

不过绿儿也不用担心该怎么回答，因为华纱阿姨接话了，她说："我们就接受你的道歉吧。现在你可以重新开始了，不过说话时请注意修养。"

莎芙说："得了得了，你应该猜到我是直接从爸爸那儿过来的。"

"看你这副粗鲁没礼貌的样子，我估计你在他那里肯定待了至少一个小时。"

"可怜的老爸，大发雷霆。不过也难怪他生气，连自己的老伴也在背后捏造谎话去中伤他。"

华纱阿姨说："那他是挺可怜的，我真想不到他那个可怜兮兮的老婆竟然有勇气公开说他坏话，而且还是撒谎？我有点好奇，她说什么来着？"

"妈妈，我是说你啊，不是他现在的老婆，谁会想起那个女人？"

"可是十五年前我就和老贾断了婚约，所以他也知道我没有责任和义务帮他捂住真相。"

"妈妈，你别这么不可理喻好不好？"

"你错了，我这人向来都非常可以理喻。"

"再怎么说你也和爸爸生了两个女儿，而你的小孩里面，就数我们两姊妹最声名显赫了，而且我们出名是因为在事业上的成就……当然了，小阿珂才刚起步，她还没有发行个人专辑掌中宝……"

"在我面前你就别老跟你妹妹竞争了好不好？"

"妈妈，是她老想跟我争啊，我甚至都没留意到她刚入行的时候有多么艰难。也难怪，一个抒情女高音是很难出人头地的，因为这种唱腔的歌手满大街都是，台下观众都分不清谁是谁——除非观众是那个对她又关心又体贴的好姐姐。"

"对啊，我教导学生要关心体贴别人的时候，就是用你做榜样。"

莎芙脸上流露出喜悦的神情，一秒钟之后她才意识到妈妈其实是在揶揄自己，马上皱眉道："你对我一点都不厚道。"

"如果你老爸派你来游说我收回对于今天早上事情的评论，你可以回去告诉他，我早已从一个可靠的消息来源那里得知他的不轨图谋。如果他继续造谣说韦爵要谋害他的话，我就会把我的证据呈交给女皇城议会，到时候他就收拾行李等着被放逐吧。"

莎芙说："不！我不能把这话传给爸爸！"

华纱阿姨说："那就不说好了，反正我做了之后他自然就知道了。"

"放逐他？放逐爸爸？"

"如果你多学点历史——话说回来，我怀疑德琳有没有教你们历史——你就会知道，一个人越是位高权重声名显赫就越容易被放逐，这事儿既非空前亦难绝后。毕竟挑起事端的不是韦爵或者罗达，而是那个老贾。他的所谓士兵满大街乱跑，装作保护我们不受歹徒侵犯，其实那些歹徒根本就是老贾出钱请的。人们乐意见到他被赶出女皇城，所以我带去的证据再微不足道，大家也必然会选择相信我。"

莎芙顿时面如死灰。"爸爸可能有时候脾气暴躁一点，做事情可能也狡猾一点，可是，妈妈，他不是杀人犯。"

"他当然不是杀人犯了。韦爵已经离开女皇城,没有了替罪羊,老贾哪敢动罗达半根毫毛?不过我猜啊,如果老贾当时知道韦爵已经跑路了,他肯定当场就把罗达杀死,然后嫁祸给我丈夫,说他因为杀了人所以才仓皇逃窜。"

"你将爸爸说得像恶魔一样,那你当初为什么要和他结婚?"

"因为我希望生一个女儿,拥有超凡脱俗的美丽声线和是非不分的道德观念。结果相当成功,所以我和他续了一年婚约,又成功了一次,然后我就功成身退了。"

莎芙大笑道:"妈妈你真是愚不可及,我的歌喉固然是天籁之声,可我也一样明辨是非啊。别忘了我的老公是费雅思,可不是什么跑龙套的。"

华纱阿姨说:"你不要损你的妹夫。虽然欧必忍没有什么才华,阿珂也不会真的和他生小孩或者续婚约,可是他其实也算是个好小伙子。"

莎芙说:"'好小伙子'原来是这样的意思啊?多谢妈妈教诲,女儿受益匪浅。"

说完她站起来就要走,绿儿给她打开门,可是华纱阿姨却把女儿叫住了。

"阿芙,好女儿,你到底站在我这边还是站在你爸爸那边,现在快到抉择的时候了。"

"从我很小的时候开始,你们隔三岔五就逼我选一次,都给我躲开了,这次也不例外。"

华纱双掌用力一拍,发出一声巨响,好像两块石头碰在一起。"你给我听好了,小丫头,你那套把戏我一直都很清楚,也很佩服。被迫在父母之间周旋,是挺难为你的。可是我告诉你,很快,可能是马上,你的把戏就玩不转了。所以现在你必须想清楚,到底忠于哪一方,爸爸还是妈妈。我不是问你爱哪一个,因为我知道你两个都爱,我是说忠于哪一个。"

莎芙说:"妈妈,你不应该对我说这样的话,我又不是你的学生。即使你把爸爸赶出女皇城,也并不意味着我非要在你们这里二选一啊。"

"如果你爸爸派雇佣兵来杀我灭口呢?或者派那些摧花党呢?如果他买凶杀人,把你妈妈的喉咙割断了呢?"

莎芙默默地看了妈妈一会儿,说道:"那我就真的有哀歌可以唱了,对吧?"

"我相信你爸爸是上灵的敌人,同时也是女皇城的敌人。好好想想吧,怨曲歌后,想深一层,想久一点,因为到了需要做出选择的那一天,你就没有时间去考虑了。"

"妈妈,我向来都尊敬你,因为你从来没有挑拨我和爸爸之间的关系,尽管他老是说你坏话。可惜你也变了。"说完,莎芙优雅地快步走出客厅。绿儿听完两母女一番大方得体的唇枪舌剑之后都惊呆了,慢了半拍没有跟着莎芙走出去。

华纱阿姨低声说:"绿儿。"

绿儿转头看着这个女强人,竟然看到她脸颊上的泪水,绿儿心中一阵发抖。

"绿儿,你一定要告诉我,上灵对我们做了些什么?她到底想怎么样?"

绿儿说:"我希望我能回答你这个问题,可是我实在不知道。"

"如果你知道,你会告诉我吗?"

"当然了。"

"要是上灵叫你不要告诉我呢？"

绿儿从来没有想过这个可能性。

华纱阿姨见她沉默不语，就知道答案了。她说："嗯，其实我早应该料到的，上灵不会选择软弱或者不忠的人做先知。不过，如果可以的话，请告诉我，有没有可能，哪怕是一丝的可能，根本就没有谁要谋害韦爵，上灵只是想让他离开女皇城而已？绿儿，你要知道……我在想，上灵会不会只是想支开羿羲和纳飞两兄弟？这样推测也合理啊，对吧？他们在捣乱，害得上灵忙不过来，没精力搭理其他人。有没有可能上灵发这个影像给你纯粹是为了让他们两人离开女皇城，因为他们已经对上灵构成威胁了？"

绿儿第一时间就想大声说不，你怎么可以说这样的话去亵渎上灵呢，上灵怎么会为一己之私而胡作非为呢？然后，仔细回忆一下，绿儿想起当初如诗万分惊奇地告诉自己，上灵的沉默很可能是羿羲和纳飞造成的。既然上灵认为那两个小男孩损害了她泽被苍生的神力，她会不会真的要除掉他们呢？

绿儿说："不可能，我觉得不可能。"

"你能确定？"

"除了我看到的影像之外，我什么都不敢确定。可是上灵从来没有欺骗过我，我看到的幻象都是真实的。"

"可是你看到的这个幻象也可能是上灵为了达到目的所用的一个手段而已。"

绿儿再次否定："不会的，不可能。因为当时纳飞和羿羲已经停止了，纳飞甚至还去祈祷……"

"我也听说了，可是同时梅博酷也去了，就是韦爵和姬维丝那个小贱人生的儿子。"

"上灵还向纳飞报梦,把他弄醒,然后带到屋外的过客堂和我见面。如果上灵想要纳飞不捣乱,她自然会告诉他,纳飞也一定会遵命的。所以,华纱阿姨,我敢确定上灵发给我的信息是真的。"

华纱阿姨点头道:"我知道了。其实我一直都相信的,不过相反的推断会比较……"

"比较简单。"

华纱阿姨苦笑道:"是的,如果贾霸真的像他装得那么无辜,事情就简单很多了。只是这种推断实在有违他的本性,你知道我为什么不和他续约吗?"

绿儿说:"不知道。"她也不想知道。按照传统,一个女人从来都不对外透露她终止婚约的原因,而旁人别说打听,就算是猜一下都是非常失礼的。

"我本来不应该说出来的,可我还是要跟你说,因为你必须知道一些真相才能明白很多事情。"

绿儿想,我还是个小孩子而已,你从来都不会把这些事情告诉别的十三岁学生,你甚至连自己的女儿也不说。可我呢,我是个先知,人人都要对我敞开心扉,我想不闻不问都不行,可是我从来就没有从中尝到过一丝快乐的滋味。

"我不和他续约是因为我发现他……"

绿儿做好心理准备,即将听到一些肮脏黑暗的内幕,可是华纱阿姨却没有说下去。

"算了,算了,你还只是个小孩子,上灵已经够你烦的了,我不应该再把自己的苦水往你身上泼。快去睡吧,尽量不要把我的问题放在心上。我很明白我丈夫的为人,也很了解贾霸的品行,这两人灵魂最深处的秘密我都知道得一清二楚。不过为了我的女儿,我才自欺欺人想要相信贾霸是无辜的，虽然明知道这是不可能的。"华纱呵呵地笑了两声。"我好像个小孩子，总想要不可能得到的东西。就像昨晚，在我拉你上来之前，你在树林里面看到的那个影像，都是我最有才华的几个干女儿，简直就是获奖的十大杰出青年。"

有才华？谢德美和如诗确实是，可狄傲丽和艾雅，她们明摆着只是花瓶嘛。

"我觉得很欣慰，因为上灵也知道她们，还将她们和你我联系在一起。可是，绿儿，我的两个女儿呢？她们在哪里？我多希望你也看到我的阿芙和阿珂，我真的很希望……我这样想会不会很蠢？"

没错。"不会啊。"

华纱阿姨说："你应该多练习一下撒谎，才不会那么容易被看穿。快去睡吧，我亲爱的小先知。"

绿儿去了，却睡不香。

接下来这几天里，城中越发混乱。华纱阿姨的学校也无法正常上课了，因为校内不仅人心惶惶，而且缺课的学生越来越多，尤其是低年级。固然有那么几个是由于家长与华纱政见不合而退学的，可是城中所有学校，无论优劣，生源流失都一样严重，因为家长们都想把小孩接回家中照顾。很多人甚至举家外出避祸，打算等风波过后再回城。

绿儿很羡慕纳飞和羿羲，因为他们躲得远远的，不用留在城里整天担惊受怕。女皇城，曾几何时被诗人们誉为"和平之巅"，现在已经沦落到这个地步。

放逐贾霸的动议在议会中得到支持，可是同时贾霸也变本加厉地作恶。更多的士兵被他派上街头，连保护市民的幌子也无须再打。

他们肆意挑衅路人,把女人和小孩欺负得直哭,哪个男的不服就招来一顿狂殴。

有一天如诗问绿儿:"贾霸是不是弱智?他的手下坏事做得越多,他的对头驱逐他的理由就越充分,他不会连这个都不知道吧?"

绿儿说:"他肯定知道,所以他摆明就是想被放逐。"

如诗说:"那就快点吧,越早赶走他越好。"

绿儿一直在等上灵的指引,好把信息传给议会。可是她最终只收到一个信息:她要去安慰橄榄林区的一个老太太,告知她那失散好久的儿子还在世,正在一艘回航的船上,不久即可重逢。都火烧眉毛了,上灵还不想办法拯救女皇城,却有空管那些鸡毛蒜皮的琐事,绿儿都不知道该欣慰还是该生气。

最后,可怕的一刻终于来临了。先是门铃震天响,接着是拳头砸门的声音,然后大门被推开了,门口站着一群士兵,开门闩的那个用人吓得大声尖叫。绿儿和其他人第一时间冲出去安慰那个用人,所以看到她是被什么吓着了。没错,那些士兵全副武装,有着整齐划一的制服、护甲、头盔和兵器,不过这都是意料之中的。恐怖的是,头盔下面的每张脸都一模一样。

这时候挺身而出的是谢德美,就是那个基因学家。她对那群士兵说:"你们私闯民宅是违法的,我们不欢迎你们,快出去。"

站在最前面的那个士兵说:"不见到这栋房子的女主人我就不走。"

"我说过了,你们进来是不合法的,而且她也不会接见你们。"

不过这时候华纱阿姨已经出来了。她朗声道:"把这些走狗都给我关在门外。"

为首的那个士兵哈哈大笑,将手伸到腰间。眨眼间他就从一个面无表情的年轻士兵变成了一个胡须灰白，目光锐利的中年人，身上的戎装也变成了华服。此人虽然不再年轻，却依然健硕，一副颐指气使的派头，似乎把眼前的对峙视作儿戏。

华纱阿姨惊讶地失声叫道："老贾？！"

"我这新玩意儿怎样？喜欢吗？"贾霸一边说一边踱进来，挡在他面前的女人和小孩纷纷让开一条路。"这叫全息戏服，是古时候的舞台道具，都几百年没人用了，一直待在博物馆的静态泡沫里面保存得好好的。生产这种戏服的机器竟然还能运作，所以我就给我的士兵每人弄了一套。老实说，这玩意儿唯一的缺点就是很难分清谁是谁，不过幸好我有一个总闸，可以说关就关。"

华纱说："你给我出去！"

贾霸说："可我还不想走啊，有些话要跟你说。"

"老贾，你要和我说话，随时都可以，可是你绝不能带这些打手上门。"

"我知道，"贾霸说，"老实告诉你吧，我最高贵的前妻……"——也是最难忘的枕伴。"我早就知道你看不起我的士兵，我只是想向你展示一下秋冬最新时尚潮流。用不多久，女皇城的精英都会穿上这个套装的。"

"是入殓时才穿的寿衣吧。"华纱阿姨说。

"你想在那么多小孩子面前和我说话，还是应该去你那个神圣的开放门廊？"

"你的士兵必须在门外等，我还要把门锁上。"

"你爱怎么着怎么着，孩子他妈。不过你就算加上一百个锁头也没用，只要我一声令下，没什么可以挡住他们。"

"真正有能耐的人是不会炫耀的。"说完她就带着贾霸走进长廊。

而谢德美真的就当着一众士兵的面把大门关上,然后装上门闩。华纱和贾霸两人转了个弯,看不见人了,可是他们的谈话还能听得见。

绿儿听见贾霸说:"我才不需要炫耀呢,我就爱这么说话不行啊?"

华纱阿姨没有回应这句话,却高声说道:"绿儿,如诗,你们一起来,我需要见证人。"

两姊妹立刻跟上前。她们自小遵从华纱阿姨的教诲,所以没有跑,只是快步走而已。刚好在转弯的地方听到贾霸低声说:"……才不怕你养的小巫婆呢。"

绿儿不动声色,装作没听到,她知道如诗肯定更是面如平湖。

到了开放门廊,贾霸甚至懒得装作尊重那扇屏风界定的禁区,径直就走到栏杆前面,禁谷风光一览无遗。华纱阿姨没有跟上前,所以绿儿和如诗也待在屏风后面。最后贾霸只能回到屏风这边。

"风光一片大好嘛。"

"就凭这个就可以放逐你。"

贾霸笑道:"你这个圣湖……我问你,要是油头族来了,你这个湖还能维持多久不被男人踏足?你想过没有?罗达想过没有?你那个老公佛意漫又想过没有?油头族向来都不尊重女人的宗教。"

"比你更不尊重?"

贾霸的眼珠骨碌一转,显得对她的谴责不屑一顾。"如果罗达和佛意漫得势,油头族就会霸占女皇城。要是他们站在这里望出去,看到的不会是什么神圣禁地,而是城市的资产,尚待开发的土地,未来的住宅区和狩猎场,还有一个妙不可言的湖,一年四季都供应冷热水,全天候浴场。"

绿儿很震惊,想不到贾霸对圣湖的特点了如指掌,是哪个女人那么不识轻重,泄露了圣地的秘密呢?

可是华纱阿姨并没有在意他话中的亵渎意味。"和油头族结盟是罗达的主意,韦爵和我恪守的是女皇城一贯中立的古训。"

"中立!只有笨蛋和弱智才会相信中立!强强对抗的时候,根本就没有中立可言。"

华纱阿姨面对着贾霸的咆哮,镇静地说:"在上灵的保护下,我们可以保持中立与和平,她有神力把敌人支开,让其对我们视而不见。"

"神力?这么说吧,这个上灵,就算他真有什么神力,为什么他不拯救那些被毁灭的无辜城邦呢?为什么整个女皇城中唯我独醒?只有我看得清楚,必须和剖头国结盟才能够保平安!"

"老贾,你这套豪言壮语就留在听证会的时候发表吧。在我面前,你装什么呀?没错,你造战车可以狠赚一笔快钱,可是真正到了打仗的时候呢?你对战争根本就不了解,所以才叶公好龙想打仗。你以为到时候可以和剖头国的勇士一起并肩作战,击退油头族,然后你就名垂千古了。我告诉你吧,等油头族兵临城下的时候,只有你一个人对抗他们,剖头国才不会管你呢。等你完蛋之后,你的名字就会像上星期的天气一样,被人忘得一干二净。"

"我亲爱的前妻,这的确是一场有名字的大风暴,而且这名字会流芳百世。"

"是遗臭万年才对。老贾,当女皇城被烧毁的时候,每一道火焰都会映出'贾霸'这个名字,每一个罹难的市民临死前诅咒的也是你的名字。"

贾霸说:"嘿,看看是谁在扮先知?你这些预言诗就留着去唬那些一想到上灵就脚软的信徒吧。至于放逐嘛,无论通过与否,结果都一样。"

"你是说你不打算遵守放逐令？"

"我？不服从议会？怎么会呢！你放心，我被放逐之后，没有人能够在城里找到我。"

说完，他伸手按了一下全息戏服的开关，顿时被全息影像覆盖住，脸上是一层以假乱真的面具，就是那个面无表情神态彪悍的士兵，和他的数以百计的打手一模一样。这一刻绿儿知道了，贾霸根本就没打算遵守放逐令。他只要使用这个完美的伪装手段，就没有人能够认出他了。他可以留在城里为所欲为，肆意违反议会的法令而不受责罚。到了这一步，为使女皇城免受贾霸的鱼肉，政治手段肯定行不通，只能诉诸内战了，到时候免不了血流成河、生灵涂炭。

绿儿从华纱阿姨的眼神可以看出，她也明白贾霸的意图了。华纱死死地盯着贾霸面具上那空洞的眼神，一言不发。直到看看他转身离去，她还是不说话。绿儿牵着如诗的手，一起走到门廊的边上，俯瞰圣女谷。

如诗说："他们之间现在什么也没剩了，我看着，看着最后一丝爱念和关怀消失殆尽。要是他今晚就死掉，她只会拍手称快。"

对绿儿来说，没有什么悲剧比这个更可怕了。两个人，一度因为爱情——或者类似于爱情的情感——而结合，还生了两个小孩。仅仅过了十五年，两人之间的最后一丝联系就烟消云散了。这世上没有永远。即使是和谐星球，被上灵精心维护了四千万年，像冰封一样保存着，到现在还不是一样在烈焰面前融化？永恒只是一个幻象；而所谓爱情，不过是恋人们穿上的伪装，以便在彼此已经形同陌路的时候，暂时遮掩一下，再苟延残喘一会儿。

第十章 帐 篷

韦爵将营地扎在远离道路的地方,那是一个狭窄的河谷,离如门海岸很近。他们在日落时分到达这里,一群狒狒正离开出海口附近的觅食区域,回河谷边上的陡坡峭壁,那里有些凹洞,是它们睡觉的地方。父子五人正是循着这群狒狒的叫声找到这个宿营地的。耶律迈小心翼翼地带领众人走到狒狒活动区域的上游地带。羿羲问道:"这是因为我们不想扰乱它们的正常生活吗?"

耶律迈说:"这是因为我们不想让那些狒狒污染我们的用水和偷我们的食物。"

到达了目的地,爸爸没有立即让他们卸行李、喂骆驼或是开饭。他坐在骆驼背上,抬手指着那条小河说道:

"你们看,即使在旱季快结束的时候,这条河也没有干涸。我要用我的长子的名字给这里命名。从今天开始,这条河就叫耶律迈河。希望你的一生就像百川入海一样,始终朝向上灵。"

纳飞看着耶律迈,只见他不卑不亢地接受了爸爸的册封。得到一个地方的命名权,这是非常庄严的一刻;即使爸爸说得好像传教士在布道一样,耶律迈也还是知道这的确是一个至高无上的荣誉,表达了爸爸对他的认可。

爸爸继续说:"至于这一片翠绿的河谷,我将其命名为梅博谷,我的次子。希望你能够像这片河谷一样,承载着生命之河,长流不息,欣欣向荣。"

梅博酷很优雅地点头致谢。

接下来就是沉默,爸爸并没有用羿羲和纳飞给什么东西命名,他只是吆喝了一声,骆驼就跪下来让他落地。等众人终于搭好帐篷,把虫蚁蝎子都赶走,又装好了驱虫器,天色已经全黑。一共有三个帐篷,爸爸自然是独占最大的那个,第二大的归迈哥和梅伯,可怜羿羲和纳飞挤在最小的帐篷里,仅仅是羿羲的浮椅就占了一大片地方。

纳飞情不自禁地抱怨这有多么的不公平。到了临睡的时候,羿羲问他在想什么,纳飞终于发作了:"是谁和贾霸私相授受?是耶律迈!是谁对老爸破口大骂然后离家出走?是梅博酷!他居然还用这两人去命名什么山谷河流!"

羿羲充满同情地说了一句:"那又怎样?"

"还能怎样?行李里面还有两个帐篷没开封呢,都比现在这个大,他却要我们挤在这个最小的帐篷里面。"纳飞边说边脱衣服,然后开始帮羿羲脱。没有了浮衣,羿羲连自己的衣服也脱不了。

羿羲说:"爸爸其实是在传递一个信息。"

"对啊,我收到啦,他在说,羿羲和纳飞,你们靠边站吧。越想越气人,真是!"

"那你想要爸爸怎么做?用我们给一片浮云命名啊?"羿羲暂停了一下,好让纳飞把衬衣从自己头上脱掉,然后继续说:"还是你想要他用你给一棵灌木命名?"

"我才不计较什么命名呢,我在意的是公平和公正。"

"纳飞啊,你看问题别那么死心眼儿。爸爸并不是想根据听话度、合作度或者礼貌度的最新读数给儿子们分门别类。分配帐篷这事儿涉及我们排行的先后次序，学问大着呢。"纳飞把羿羲放在离门口较远的那张席子上。"迈哥没有自己的帐篷，只能和梅伯共用一个，这个安排让他知道自己的地位，他还不是韦爵，只是韦爵的儿子。同时，看着你和我挤在一个小帐篷里面，他们俩会觉得身为兄长，的确得到了额外的重视。爸爸这么做，是大棒加胡萝卜，可绝了。"

纳飞躺在靠门口的席子上，一般来说，这是仆人的位置。"那我们俩呢？"

"我们俩怎么了？难道因为老爸给你一个小帐篷，你就要造上灵的反？"

"当然不会啦。"

"就是！爸爸只是对迈哥和梅伯耍手段，对我们是百分百地信任。老爸的信任就是最高的荣誉，住在这小帐篷里面我们应该觉得骄傲才对。"

纳飞说："听君一席话，胜读十年书啊！"

"那就快睡觉吧。"

"你需要什么就叫醒我吧。"

羿羲说："身边有浮椅，万事皆足矣。"

可是这椅子现在并没有浮起来，只是搁在羿羲的脚边，对他一点帮助也没有。纳飞开始还想不明白，然后才听出羿羲其实是在暗讽：纳飞，你有什么好抱怨的？看看我，离开了女皇城的磁场，我连浮衣也用不了，像个婴儿一样要人照顾。纳飞想，羿羲连脱衣服也需要我服侍，心中肯定很难受，可是他没有一点抱怨，还不是为了爸爸。

睡到半夜，纳飞突然彻底醒了，在瞬间就变得异常警觉，他躺在席子上仔细聆听。刚才是羿羲叫醒了他？不是的，羿羲的呼吸沉重而有规律，显然在熟睡。难道是他睡得不舒服被硌醒的？也不是，席子下面是沙子，比家里的硬地舒服多了。也不是寒冷或者远处野狗的嚎叫，更加不会是狒狒，因为它们夜里睡得非常安静。

上一次纳飞这样醒来的时候，他发现绿儿到了屋外的过客堂，当晚上灵也报梦给爸爸了。

那我刚才有做梦吗？上灵在我睡觉时教会我什么东西了吗？可是纳飞想不起什么梦，只知道自己醒得非常突然。

纳飞静静地起床，没有吵醒羿羲，然后从帐篷口的纱帐底下爬出去。外面虽然比室内冷一点，可是他们往南走了相当一段路，此处尚未有秋意。和女皇城东面的浩瀚大洋相比，如门海这一带的水域比较平静和温暖。

骆驼睡在临时畜栏里，每个角落都装了防护栏，对外发出特殊的音频和信息素，驱赶别的动物；有些漏网的小动物也被防护栏挡在畜栏之外。溪水轻击岸边的石头，像是打着切分节拍；夜风轻拂枝头的树叶，偶尔发出沙沙的声响。纳飞想，在和谐星球恐怕没有别处比这儿更适合酣睡了……然而我却睡不着。

纳飞逆流而上，在水边找了块石头坐下。晚风吹过，还是有点寒意，纳飞后悔没有多穿件衣服就出来了。不过他并不是彻底起床了，一会儿还要回去继续睡的。

纳飞环顾四周，不远处尽是小山丘，一个人如果不登上那些山顶看过来，绝对想不到这里会有一片河谷。尽管地势隐蔽，可是此处除了一群狒狒群居住在下游之外，竟然无人问津，连古人居住过的痕迹也没有，这不可不算一个奇迹。可能是因为这里距离商旅通道太远，而且可耕种土地不多，全部开垦的话也不够养活几十口人，所以在这里定居的话会与世隔绝，很难有发展。连强盗也不会来这儿落草，还是那个原因，离商路太远，无人可抢。于是这块地方好像是专门为了爸爸一家量身定制，给大家逃离女皇城提供一块栖身之地。

有一个瞬间纳飞甚至怀疑在他们有需要之前这块绿洲根本就不存在，莫非上灵真的有能耐可以随心所欲地造就沧海桑田的变迁？不可能。只有在神话传说中，上灵才有这样的超能力；在现实中，上灵的能力似乎只局限于通信，比如说，将艺术作品在世界范围内共享，影响通灵者的思维，还有在人们快要想到禁忌话题的时候将其变蠢，后者当然是最常用的。

纳飞想，这就是为什么这地方一直空着没人定居。每逢有沙漠旅人想从这里转向去如门海的时候，上灵只要把他们变蠢就可以了，不费吹灰之力。上灵把这条河谷留给我们，并非无中生有地从顽石中爆出一块绿洲，也不是从沙子里突然涌出一汪清泉，而是阻止人们来这儿，让其一直空置着，等待我们的到来。

上灵在下一盘很大的棋，我们要做的就是聆听他的声音，留意他发过来的影像。我们就像人偶一样，被几根线扯来扯去而不知为何，被别人牵引着却不知走向何方。纳飞想，这种局面很不妙，对上灵的大业也没有好处。如果上灵的追随者都被蒙在鼓里，不能对上灵的目标做出自己的判断，那他们就没有自由意志，不能够自主地在善恶优劣之间做出抉择，却只懂得做上灵的一颗螺丝钉。如果上灵的追随者都是这种不求甚解唯命是从的笨蛋，那么他的宏图伟业又怎能实现呢？上灵，如果我明白您在做什么，也知道您为什么要这样做，而且还确定您做的是好事，那么，我愿意为您效劳，全心全意地为您效劳。

我是谁呀？有资格判断什么是好事，什么是坏事吗？

这个想法突然出现在纳飞的脑子里，他心中暗笑自己的自大：我口气真大，竟想去评判上灵？

纳飞突然全身发抖，因为他想到：是什么把这个念头放进我的脑子里的？难道又是上灵在捣鬼，企图驯服我？我这人只能被说服，而不可能被驯服。你若是对我晓以大义，我愿意接受；你要是来狠的或者耍什么阴谋诡计，我就偏不吃那一套！上灵，事无不可对人言，如果你非要隐瞒真相不可，那就表明你连最基本的道德准则也不能恪守。要是你真的如此道德败坏，我决不为你效劳。

这时候，水面上的粼粼波光骤变成人造卫星表面的金属反光。纳飞看见无数人造卫星恒久不变地绕着和谐星球运行，此刻却一个一个地从轨道坠落，在大气层中燃成灰烬。来到和谐星球的人类先驱者制造的工具可以维持两千万年，在他们看来，这个期限比永远还要远，人类这个物种存在的年份只不过是它的零头而已。可是现在已经过去四千万年了，可供上灵正常使用的卫星数目是一开始的四分之一，和头三千万年相比也只剩一半了。难怪上灵变得如此虚弱。问题是它仍然需要坚守岗位，它的任务依然是那么重要。羿羲和纳飞当初的判断是正确的，先驱者建造了上灵，只设定了一个目标：让和谐星球上面的人类无法自我毁灭。

纳飞想，干脆把人类自我毁灭的天性根除，那岂不更好？

"不会的，不会更好的。"这个突如其来的答案非常清晰，纳飞知道是上灵在回答。

于是他问道："为什么？"

一个、两个、三个……无数个答案同时汹涌着撞进纳飞的脑子里，把他冲击得晕头转向。等这股意念的狂潮慢慢消退，一切又逐渐清晰起来，有几个残存的念头也找到了合适的语言去表达，形成了一个个清晰的句子，好像有一个声音在说话。这声音不是别人的，而是纳飞自己的声音，似乎在苦苦挣扎着要用语言把上灵刚才发过来的所剩无几的意识流套牢。

上灵的声音在纳飞的脑子里面说道：如果我把暴力倾向除掉，那么人类就不再是人类了。我并不是说暴力倾向是人类必不可少的一个特征，而是说，如果真有那么一天你们失去了暴力倾向和控制欲，这必须是你们主动选择的结果。我不能强迫你们变成圣人，我的责任仅仅是保住你们的小命，好让你们决定自己要做什么人。

纳飞不敢问下一个问题，担心又有汹涌澎湃的意识流袭来。可最后他还是忍不住要问：慢慢地、轻轻地、详尽地告诉我，我们决定了吗？

幸好，这一次的答案不再是那股难以言表的意识流，上灵仿佛在纳飞的脑海里开了一个窗口，让他可以从这个窗口看出去。纳飞看到了自己亲身经历的场景，曾经见过的面孔，在女皇城中的所闻所见。这一切都是纳飞的记忆，一直都在他的脑子里，上灵只是将其提取出来，放在意识层面以供观摩。纳飞突然体会到一种耳目一新的感悟，似乎眼前的这些回忆比他之前的亲身经历更加震撼，也更有意义。

人们做生意时的尔虞我诈，戏剧和讽刺剧展现的人生百态，街头路人针锋相对的谈话，朝圣的信徒喝醉了竟然轮奸一个苦行女，男人们为了获得一纸婚约而各出奇谋，女人们残忍地挑拨追求者互相斗个你死我活，还有耶律迈、梅博酷与纳飞之间的争斗，所有这一切，都道出了人们是如何的毁人不倦，也显示出人们总是热切地希望控制他人的所做所想。有太多人机关算尽地去暗害别人——不仅是敌人，甚至连朋友也不放过——只是为了一丝快感，因为自己有能力造成痛苦而产生的快感。毕生坚持为他人谋福祉的少之又少，能够为人师表的也是万中无一，对爱情忠贞不渝的更是凤毛麟角。

纳飞想，爸爸妈妈就是这样的神仙伴侣，他们长相厮守不是为了获利，而是为了给予。爸爸迎娶妈妈，不是因为妈妈给他带来什么好处，而是因为他们两人在一起可以给我们，也给其他很多人带来好处。这几个星期以来，爸爸主动投身女皇城的政治事务，不是因为他学贾霸想从中获利，而是因为他关心女皇城多过担心自己的身家性命，所以他才能义无反顾地散尽家财，不以为意。至于妈妈，她穷毕生心血培养下一代，通过教育去塑造女皇城的未来，她在学校里的每一句教诲都是为了保护女皇城，不让她堕落下去。

可惜他们败局已定，大势去矣，连上灵也爱莫能助。暂且不说上灵此时的能力和影响已经大不如前，就算它有能力，它也不会出手让人们⋯⋯，充其量只能把人们的恶行限制在尽可能小的范围之中⋯⋯女皇城充斥着戾气，贾霸恰好是集其大成者。贾霸的对⋯⋯不是什么好人，他们和贾霸斗，只是因为不服贾霸独大，都想取而代之。

上灵在纳飞脑子里说道：我会帮助城中的好人，可惜他们数量太少了，不足以扭转局面。女皇城戾气太重，我没办法阻止她自我毁灭。即使贾霸倒了，女皇城还会捧出林霸、薛霸、甄霸，带领她继续走向灭亡。这个欲壑难填的城市不停地玩火，始终会玉石俱焚。真心希望女皇城万世不衰的人太少了，更多的人希望在她轰然倒地之后再分一杯羹。

纳飞流泪了。我以前一直不明白，我从来没有从这个角度去看女皇城。

这是因为有其父必有其子。你们人类有一种"以己之心度人之腹"的共性,你以为每个人无论戴着什么样的面具,内心深处和你自己并没有什么区别,其实不尽然。有些人就是看不得旁人过得幸福快乐,看不得好朋友之间肝胆相照,也看不得夫妻二人琴瑟和谐,所以总想搞破坏。而有更多的人,原本心地并不太坏,却鼠目寸光,为了蝇头小利不惜为虎作伥。这些人都迷失了自我,要唤醒他们,我已经无能为力了。纳飞,除了地球的记忆,我已经一无所有。

纳飞低声道:"告诉我,地球是怎样的?"

他脑海里那扇窗口再次打开,不过这次出现的不是他自己的记忆,而是一些从来没有见过的莫名其妙的事物,纳飞再一次被震撼了。他看到很多闪闪发亮的盒子,由玻璃加金属构成,在灰色丝带般的公路上疾驰;巨大的金属房子腾空而起,几片画得五颜六色的楔形钢片支出来,虽然貌似纤弱,却能让这庞然大物在天际翱翔;有很多高耸入云的大楼,多面体的外墙镶满了镜子,互相倒映着对方,同时反射着黄色的阳光;在这些摩天大楼的下面却混杂着一些破纸烂铁拼成的棚屋,蜗居在里面的贫民只能眼睁睁看着自己的婴儿死于大肚子病;人们互相投掷火球,或者从管子喷出巨大的火柱。纳飞还看到一些不可思议的东西:有一个会飞的房子在城市上空掠过,像排泄一样丢下一个东西;那东西突然炸成一个火球,像太阳那么耀眼,下面的城市瞬间被夷为平地,只留下一个燃烧的废墟。然后是一张巨大的桌子,上面的食物堆积如山,一家人围坐在桌子旁边大快朵颐,有一些衣衫褴褛的乞丐绝望地靠着椅脚坐在地上;座上的人吃撑了,不时要弯腰把食物呕出来,吐到那些乞丐的头上。

这些影像当然只是比喻而已,不会是真的。不会有人那么道德败坏，明明吃不下了还要继续吞，却忍心看着别人饿死在自己眼前。要是有人真的能够想出一个办法让天空燃烧，让城市瞬间毁灭，那个人肯定宁愿牺牲自己也不会泄露这个"人间杀器"的秘密。

纳飞低声对上灵说："这就是地球吗？那么美丽又那么恐怖？我们以前就是这样子的吗？"

上灵回答道：是的。你们以前就是这样子，如果我不能唤醒世界，不能让世人重新倾听我的声音，你们将来还是会变回这样子。在女皇城中就有好多人明明已经衣食富足了却还要尽量多占，完全不顾有多少人穷困潦倒饥寒交迫。此时在城北三百公里之外的地方就正在闹饥荒。

纳飞说："我们可以用马车把食物运过去啊。"

孤威国的人就用马车运送食物，不过那是军饷；他们的军队正是趁火打劫，去攻打那个闹饥荒的国家。只有把当地政府灭了，把老百姓也征服了之后，他们才会运来食物。就像养猪的人用潲水喂猪，为的是把它们养大了吃掉。

纳飞看着上灵给他发送的影像，感觉像看了好几个小时，实际上还不到几分钟。随着越来越多的地球记忆展现在他眼前，纳飞看到越来越多奇形怪状的器械出备，而人类越断变本加厉的所作所为也让他愈加坐立不安。终于，那场末世浩劫来临了，地狱之火覆盖了全球，很多艘太空船从烟雾和灰烬中逃离，把寒冰覆盖的家在了身后。

"他们把世界毁灭了，所以就逃走？"

上灵道，不是的。他们出走是想重新开始。比如说来旨星球的那一批人，他们来这里不是因为地球已经不再适合生存，他们是觉得自己不配留在地球上。事实上，当时的情形是，虽然已经死了好几十亿人，可是地球上还有足够的燃料和物种让几十万人生存繁衍，可是他们实在没有脸面留下来面对被自己亲手摧毁的家园。人们互相劝勉：我们离开，让这个世界自己抚平创伤；在放逐的时候，我们会努力自我完善，等我们配得上那一片生我养我的故土之后，我们才会回去照料她。

于是他们建造了主机上灵，一起来到和谐星球，还给上灵配置了千百个卫星，做其耳目，助其发声。他们也改造了自己的基因，让自己的思维可以直接接收上灵的声音。最后他们把所有关于地球的回忆都储存在上灵那里，让它监护着后人，预设期限是两千万年。

他们预计，两千万年的时间足够让子孙后代学会和谐共处，让这个星球名副其实。在两千万年之后，上灵也应该知道如何把人类带回地球；在那里，地球守护者已经等候多时了。

纳飞说："可是我们并没有变好。已经两倍时间了，我们人类还是一如既往的坏。全靠你，我们才没有能力把这个星球也毁掉。"

上灵把一个念头传给纳飞：现在地球守护者肯定已经完成任务，地球也准备好让我们回归了，问题是和谐星球上的人还没有准备好。那么多年来我一直保留着从地球带过来的知识，等着教你们怎么制造会飞的房子和星际飞船；可是我不敢教你们，因为你们会利用这些知识去互相压迫，互相毁灭。

纳飞问："那么你到底想怎样？你的计划是什么？为什么把我们弄到这儿来？"

上灵说：我还不能告诉你，因为我不能确定你值得信任。可是我已经把你想知道的都告诉你了，我也告诉了你我的目标和我一直以来的成败得失。你们的祖先当年把我设置好，让我守护着你们一直到今天，我始终没有改变：我的所有计划都是为了带领人类重投地球守护者的怀抱,它也在等着你们回归;我的存在就是要给人类自我改善的机会,最终重新获得回归家园的资格;我就是地球残存的回忆。纳飞,如果你帮助我,那么你就是这个宏图伟业的一部分。……如果这不是海市蜃楼的话……希望这不是海市蜃楼。

上灵进驻纳飞的脑海时,有一种强烈的震撼感,现在这种感觉突然消失了,仿佛他胸口的一团烈火突然熄灭,又像他体内奔流不息的生命之河在瞬间干涸。纳飞枯坐在河边的石头上,筋疲力尽,空虚失落,只有最后那一个令人绝望的念头还在心头萦绕:希望这不是海市蜃楼。

纳飞很口渴,他跪在水边,双手捧起河水就往嘴里送;喝了两口,觉得不够解渴,干脆整个人栽进水中,不是为了祈祷,纯粹是太口渴而已。他把头埋在水里,大口大口地喝着,脸就贴着河床上冰凉的石头,河水顺着他的脊背和小腿流过。喝了好久,纳飞把头抬出水面猛吸一口气,又潜回水中继续狂喝。

终于喝够了,纳飞从水中站起来,拂晓时分凉风吹过,身体表面水分挥发,他冻坏了。纳飞想,这何尝不是一种祈祷呢?

他对上灵说:上灵,以后我会对你唯命是从,因为我希望你能够完成你的使命。从今天起,我将竭尽全力为重返地球做准备。

回到帐篷的时候,纳飞已经冻僵了。虽然他浑身上下不再湿嗒嗒地滴着水,可是也没有完全干透,现在只能靠帐篷里的温暖空气和羿羲的体温来取暖。纳飞躺在席子上发抖,辗转反侧了好久,终于沉沉睡去。

第二天有好多活儿要干,虽然纳飞睡不够,还是得一大早就起床。他拖着疲累的身躯硬撑着,结果自然是事倍功半。不止耶律迈,连爸爸也好几次对他大吼。你专心点儿！用一下你的脑子！熬到了午休时，纳飞才有机会补一觉，好让自己从昨晚的疲劳中恢复过来。按照沙漠居民的惯例，沙漠生存有两件宝，午睡和水不可少。可是纳飞不能睡，他躺在席子上，把昨晚的经历一五一十地告诉了羿羲。纳飞说完之后，羿羲泪流满面。他很艰难地慢慢地伸出一只手紧握着纳飞的手，低声道："我一早就料到这是一盘很大的棋，现在我都明白了，所有疑问都迎刃而解。你多幸运啊，能够直接听到上灵的声音，比爸爸还厉害。我猜啊，你简直比得上绿儿了。"

乍听之下纳飞有点惴惴不安。曾几何时他还在腹诽绿儿，也经常口不择言，把"巫婆"两个字挂在嘴边。现在纳飞不禁惭愧，上灵发送影像给绿儿的时候，她的感受恐怕和我的一样吧？我当初还取笑她呢！

纳飞好歹补了一觉，睡醒之后继续开工，终于把活儿都干完了。他们用石头给骆驼建了一个可以长久使用的畜栏，那些石头是用太阳能重力场装置黏合起来的。他们还建了一个小冷库，里面储存了一年的干粮——在外避难一年，这是最坏的打算。他们也在河谷的外围安装了防护栏和监视器，要是有人走近这一带，他们也能够先发制人。

在营地里不许生火，在沙漠里木头太珍贵了，烧掉是浪费。这还不够，他们还不能开炉子煮饭菜，因为一个突兀出现的热源是很容易被发现的，除了体热，他们不敢对外发送任何红外辐射。至于电磁噪声，虽然那些防护栏、监视器、重力场、冷库、太阳能电池，甚至羿羲的浮椅都是信号源，可是由于信号太微弱了，除非有特别敏感的探测器，在河谷外围是不可能被监测到的；而一般的强盗和商队不可能拥有那些特殊的设备，所以韦爵一家的防御措施算是做足了。

晚饭时，纳飞就他们的过度谨慎发表高论："我们为上灵办事呢！那么多年来他一直不让人靠近这个区域，就是特意给我们准备好的。他现在当然会继续隔离这一带了。"

耶律迈大笑，梅博酷更是歇斯底里地狂笑道："纳飞，伟大的神学家！如果上灵真的有能力保护我们，那他干吗不让我们舒舒服服待在家里，却叫我们逃到这个鸟不生蛋的破地方？"

耶律迈说："纳飞，你怎么变成上灵研究学的专家了？看来是你们的老母让你和那些巫婆在一起待太久了。"

生平头一回，纳飞强忍着怒火没有还嘴，因为他知道和他们争吵其实没有任何意义。其实那么多年来他一直都知道这个道理，无奈舌头就是不听使唤。可是今非昔比了，纳飞意识到自己不仅仅是韦爵家的幼子，同时也是上灵的朋友和得力干将，有更重要的任务需要他完成，哪有空和那两人计较。

爸爸说："纳飞，你这种推理是不对的。既然我们有能力保护自己，为什么要上灵浪费资源来照顾呢？"

"爸爸您说得对，我们的确不应该劳烦上灵的。"纳飞说道。他刚才说的话的确很不理智，上灵现在都需要他们帮忙了，他们又怎能增加他的负担呢？"对不起。"

耶律迈微笑着，而梅博酷则翻着白眼大笑道："听听他们，还是理性的男人呢，居然在谈论上灵应不应该帮我们看牲口。"

爸爸冷冷地说："是上灵带领我们来这里的。"

梅博酷说："是你非要来，是耶律迈带的路。"

爸爸说："是上灵警告我离开，也是上灵指引我们找到这片绿洲。"

梅伯说:"啊,对啊,我几乎忘了,原来给我们带路的是上灵啊?我还以为是那只老在我们头上飞来飞去的秃鹫呢。"

爸爸说:"只有蠢货才会拿自己不懂的事情来开玩笑。"

梅博酷说:"爸爸,我只是比较理性而已。你自己杯弓蛇影,老以为有人要暗害你,简直就是个笑柄,还有脸说我蠢!"

耶律迈说:"你闭嘴!"

"你别这样跟我说话!"

"你闭嘴!"耶律迈又说了一次,然后慢慢转头直视着梅博酷愤怒的目光。虽然迈哥的眼睛半睁半闭,看起来似醒非醒的,可是纳飞看到他盯住梅博酷的时候,双眼好像能喷出火来。

"不说就不说呗,反正在座各位都那么喜欢野营,只有我一个不合时宜。"梅博酷一边说一边把冷豆酱抹在饼干上面,又开始吃上了。

爸爸说:"我们不是在野营,而是流亡在外。"

梅博酷说:"我就是不明白,我到底做错什么事情了,落得个流亡在外的下场!"

爸爸说:"你是我的儿子,留在那儿不安全。"

梅伯说:"又来了!我们其实一点危险都没有!"

"别说了!"耶律迈又一次和梅博酷对视。

这时候纳飞开始看出一点端倪了。耶律迈不希望梅博酷谈论到底有没有人谋害爸爸,他们这次举家逃亡到底有没有站得住脚的理由。这是个敏感的话题,纳飞猜他们所知甚多,就是绝口不提。如果这两人真的有什么不可告人的秘密,那么刚才两人的反应其实非常符合各自的风格:耶律迈想把这事完全掩盖住,提也不许提,哪怕沾点儿边都不行;而梅博酷则在嬉笑怒骂间轻描淡写地遮掩过去。

纳飞说:"你们都知道爸爸在女皇城中有生命危险。"

两人的目光证实了纳飞的猜测:如果不是心里有鬼,他们会认为纳飞只是说他们应该相信爸爸看到的影像而已;可是现在两人的反应特别强烈。

耶律迈质问纳飞:"你凭什么说你知道别人知道什么?"

梅博酷则心怀叵测地说:"如果你那么确定爸爸有生命危险,只能说明你自己也有份儿!"

也是很典型的反应:为了反驳纳飞的指控,耶律迈说的是你没有证据,而梅博酷则反咬一口。

纳飞想,是时候让他们知道自己已经不打自招了。他说:"我也有份儿?我有份儿干吗?"

梅博酷立刻意识到自己说漏嘴了。"我只是以为……以为你说我们一早知道什么东西……"

纳飞说:"如果你一早知道有人要谋害爸爸,你肯定会告诉他的,因为你好歹也算是一个人吧。而且你也不用坐在这儿抽泣着说什么没有必要离开女皇城了。"

"臭小子,又不是我在抽泣!"梅博酷已经无法隐藏他的愤怒,可是他也摸不透纳飞的话到底是什么意思。纳飞故意说得模棱两可,让他猜不出自己是否知道一些内幕——您自个儿想去吧。

耶律迈说:"梅伯你给我闭嘴!纳飞你也是。我们这样逃亡还不够惨吗?你们俩还要窝里斗?"

迈哥扮和事佬了,纳飞想大笑。可是他转念一想,耶律迈可能真的不知道什么阴谋,贾霸大概从来都没有真正信任过他。纳飞现在意识到了,贾霸当然不会信任耶律迈,他们只是同母异父的兄弟,而耶律迈是韦爵的长子和继承人。贾霸永远不敢确信耶律迈到底帮哪一边,他顶多利用一下迈哥做中间人给爸爸捎信而已,不可能把真正的图谋告诉迈哥。

这样就能解释为什么耶律迈老是要梅伯闭嘴,他只是不想让人知道自己和贾霸有来往,而并非想隐瞒什么杀人的密谋。纳飞怎么能凭空想象出这样的阴谋论呢? 再说了,既然大家按照上灵的安排逃到沙漠里面,那证明耶律迈和梅博酷也是上灵计划的一部分了。我还在这里怀疑他们,我心中的恶意和弥漫在女皇城中的那股戾气又有什么区别呢?如果我连自己的兄弟也不信任,我又怎么有资格站在上灵那一边呢?

纳飞于是说:"对不起,我不该说这样的话。"

众人非常震惊地看着纳飞。过了好一会儿纳飞才意识到,这是他生平第一次因为对兄长出言不逊主动道歉,而不需要先被对方摔倒在地或者锁喉掐脖子。

"没关系。"梅博酷的声音充满惊奇,而他轻蔑的目光里则散发着胜利的喜悦。

纳飞心中暗想,你以为我道歉是因为软弱?你错了,我道歉是因为我正在学习如何变得更强。

然后纳飞告诉爸爸、耶律迈和梅博酷昨晚上灵给他看的那些影像,可是没说几句就中断了。

耶律迈说:"我太累了,没时间听你说这些东西。"

纳飞很惊讶地看着耶律迈:你没时间听上灵的大计?没时间了解一下人类如何返回地球?

梅博酷也在打哈欠,很明显意有所指。

羿羲问:"你的意思是你根本就不关心?"

耶律迈对着残废的三弟微笑道:"阿羲,你太轻信别人了。你看不出他耍的小把戏吗?纳飞最受不了的就是不被关注,在这里他简直是一点用处都没有,于是他突然就能够接收影像了。你猜下一步是什么?下一步他就会开始借上灵的名义发号施令。"

纳飞说:"才不是呢!我真的看到那些影像了。"

梅博酷说:"对啊,我昨晚也看到影像了。我看到的那些美女啊,你连做春梦也不敢想呢。这样吧纳飞,我梦里那些美女,随便你挑一个,如果你敢上她,我就相信你真的接收到上灵的影像。顶多我把最漂亮的那个也让给你好不?"

耶律迈大笑不止,连爸爸也流露出一丝笑意,可是梅博酷的讥讽只会让纳飞越来越生气,他坚持说:"我说的全是实话,我是要把上灵的目的告诉你们。"

梅伯说:"我宁愿想一下我梦里那些美女想达到什么目的。"

"行了,说话别太粗俗了。"爸爸一边说竟然一边笑出来了。爸爸竟然相信耶律迈的话!他也认为纳飞在胡编乱造——这简直是致命的一击。

当耶律迈和梅博酷离开去照看牲口的时候,纳飞赖着不走。

爸爸说:"你为什么不去?羿羲没有浮衣帮不了忙,可是你可以做啊。"

纳飞说:"爸爸,我本来还以为您会相信我的。"

爸爸说:"我是相信你。我相信你真的希望帮上灵的忙,精神可嘉。你的梦……有些可能真是上灵发过来的,可是你就别费心机跟你两个哥哥说了,他们不吃这一套。"爸爸苦笑了一声。"别说是你,连我说的他们也不信,只是强忍着不说而已。"

羿羲说:"我相信纳飞。他看到的那些不是梦,因为当时他在河边，还是醒着的。我亲眼看着他又湿又冻地回到帐篷。"

从来没有人像羿羲这样让纳飞感激涕零，须知羿羲并不是非要仗义执言不可。纳飞甚至预计着羿羲也会抛弃他，毕竟连爸爸也不把他的话当真了。

爸爸说："我也相信他。只是你说的那些内容太详尽、太清晰了，上灵发送给我们的影像并没有那么详细。所以我觉得，你看到的东西，其主旨估计是真的，而你用自己的想象力把其他部分都补全了。我没有能力去解释分析，去伪存真——至少今晚不行。"

纳飞说："可是当时我也相信你嘛。"

爸爸说："一开始你没有相信我！再说了，信任不是请客吃饭礼尚往来。你必须努力去获取别人的信任。你自己也过了好久才相信我的话，所以别指望我立刻就相信你。"

纳飞满脸通红地从座毯上站起来，爸爸的帐篷真大，他甚至不需要弯腰。"当初你把你看到的东西告诉我的时候，我就像个盲人；现在我终于看见了，却轮到你变成个聋子，我能听到的东西你都听不到了。"

爸爸说："去帮你三哥上浮椅。还有，以后跟我说话的时候注意点分寸。"

当晚，在他们的小帐篷里面，羿羲安慰纳飞说："纳飞，爸爸毕竟是长辈，他的小儿子从上灵那里接收的信息比他还多，这对他来说不见得是件好事。"纳飞说："就算我天生更容易接收信息，那又怎样？我又没办法改变这个事实。再说了，上灵和谁说话还不一样？就像爸爸在帕华部族里面的地位不及贾霸，可是贾霸不是也应该相信爸爸？"

羿羲说:"论职位爸爸可能不及贾霸,可是论地位爸爸绝对是有过之而无不及。要是爸爸当初想做部族首领,他早就当选了!别忘了爸爸是纯正的韦爵传人啊。这就是为什么贾霸总是痛恨爸爸,因为他知道如果爸爸不是讨厌政治的话,只要他一出手就可以轻而易举地把贾霸的权力和影响力瓦解得无影无踪。"

可是纳飞现在不想讨论女皇城的政治,他默默地对上灵说,你一定要让爸爸相信我,让他看看发生了什么事情。你不应该仅仅把一些影像发给我就算了,却不帮我说服爸爸相信我啊。

羿羲低声道:"阿飞,我相信你,我也相信上灵要达成的伟大目标。可是你有没有想过,或许目前这种状况正是上灵所需要的呢?或许上灵不需要爸爸马上就相信你呢?所以你应该接受现状,信任上灵。"

纳飞看着羿羲,帐篷里太黑了,看不出三哥有没有睁着眼睛。真的是羿羲在说话吗?还是他睡着了,上灵借了他的声音来传话而已?

"阿飞,可能会有那么一天,就像耶律迈所说的,你不得不对你的兄长甚至父亲发号施令。你还以为上灵会撇下你不管吗?"

这不可能是羿羲,他不可能说这样的话,肯定是上灵通过羿羲传信来了。现在纳飞意识到上灵已经回答,他也可以睡个安稳觉了。可是就在他睡着之前,脑海中又出现了新的问题。

如果上灵对我说的比对爸爸说的多,仅仅是因为只有我能够和他沟通,而并不是原计划的一部分,那又如何?

如果上灵已经没有能力去说服别人,却指望我想办法去说服他们,那又如何?

如果我只是孤家寡人,只剩下这一个哥哥信任我,而他偏偏又是个残废,什么都做不了,那又如何?

一个声音在纳飞脑子里小声说:有了信任,还怕什么都做不了?你的信念之所以到现在还没有动摇,全靠羋羲的信任。

纳飞沉沉入睡之际还在祈求,告诉爸爸,让他相信我。

上灵当晚真的给爸爸报梦了,可是其内容却和纳飞的愿望大相径庭。

爸爸说:"我看到你们兄弟四人回女皇城了。"

梅博酷说:"时间刚刚好!"

爸爸说:"你们回去只有一个目的,就是把索引带回来给我。"

耶律迈说:"索引?"

"帕华部族刚开始形成的时候就拥有这个索引。我相信那么多年来我们部族之所以能维系和保持这个身份,能够凝聚成一个群体,都是由于这个索引;我们以前曾经被称作'索引守护者'。我的父亲告诉过我,韦爵家的人有权使用这个索引。"

梅博酷说:"用来干吗?"

爸爸说:"我也不太清楚。我只见过几次而已。祖父当年在远行之前把它交给元老会保管;他去世之后,我父亲也没有去要回来,所以如今落在贾霸府中。顾名思义,这个索引应该是用在某个图书馆的。"

耶律迈说:"就那么点用处啊?这东西你也不知道是用来干吗的,为了它你就派我们回女皇城?"

"你们务必拿到这个索引,把它带回来给我——不惜一切代价!"

耶律迈说:"你是认真的吗?不惜一切代价?"

"这是上灵的安排,我知道……虽然我……这不是我意气用事,我也希望你们能够安全回来。"

梅博酷说:"好啊,小菜一碟,没问题!"

纳飞说:"我们应不应该多带一些补给回来?"

爸爸说:"不会有更多的补给了,我已经叫拉士葛把商队补给都卖了。"

纳飞看出耶律迈的黑脸皮开始变红了。"爸爸,等我们的流放结束之后,你准备怎样恢复我们的生意呢?"

纳飞看得出,现在到了风口浪尖的紧要关头,耶律迈要做出什么决定的话,就会在这一刻。因为爸爸的所作所为,其后果是无法挽回的,耶律迈会觉得这些本来应该由他继承的万贯家财都被一朝散尽。如果他真的要造反的话,只会是因为这件事情。

于是爸爸很坦白地说:"我从来没有打算过要恢复什么生意。耶律迈,按我说的去做,否则,韦爵家的财产无论落得什么下场,都与你无关。"

爸爸摊牌了,事情也再清楚不过了:如果耶律迈希望终有一天成为韦爵,他就必须服从现任韦爵的命令。

梅博酷咯咯笑道:"谁想要接手那些臭烘烘的畜生呢?我反正是不想要。"他要表达的意思也很清楚:耶律迈,我可不介意取代你成为下一个韦爵,所以你就尽管去激怒老爸好了。

耶律迈说:"爸爸,我可以把索引带回来,可是为什么把他们也派去呢?让我自己一个人去好了,或者带上梅博酷也行。就让两个小弟留下来陪你吧,反正他们也帮不上忙。"

爸爸说:"上灵告诉我了,让你们四个人一起去。所以你们必须四个人一起去、一起回。你明白了吗?"

耶律迈说："我明白了。"

爸爸说："昨晚纳飞说看到影像的时候，你们就取笑他。可是我告诉你们，你们应该好好向纳飞和羿羲学学，至少他俩在很努力地帮忙；而你们两个做兄长的却只懂得抱怨。"

梅博酷的目光直刺纳飞，可是纳飞更害怕耶律迈，他那双半睁半闭的眼睛正死死地盯着爸爸。纳飞心中想道，爸爸，昨晚你不相信我，今天还让两个哥哥对我的恨意再创新高。

爸爸继续说："耶律迈、梅博酷，你们俩都很有能耐，可是你们学了那么多东西，却始终没学会什么是忠诚，什么是服从。用两个弟弟做榜样吧，等你们学会了之后才配得上你们梦寐以求的财富和荣耀。"

纳飞想，完蛋了，我死定了，回去的路上，他们是刀俎，我就是鱼肉。我宁愿待在这儿也不想走。多谢您了，老爸。

"父亲，我会服从你的命令。"耶律迈的声音低沉而冰冷，纳飞听得胆战心惊。

耶律迈一脸阴沉地开始收拾回程的装备。如纳飞所料，当他问迈哥有什么可以帮忙的时候，耶律迈完全当他是透明的。梅博酷看了纳飞一眼，那种怨毒的眼神让他感到一丝恐惧传遍全身。纳飞想，梅伯想我死，他真的想我死。

既然帮不上忙，纳飞也很识趣，他知道这时候需要低调一点，于是回小帐篷帮羿羲收拾。纳飞把浮衣叠起来放进包里的时候，羿羲用一种渴望的眼神看着浮衣。纳飞知道，羿羲才不管耶律迈或者梅博酷怎么想，他想回去是因为他可以重获自由、生活自理，不用像现在这样连穿衣服大小便也要别人帮忙，说好听点像个婴儿，说难听点就像只宠物。纳飞想，羿羲真惨，像个囚徒一样被禁锢在这个躯体里面。收拾完了，羿羲坐在浮椅上超低空盘旋，那架势像个坐在龙椅上的暴君。他已经不耐烦了，迫不及待地想回女皇城。

纳飞想，他们都迫切地想回去，却是为了自己的私心，而不是想帮忙实现上灵的计划。

纳飞不知不觉来到河边，双手抓住一根十厘米粗的树枝使劲掰。树枝很硬，但纳飞力气更大，慢慢地把那根树枝弯成一个马蹄形。

"别折断了。"

纳飞吓了一跳，转头看发现原来是爸爸。他连忙松手，树枝猛地向上弹起，有些树叶刮在纳飞的脸上。

爸爸说："长那么大不容易啊！"

"我没打算折断它。"

爸爸说："它眼看就要被折断了。说到植物你不在行，可我是懂的，你刚才马上就要把它折断了。"

"我的力气没那么大吧。"

"你比你自己想象的要壮实很多。"爸爸上下打量着纳飞，笑笑说："十四岁了……在你身上可能你妈妈的基因比我的基因多。我看着你就好像看着……"

"妈妈？"

"好像看到一个没有残废、身心健康的羿羲。唉，可怜的孩子。"

可怜的孩子。爸爸，你看着我的时候为什么不能看到我呢？你可以看到一个想象出来的孩子，你也会看到一个捏造上灵影像的顽童，却看不到我是一个可以听到上灵说话的男人，甚至比你听得更清晰。

爸爸说："我有点害怕。"

纳飞看着爸爸的眼睛。他不会是在嘲笑我吧？

"我把你们派去的那个地方其实非常非常危险，你的兄长们都意识不到情况有多恶劣。纳飞，其实你是清楚的，对吧？"

"算是吧。"

"在你看到那么多影像之后……"这句话不知道是问题还是答案。爸爸想问什么呢？想问纳飞是否知道迈哥和梅伯的真相？有可能，因为爸爸自己也不敢确定。不对不对，爸爸其实在问纳飞是不是真的看到那些影像了。

纳飞第一反应是很生气，也很受伤，然后他马上就意识到自己这样感情用事是不对的。爸爸当然有权这样问了，正如羿羲所说，爸爸也有权慢慢消化，逐步开始相信纳飞看到的影像。至少现在爸爸已经在努力尝试接受纳飞的新角色——一起为上灵效力的同袍。

纳飞说："我的确看到了那些影像，可是都没有涉及那个索引。"

爸爸说："贾霸是不会把它交出来的。虽然在我的梦里他真的交出来了，可是上灵不可能连这个都料到。索引不是一件随随便便就可以借出去的东西，它有着强大的力量。"

"为什么说它强大呢？它到底可以用来做什么？"

"我不知道它能够做什么，可是我知道索引代表了至高无上的权力和荣耀。在帕华部族里，一个人只有获得全族的信任，才有资格保存索引。老贾不会放手的，他肯定要杀人灭口，而我还送羊入虎口。"

爸爸说到这儿，一脸的愤怒。纳飞突然意识到，他其实是恨上灵要他这样做。

然后，在纳飞眼前，爸爸很快就控制住情绪，脸色又缓和下来。他很平静地说："我希望……我希望上灵已经把一切都计划得很周详了。"

纳飞说:"爸爸,无论上灵叫我们做什么,我都会照做。因为我知道,如果上灵没有给我们准备一条出路的话,它是不会把任务交给我们的。"

爸爸盯着纳飞的脸,端详了好久好久,然后他微笑了。纳飞从来没有见过爸爸的脸上有过这样如释重负的微笑,这笑容里充满了对纳飞的信任。爸爸说:"你该不是在说好听的吧?你不会是知道我想听什么话就专门说出来让我宽心吧?"

纳飞反问:"您的儿子什么时候刻意说过您想听的话呢?"

爸爸仰天大笑,突然吼了一句:"从来没有!"笑声戛然而止,爸爸伸出双手把纳飞的头搂过来。由于长年累月触碰树干、皮革马具和未经加工的石头,爸爸两只硕大结实的手掌被磨得坚硬粗糙、老茧密布。他捧住纳飞的脸靠过来在他的嘴上亲了一下,喃喃说道:"我的儿子,我的儿子……"

他们就这样默默地站在河边的树下。过了好一会儿,身后传来脚步声,他们转身看到一脸怨气的耶律迈。他说:"如果我们今天还想赶路的话,就得出发了。"

爸爸说:"那就赶快走吧!我就不拖延你们了。"

几分钟之后,他们又一次骑着骆驼,踏上归途。

第十一章 兄　弟

女皇城还不在视线之内，可是耶律迈对这一带的路了如指掌，其熟悉程度就好比照镜子看着脸上的皮肤，哪儿有颗痣，哪儿有点凹凸容易被剃刀划破，全都一目了然。同样地，耶律迈知道在一天之内日照阴影如何变化，下雨之后哪里会积起一片水洼，强盗会躲在什么位置。

此刻耶律迈正率领兄弟几人朝着某个隐蔽又能积水的地方进发。有很长一段路程他们都没有走在大路上，但始终没有让那条大路离开视线范围。可是现在他们彻底离开了主路，很快脚下就变得崎岖不平，于是耶律迈让众人停步，全部下骆驼。

梅博酷问："我们为什么停在这儿？"

羿羲说："浮衣已经开始运作啦！我们快到了，终于不用继续待在这张该死的浮椅上面了。"

耶律迈看着他那个瘫痪的三弟，摇头道："你的浮衣还不能百分之百保证可以运行，你还是得用浮椅，我们这就把它卸下来。"

羿羲通常都很顺从，可是这次却不干了。"那么喜欢你自己用去。"

耶律迈说："你自己看清楚，在这个地方你的浮衣用起来只能断断续续的，它什么时候突然失灵，你就栽个大跟斗了。我们不能冒这个险,你必须用浮椅。"

"我们走近它一点就好了。"

耶律迈说:"我们不会走得更近了。"

梅博酷质问:"那我们在这里干吗?"

"我们要走进这条干涸的河床,女皇城的磁场不能覆盖到这儿。然后我们等天黑。"

梅博酷问:"既然你老是装出一副你说了算的样子,那么请允许我冒昧问一句,然后呢?"

这种场面耶律迈见多了:以前那些结伴同行的旅行者,甚至一些雇工也曾经试过这样挑衅,耶律迈知道如何对付他们:即刻严厉打压,绝不拖泥带水,力求杀鸡儆猴。所以,耶律迈根本不回答,却突然抓住梅博酷的两条手臂——天哪,纤纤玉臂,像个娘儿们,就凭你这个跑龙套的也想闹事——把他狠狠地撞在一堆石墙上面。有一头骆驼被这阵突如其来的骚动吓着了,一边叫一边刨地一边吐口水,发泄着不满。耶律迈有点担心他可能要去哄一下这骆驼。不用了,纳飞已经在哄了。这小子,除了懂拍爸爸马屁之外,还是有一点点用处的。而梅博酷呢,他唯一靠得住的地方就是他永远都靠不住。耶律迈始终不知道贾霸为什么会信任他,贾霸必然知道梅博酷会泄露消息的。即使他没有直接把计划告诉爸爸,也肯定泄露给别人了,否则爸爸怎么会知道?

梅博酷的眼睛里流露出极度的恐慌和痛苦,刚才那一下他的头撞得不轻。耶律迈想,这就对了,仔细体会一下这痛苦吧,以后在质疑我的权威之前,最好先想清楚。

耶律迈低声说:"这里就是我说了算。"

梅博酷一个劲地点头。

"我说了，我们在这儿等天黑。"

梅博酷呜咽着说："我只是说笑的，你不用那么较真儿吧。"

耶律迈差点儿又动手了。较真儿？你有没有想过，女皇城中最有势力、最危险的那个人几乎认定是我们出卖了他才让爸爸逃走的。在梅博酷心目中，女皇城只是个寻欢作乐找刺激的地方。如今在那些城墙背后，刺激倒有不少，享乐……嘿嘿，你就甭想了。

可是耶律迈没有再殴打他，因为再打就是矫枉过正，非但不能得到众人的尊重，反而会引起公愤。耶律迈深谙统率之道，懂得如何避免感情用事，不让情绪影响自己的判断力。他放开梅博酷，然后转身背对着他。这个举动是为了显示出耶律迈对自己的领导地位有绝对的信心，也彰显了他对梅博酷的蔑视。就算他背对着梅博酷，梅博酷也不敢动一根手指头。

"很简单，天黑之后，我进城，和贾霸谈判，然后把索引带回来。"

羿羲说："不行，爸爸说我们应该一起去的。"

嗯，又一个反抗者。不过这次是小意思，羿羲，一个瘸子而已，绝对不能用武力相威胁。"我们的确一起来了呀。只是我认识贾霸，他是我同母异父的哥哥，和你们差不多。我最有可能说服他把索引交出来。"

羿羲说："你是说，我们那么老远来到这里，你却打算让我留在这地方，留在这个金属棺材里面，却不许我再走近一点？"

耶律迈说："坐在浮椅上面总好过躺在一个真的棺材里面吧？如果你以为现在回城里很好玩，那你真是个笨蛋。我告诉你吧，贾霸这个人非常危险。"

纳飞说："贾霸确实很危险。迈哥说得有道理，如果我们一起去,很容易被一网打尽。如果单独行动的话,即使栽了一个,别人还有机会。"

耶律迈说:"如果我栽了,你们就回爸爸那儿去。"

梅伯说:"对啊,反正我们肯定认路回去。"

羿羲说:"你不能去,这里只有你认得回程的路。"

纳飞说:"让我去!"

耶律迈大笑道:"得了吧!你长得和华纱女士一模一样——可能你还不明白,阿飞,贾霸看到你就会想起他这辈子唯一一个无法雪清的耻辱。华纱女士和他生了两个女儿之后,把他给休了;两个星期之后她就和爸爸结婚了,一直维持到现在。要是你一个人走进贾霸府,城中又没有别人知道你去过,那你就死定了。"

梅博酷说:"那我去好了。"

耶律迈说:"你只会去喝点小酒,找几个姑娘,然后回来撒谎说你和贾霸谈过了,我不答应。"

梅博酷似乎在思考要不要发怒,然后决定忍了。

他说:"或者你猜得对,可是谁有更好的主意?"

羿羲说:"要不我去吧,贾霸应该不会把一个瘸子怎么样。"

耶律迈摇头说:"贾霸会徒手把你撕成两半,这种事他还真做得出来。"

梅博酷说:"那你还和这种人做朋友?"

耶律迈说:"兄弟!我们只是兄弟而已。我们又不能选择自己的兄弟,只有既来之则安之了。"

羿羲说:"他不可能难为一个瘸子,这会让他在手下面前威风扫地。"

耶律迈知道羿羲是对的。他们几个人去和贾霸面谈的话,只有一个瘸子才最有可能全身而退。问题在于，耶律迈不能让纳飞或者羿羲与贾霸单独见面，因为贾霸可能会把耶律迈给抖出来。不行，他必须单独见贾霸，向他解释清楚，自己没有向爸爸泄露那个杀人嫁祸的计划。要是阿羲和阿飞知道这个计划的话，他们不会明白这长远来说其实是为了爸爸好。如果不是这样让老爸知难而退的话，总有一天他也会死于非命的。

耶律迈说："这样吧，既然大家谈不拢，我们就抽签吧。用最古老的方法，让上灵决定。"

他伸手从地上捡起一把小石头。"三颗浅色的，一颗深色的，深色的进城。"可是就在他说话的时候，已经把第四颗深色的石头偷偷夹在两根手指之间。

梅博酷说："好吧。"其他两人也点头同意。

纳飞说："我来拿着石头。"

耶律迈说："谁都不能拿着石头，这太容易作弊了，对吧，小弟？"他伸手把石头放在高处的一片岩石上面，谁都看不见。然后他装模作样地把石头弄乱，说道："我把石头弄乱之后，纳飞你也来搅和一下，这才确保没人认得哪颗石头是哪颗。"

纳飞立刻走上前，伸手到岩石上面拨弄着那些石头。有四颗，当然了——耶律迈知道纳飞摸到四颗石头就会放心的。可是纳飞不知道这四颗石头都是浅色的，深色那颗正在耶律迈指间夹着呢。

"阿飞，反正你已经把手伸上去了，就从你开始抽签吧。"

纳飞，可怜的笨蛋，拿了一颗浅色的石头，眉头都皱起来了。他能有什么指望？这是一个男人的游戏。这一帮小男孩当然不知道，像耶律迈这样一个肩负重任的男人，如果不懂得操纵抽签结果，又怎能在江湖中闯荡呢？

羿羲说："到我了。"

耶律迈连忙说："不，让我先抽。"这是第二条规矩：尽早抽签，免得夜长梦多，要是有人起疑心看一眼就会发现所有石头都是浅色的。他伸手去够石头，又装模作样在摸索着，然后拿了一颗黑色的出来，同时把额外的那颗浅色石头藏在指间。当他们去检查的时候，当然发现只剩两颗浅色石头了。

梅博酷说："你摸着就能区分出不同的石头！"

耶律迈说："你这人就是没有赌品！要是一切顺利的话，说不定我们稍后就可以一起进城了，这都取决于贾霸的反应，对吧？毕竟他是我同母异父的兄弟，如果有谁能够说服他的话，那个人非我莫属。"

羿羲说："无论如何我也要进城。我可以等你回来，可是不进去一趟我是不会走的。"

耶律迈说："阿羲，我不能保证一定能让你进城。可是我答应你，在我们离开之前，你可以走近一点，把浮衣用个够，好不好？"

羿羲很郁闷地点了点头。

"可是你们也要答应我，在我回来之前，谁也不得擅自离开这里。"

梅博酷问："要是贾霸把你干掉了，我们怎么办？"

"他不会的。"

梅博酷坚持问："如果你回不来了，我们该怎么做？"

耶律迈说："如果我在黎明之前还没有回来，那么我要不就被杀了，要不就给抓起来了。这样的话，小弟们，这里就不由我说了算啦，你们爱干吗干吗。回家也好，回爸爸那儿去也好，或者进城找姑娘也好，被干掉也好，藏起来也好，对我来说都没有区别了。不过你们不用担心,我会回来的。"

耶律迈带领他们沿着河床走到一片隐蔽的空地,大家路上都心事重重。耶律迈说:"你们看,在这里可以望见城墙,看到'高城门'了吧。"

纳飞问:"你准备走高城门吗?"

耶律迈说:"我从高城门进城,至于出城嘛,哪个城门容易出我就用哪个。"

说完,耶律迈昂首阔步地走了。只有他自己知道这气势是装出来的,实际上他连一半的勇气都没有。

从高城门进城比走市场门容易多了,毕竟这里不必重兵保护黄金市场。不过耶律迈还是要扫描拇指,确认公民身份。这样一来,女皇城的电脑系统就储存了他的进城记录。耶律迈很清楚,即使贾霸没有通过家里的电脑非法入侵女皇城的系统,他在政府机构里面也肯定有线人;如果贾霸真的在意耶律迈有没有进城的话,几分钟内他就会收到消息。城门的守卫没有当场把耶律迈扣起来,他已经暗自松了一口气:这意味着贾霸还没有把耶律迈放在当场逮捕的黑名单上,也可能老贾并没有像他自己吹得那么权势熏天,大概他还不能命令城门守兵抓他的私敌。

耶律迈想,我是他的敌人吗?我和他是兄弟却非朋友,充其量是互相利用的暂时性的同盟罢了,关系密切是因为可以从中获利。可是现在他会不会把我看作一笔失败的生意,或是一个还有利用价值的朋友,还是一个需要家法处置的叛徒?

耶律迈本来打算直奔贾霸府,可是他进城之后却改变主意了。他从高烟囱街踱到图书馆街,再从神殿路走到翅膀街。无论神殿路还是翅膀街都不能通向贾霸府,可是现在耶律迈对那些擦肩而过的雇佣兵越来越警觉了。首先,街上的雇佣兵数量比他们逃亡之前要多;其次,虽然耶律迈刻意不去直视这些士兵,可他们在耶律迈心里造成的不安却越来越强烈了。在一个十二人队转进翅膀街的时候,耶律迈瞅了个机会闪进一个门道里面,趁他们经过的时候,终于可以仔细打量一下这些雇佣兵。

耶律迈马上就看出哪里不妥了:他们每一个人从相貌、穿着到装备,所有东西都一模一样。耶律迈低声说道:"这不可能。"这个世界上,怎么可能同时存在那么多个相同相貌的人呢?他脑海里闪过那些关于克隆人的古老传说——邪恶术士为了统治世界而大量复制自己,到最后总是不可避免地死在这些复制人手上,至少那些故事都是这样的结尾。传说归传说,如今那些复制人就在现实生活里出现了,而且还是老贾的士兵。如果说老贾懂得克隆人,还不如说他会飞好了,反正都是一样的荒诞不经。即使他真的要克隆,也肯定不会选这样一个相貌平凡、蠢头蠢脑的傻大个儿来做模特,还成群结队在大街上丢人现眼吧。

一个女人说:"都是假的。"

没有别人站在这个门道里。耶律迈往外跨一步,回头一看,只见说话的是一个脏兮兮的苦行女,她没有穿衣服,也看不出年纪,全身上下只覆盖着污垢和尘土。耶律迈本人从来都不会把这些苦行女看成泄欲的工具,虽然他颇有一些朋友随随便便地逮一个上一个。耶律迈本来不想搭理她,可是这个苦行女的话似乎在回答他刚才的自言自语;而且此人来自沙漠,无名无姓,还是个圣女,和她说话比和其他任何人搭话都要安全得多。

他问道:"他们怎么做到的?为什么每个人看起来都一模一样

呢？"

"他们说这是古代剧院的一种戏服，一千年之前非常流行。"听她说话一点都不像一个来自沙漠的女人。

"工作原理是什么呢？"

"就是很精致的网状织物，像斗篷一样套在身上，开关控制器别在腰间。它还能根据周围环境的亮度自动调节明暗，在阳光下这戏服亮得刺眼，在月光或者阴影中则变得很精细，设计非常聪明。"

随着她说话的增多，她的嗓音似乎逐渐被加工得越来越动听。

耶律迈问道："你是谁？"

她看着耶律迈的脸，说道："我就是上灵。你呢，耶律迈？你是我的朋友还是敌人？"

耶律迈震惊了，呆呆站了好久。他一直都很担心贾霸下毒手，怕那些士兵认出他，喊他的名字，把他抓走，甚至当场格杀；可是现在连街上一个疯婆子都认得他，耶律迈脑子里面一片空白。如果连街边的乞丐都知道你的名字，那你还有何处可逃呢？那疯婆子开始用食指抠肚脐眼儿，挖来挖去的好像在搅拌什么甜品似的。耶律迈被恶心得不行了，也顾不得街上有多危险，落荒而逃。

耶律迈的低调潜入计划彻底破产了，不过他还没有傻到马上就去见老贾：因为他不应该在这种精神状态下进行谈判。那么应该去哪儿呢？按照习惯他会去妈妈的房子——没错，侯斯尼在后城门附近的水井区有一栋很好的老房子，那是她运筹帷幄驰骋政坛的大本营，很多年轻的政客在这里被她捧为冉冉升起的明日之星，也在这里被她贬成转瞬即逝的昨日流星。可是耶律迈的欲望战胜了习惯，他没有找妈妈避难，却来到了华纱女士的学校门前。

耶律迈小时候就在这里上学，那时候爸爸还没有和华纱结婚。

实际上，正是由于妈妈把他送到这里上学，爸爸才会和他的老师遇上的。那时候同学们都在背后飞短流长，说校长和耶律迈的爸爸有一腿，弄得他有点尴尬。从那以后他在学校里一直过得很不自在，好不容易熬到十三岁，耶律迈终于千恩万谢地离开了学校。现在他回来了，不是作为一个学生，而是作为一个求婚者——一个大受欢迎的求婚者。

耶律迈在门前犹豫了一会儿，因为他意识到这是假公济私，正是他严禁几个弟弟做的事。不过这一丝不安在瞬间就被耶律迈泯灭了，他对艾雅的追求不仅仅是一桩有利可图的婚姻交易那么简单。

耶律迈爱上艾雅已经好几个月了，他从来没有试过对一个女人如此着迷。她的嗓音好像音乐那么动听；她的身体好像一个千变万化的自塑雕像，一举一动都给他带来惊喜。可是随着耶律迈的情愫日增，他越来越担心艾雅对他的爱并没有同步增长。耶律迈害怕艾雅只是爱他的富二代身份，实际上是贪图韦爵家族的万贯家财和显赫名声。如果艾雅看着耶律迈的时候，眼中所见和心中所想只有名利二字，那么最近的变故肯定让她变心了。韦爵家已经变卖了大部分的财产和生意，嫁给韦爵家的继承人已经无利可图，艾雅会怎么回应耶律迈的求婚呢？

耶律迈拉了拉绳子，铃声响起。这是一个老式的门铃，是很深沉的铜锣声，而不是现在流行的乐钟声。出乎耶律迈的意料，开门的竟然是华纱本人。

她说："一个强壮的年轻人从沙漠来我这里，满脸尘土，汗湿衣衫。你为何而来？是替我的爱人捎信，还是帮贾霸传话？是要掳获艾雅的芳心，抑或是在惶恐驱使之下回到儿时上学的地方，希望可以一洗风尘，得到箪食瓢饮的滋润和一砖一瓦的护荫？"

幽默轻松的言辞驱散了耶律迈心头的焦虑：华纱以平辈相称，言语间真情流露，让他感觉很好。他回答说："爸爸很好；我回城之后还没见过老贾，我的确想求见艾雅，不过目前还没打算把她拐走；至于沐浴充饥，我不敢冒昧要求，若你愿意相助，我不胜感激。"

华纱说："我知道你不会开口求助，只会跳进来，抖落一地尘土，散发着骆驼的臭味，还期待艾雅一点都不嫌弃你。快进来吧，耶律迈。"

耶律迈躺在浴缸里，享受并内疚着，毕竟他的几个弟弟还在沙漠烈日之下滴汗煎熬。可是转念一想，去见贾霸之前先收拾整齐，是绝对有道理的。因为这会让他显得不那么狼狈，也让贾霸知道耶律迈在城中有朋友。这样的话，耶律迈手上的筹码就增加了——除非贾霸觉得这更加证明了耶律迈是个两头通吃的双重间谍。没关系，顾不了那么多了。衣服已经洗净，已经放在去湿器里面吹干了。耶律迈出浴，烘干身上的水，穿好衣服，满怀感激之情。虽然有头油，可耶律迈不屑用——剖头派的人都不用头油，为的是表明身份，与孤威国油头族划清界限。

艾雅在华纱的私人会客厅接见耶律迈。她看上去有点害羞，耶律迈觉得这是个好现象，至少她没有显得生气或者傲慢。可他是否应该趁势做出最后的表白呢？恐怕这样做太自大了，毕竟世态炎凉，今非昔比啊。耶律迈大步走到艾雅面前，并没有像以前那样坐在她身旁，而是单膝跪倒，牵起她的一只手。艾雅没有退缩，反而伸出另外一只手抚摸着耶律迈的脸庞，问道："你为什么不愿意坐在我身边呢？莫非我们已经成了陌路人了吗？"

她很清楚他为什么踌躇，也知道这句话可以为他消去心中疑虑。

耶律迈立刻坐在艾雅身边,奉上深深一吻;艾雅的纤腰盈盈可握,她激动的喘息声在他耳边缠绕,柔弱的身躯欲拒还迎。这激情的一吻,道尽千言万语,让耶律迈知道,艾雅的情意不曾退减半分。

两人缠绵良久,艾雅耳语道:"我还以为你一去不回了。"

他说:"我舍不得你。可是将来会怎样我实在不知道,城里发生那么多变故,爸爸又逃亡……"

"有人说你的哥哥密谋杀害你爸爸……"

"没这样的事。"

"也有人说你爸爸想杀你哥哥……"

"那些人在胡扯,太可笑了。他们两个都胸怀大志,仅此而已。"

艾雅说:"不是的。你爸爸不像贾霸那样,带兵上门耀武扬威,还吹嘘说自己来去自如无人能挡。"

耶律迈怒了:"他来这里干吗?"

"他以前和华纱阿姨结过婚,你记得吗,还生了两个女儿……"

"我记得,好像还见过她们。"

艾雅笑道:"当然了,她们是你的侄女,也是阿飞和阿羲的姐妹——大家族怎么那么复杂?我刚才是说,贾霸来这里并不出奇,最讨厌的是他那副行头,还带了一些雇佣兵,穿着那些可怕的戏服,一个个都不似人形。"

"听说那是全息技术。"

"这是一种很古老的戏剧表演设备,终于重现人间。幸好我们的演员都依靠化装,顶多戴个面具。全息图像让人看了很不舒服,因为太假了。"说着她把手伸进他的衣服里面,在他的皮肤表面缓缓滑过。耶律迈痒得全身直哆嗦。艾雅说:"看到了吧,全息图像就不能够复制这种感觉。人怎么能够忍受这种虚幻的存在感呢?"

"我想在那个全息图像下面,他们的存在还是真实的。而且他们还可以对你做鬼脸,不用怕被发现。"

她笑道:"可是你想象一下,作为一个演员,穿着这样的东西,观众怎么可能看到你的面部表情呢?"

"可能它们只是用在没有台词的角色上面,于是一个演员可以演好多个角色,还能够瞬间换好衣服。"

艾雅的眼睛睁得很大:"我不知道你竟然对戏剧有这么多认识。"

"我曾经和一个女演员交往。"耶律迈故意这样说,因为他知道多数女人听到爱人谈论旧情人的时候心里都会嫉妒。"那时候我还觉得她很漂亮,那是因为我还没遇上你。和你相比,她只不过是一个全息图像罢了。"

艾雅亲了他一下,作为对他甜言蜜语的回报。

这时候门被打开,华纱走了进来。按照习俗,她让两人独处十五分钟,实际上可能已经不止了。"耶律迈,欢迎你来做客。艾雅,谢谢你帮我招呼客人,我刚才无法抽身。"这样刻意的假装也是一种习俗:求婚者扮作是来拜访女主人,而被追求的女子则扮作帮助女主人招待来客。

耶律迈说:"尊敬的华纱女士,你的盛情接待,我感激不尽,难以言表。你拯救了一个筋疲力尽的旅行者,如果不是你好心收留,我不知道还能支撑多久。"

华纱对艾雅说:"他也够油嘴滑舌的,是吧?"

艾雅笑得面绽桃花。

耶律迈说:"华纱女士,今天我就要去见贾霸了。此行凶吉未卜,前途难料。"

"那就不要去见他了,"华纱说道,表情也严肃起来,"我觉得贾霸已经变得相当危险。罗达其实是过后才确信那个冷库之约是个陷阱，之前他是没有疑心的。那天幸亏韦爵没有出现，否则罗达就自投罗网了。我相信他的判断，我也相信贾霸心中早已蕴藏杀机。"

耶律迈当然心知肚明，他只是不清楚如果他开口确认这种猜测的话，会产生怎样的效果。华纱和艾雅可能会怀疑耶律迈怎么能确凿知道这个计划的存在；而且既然他早知道，为什么不警告罗达？妇人们怎么可能明白，为了避免大规模的战乱和生灵涂炭，有时候不得不牺牲一条生命来消除矛盾，这其实是最仁慈、最和平的解决方案。普罗大众太傻太天真了，很容易把安邦定国的谋略误解为杀人灭口的诡计。

耶律迈于是说："可能吧。不过有谁能真正知道别人心中的想法呢？"

艾雅说："有一个人的心事我就很清楚，我的心扉也对他完全敞开。"

华纱说："如果你不是在说耶律迈的话，他可能要准备为爱情而犯罪了。"

"我当然是说迈哥哥了。"艾雅说道，一边牵着耶律迈的手放在自己的大腿上。

"华纱女士，我必须找贾霸。爸爸派我去取一件东西，只有他那儿有。"

华纱说："有一样东西我们大家都需要，也只有贾霸能够奉献出来——和平！你们见面时请顺便提醒他一句。"

"我尽量吧。"耶律迈嘴上这样说，可是两人都心知肚明他不会提起这话的。

"韦爵想要什么东西呢？他有没有话要对我说呢？"

耶律迈说:"他应该没有预计到我会来见你,我这次回来完全是为了上灵发给爸爸的一个影像。其实我们四个人都来了……"

"连羿羲也来了?在这里?"

"没有,我让他们在城外一个安全的地方等着,目前只有你们两人知道他们也来了。如果一切都不出差错而我又够运气的话,天黑之前我就能够拿到索引出城,之后我就不知道什么时候才能再回来了。"

华纱低声道:"是索引啊?这样的话他永远也回不来了。"

听她这样说,耶律迈有点心绪不宁:"为什么呢?这东西到底是什么?"

她说:"什么也不是……我是说我也不太清楚,只是……这样说好了,万一帕华部族发现它丢了……"

"真有那么重要吗?为什么在爸爸派给我这件差事之前我连听都没听过呢?"

华纱说:"这个索引向来都没什么人说起,而且它本来用处也不大;或者是上灵不想让别人知道这个东西吧。"

"为什么呢?全世界那么多图书馆,每个图书馆里面都有好几十个索引;仅仅在我们女皇城就有成百上千个索引。为什么就这一个特殊呢?"

华纱说:"我不清楚,我真的不清楚。我只知道这个索引是唯一一个在女人和男人的礼拜仪式里面都提及的祭祀用品。"

"礼拜仪式?它是怎么使用的?"

"这我也不清楚。据我所知,这个索引从来没有被使用过。我连见都没见过,甚至它是什么样子我都不知道。"

耶律迈说:"唉,这真是个好消息啊!估计它和其他所有索引都长一个样,也就是说,贾霸可以随便拿一个来糊弄我,我也拿他没辙。"

华纱苦笑道:"耶律迈,你得知道,除非他不想当帕华部族的首领了,否则他是绝对不肯把那个索引给你的。"

耶律迈很担心,却没有沮丧。很明显她说的都是真心话,可这并不意味着她一定是对的。没有人能猜到贾霸会做什么;如果有利可图的话,他连自己的老母侯斯尼都能出卖。所以说,如果出价够高的话,这个索引是可以拿到手的。现在知道这个神秘的索引那么重要,耶律迈就越发想得到了。不全是为了爸爸,也不仅仅是为了什么着眼未来的远大图谋,他纯粹是为了占有而占有。如果一个人得到了这个索引就会权倾天下,那为什么这个人不可以是耶律迈呢?

华纱说:"耶律迈,你必须知道,如果你真的拿到了索引,贾霸是无论如何不会放过你的,他会千方百计夺回来,到时候你必然会身陷险境。请记住我这句话,你们兄弟躲避贾霸魔爪的时候,不要相信男人,听清楚了吗?一个男人也不要相信!"

耶律迈不知如何作答。他自己就是男人,华纱想要他说什么好呢?

华纱说:"城中没有几个女人不想见到贾霸身败名裂的。要是有人把索引拿走了,她们都会很乐意帮助那人逃出生天——就算获得索引的方式有点那个……"

耶律迈说:"犯法。"

华纱说:"我不太喜欢这个想法,不过你爸爸是对的,如果丢了索引,贾霸肯定深受打击。"

耶律迈说:"其实这不是爸爸的主意,他说是上灵报梦让他做的。"

华纱说:"那就有可能了,有可能……说不定上灵还有足够影响力让贾霸怎么来着……暂时性迟钝?"

"迟钝到把索引给我?"

"也迟钝到不去追杀你。"

艾雅牵着耶律迈的手,她的身躯还紧靠着他。艾雅,我来这里既是为了避难,也是因为想你了;其实我真正需要的是华纱的帮助。如果我不知道这索引有多重要就贸然去见贾霸,后果真的不堪设想。"华纱女士,我实在不知道应该怎么谢你。"

华纱说:"我害怕我其实是鼓励你去以身犯险。我不愿意设想贾霸真的会害你,可是这一盘赌局实在太大。你们是在拿女皇城的未来做赌注,到头来可能会对女皇城造成更大的损害,最终得不偿失。"

耶律迈说:"无论如何,为了艾雅我也要活着回来,如果她还要我的话。"

华纱说:"要是到时候你落魄潦倒,或者被迫亡命天涯,你还指望她跟随你吗?"

艾雅大声说:"那时候他就更加需要我了!我爱的是迈哥哥的人,而不是他的钱财和地位。"

华纱说:"亲爱的,没有钱财和地位的耶律迈你见过吗?你怎么知道到时候他会变成什么样?"

这话太难听了,耶律迈不敢相信她居然会有这样一个念头,更想不到她会说出来。"华纱女士,如果艾雅是那种贪婪女子,她就不会是我爱和信任的女人。可是我真的爱她,而且也没有别的女人更配得上我的信任。"

华纱对着他笑道:"噢,艾雅,你的追求者把你看得那么美好,你一定要努力让自己配得上这样的赞赏啊。"

艾雅说:"华纱阿姨说这样的话,好像在劝你不要爱我似的。可能她有一点点妒忌我约到那么好的男人。"

华纱说:"你别忘记,我已经拥有父亲了,还要儿子做什么?"

在这么一个要紧的关头说这样的话,非常不礼貌,除非她是在说笑。

终于,华纱大笑了。耶律迈和艾雅也如释重负地一起笑起来。

华纱说:"愿上灵和你同在。"

艾雅说:"回来找我,越快越好。"她紧紧地依偎着耶律迈,让他感受到她躯体的每一寸触碰,让彼此都在对方身上留下不可磨灭的烙印。耶律迈也用力地拥抱着艾雅,让她确信他的激情和真心。

耶律迈到达贾霸府已经是下午了。习惯成自然,他几乎又要从偏巷里的那个侧门钻进去。可是耶律迈马上意识到,自己和贾霸的关系今非昔比,是敌是友尚未可知。如果贾霸已经把他视作叛徒,他还偷偷溜进去不让人看到的话,那就正好给了贾霸一个杀人灭口的最好机会。而且,从偏门进出等于自贬身份,他已经不满好久了。所以,这一次耶律迈要像贵客一样光明正大地走前门,越多人看见越好。

还好,门口的家丁对耶律迈很恭敬,马上请他进去。稍后就把他带到书房,也就是他们平常见面的地方。和往常一样,老贾从座椅上站起来拥抱耶律迈以示欢迎。他们像两兄弟一样闲扯,谈论着贾霸圈子里的一些朋友。只有在贾霸提到耶律迈"在午夜时分匆忙离开"的时候,气氛才开始紧张起来。

耶律迈说:"这不是我的主意,不知道你的哪一个手下走漏了风声,爸爸天没亮就起来,到了开会的钟点我们已经在沙漠里面了。"

贾霸说:"你们这样冷不防吓我一跳,我真的很不爽。可是我也明白,有时候人身不由己。"

老贾竟然如此体谅人,耶律迈如释重负,全身舒坦地靠在椅背上面。

"你都不知道我有多担心,可是我没办法溜走给你通风报信,爸爸整天都盯得很紧。我的弟弟就更别提了。"

"梅博酷?"

"我好不容易才让他没有当场尿出来。你当初真不该把他也拉进来。"

"是吗?"

"你怎么知道不是他泄露的消息?"

贾霸说:"我不知道。我只知道我的好表哥韦爵不辞而别,我的弟弟耶律迈也跟他一起走了。"

"至少他已经走得远远的,不会碍手碍脚了。"

"是吗?"

"当然了,他待在沙漠当中一个荒无人烟的山谷里面,还能做什么?"

贾霸说:"他能把你派回来。"

"我回来只是为了一件小事情,和什么战车、剖头国、油头族那些争端没有一点儿关系。"

贾霸说:"不过现在的争端早已经超出那些事情的范围了;或者说,现在的争端比那些事情更加迫在眉睫。你说吧,你爸爸的那件小事情是什么?我怎样才能不让他得逞?"

耶律迈笑了,他希望老贾是在说笑而已。"按我说,你想不让他得逞,最好的方法就是把那东西给他,反正那只是一个微不足道的东西而已。之后他就彻底消失,而你就如愿以偿,可以专心对付罗达。"

贾霸说:"我从来就不想对付谁。像我这样一个热爱和平的人,总是千方百计避免冲突。本来我有一个计划可以化解矛盾,可是在最后关头被我信赖的人搞砸了。"

贾霸笑容不减,可是耶律迈已经意识到他们两人的关系并非像他希望的那样牢固。

"小迈,快告诉我,这件小东西到底是什么,凭什么因为你爸爸想要我就得给?"

耶律迈说:"有个什么索引,是我们家传的古董。"

"一个索引?你们韦爵家的索引为什么会在我手里?"

"我也不清楚。我还以为你会知道他说的是哪一个呢。因为他只是说'那个索引',所以我还以为你知道呢。"

"我有好几十个索引,好几十个。"突然,贾霸扬起一条眉毛,呈恍然大悟状。可是耶律迈见过他这套把戏,所以知道贾霸在戏弄他。"除非,你是指——不过这就奇怪了,那不是你们韦爵家的财产啊。"

耶律迈老老实实地陪他玩道:"你说的是什么呢?"

贾霸说:"当然是说帕华索引了。远在天地初开的时候,全赖这个索引,我们帕华部族才得以形成。在女皇城中没有什么比它更珍贵了。"

他当然要哄抬物价了,奸商的伎俩而已:把自己的商品吹得天上有地下无,先开个天价,然后再慢慢减。

耶律迈说:"那肯定不是这一个。爸爸也没觉得那个索引有多值钱,只是有点纪念意义而已,因为那是他爷爷的。当年他出游的时候,托付给元老会保管。现在爸爸想带着它上路。"

"噢,就是那个索引了。当年元老会委托韦爵家暂时保管帕华索引,他爷爷只是保护人而已。可能他觉得责任太大,所以就把索引归还给了元老会。现在这个索引已经有另外一个保护人——正是区区在下,贾某人虽然不才,却也不敢懈怠。请转告你父亲,他的好意我心领了,可是我不敢劳烦他分担我的重任。再苦再累我也会勉为其难支撑下去。"

是时候开价了吧?耶律迈等着,可是贾霸也不说话,两人就这样一声不吭地对峙了几分钟。终于贾霸从书桌后面站起来,说道:"好兄弟,不管怎样,你回来了我就很高兴,希望你留在这儿帮我。反正你老爸现在已经跑路了,我可以疏通一下,让你接替他做韦爵。"

耶律迈完全想不到贾霸会插手他的合法继承权,是可忍孰不可忍!"只要爸爸还活着,他就是韦爵。等他去世之后,我就是韦爵,不需要任何人的帮助!"

贾霸问:"他还活着吗?那他人在哪儿?我看不到我的老朋友韦爵,我只见到他的儿子站在我面前。如果他死了,他的儿子就是最大的得益者。"

"我的几个弟弟都可以证明我爸爸还活着。"

"那他们又在哪儿呢?"

耶律迈几乎脱口而出说他们就躲在一个离城墙不远的地方,可是他马上意识到这是贾霸在套他的话,引诱他说出有谁在帮忙、帮手都在哪里。"我的几个弟弟和我一样,想回来都想疯了。你不会以为我扔下他们不管,只顾自己一个人进城吧?"

贾霸当然不会上当,他至少知道城门记录上面只有耶律迈的指印。可是老贾不可能确知耶律迈是不是真的在虚张声势,他的弟弟们其实远在沙漠的深处,还是他们已经设法避开守兵进城了,正在密谋对付贾霸。虽然目前只有耶律迈一个人的合法进城记录,可是贾霸也不敢捅破这个事实,因为这就等于不打自招,承认他入侵了女皇城的电脑系统。

贾霸说:"原来他们都回城了!好啊,总比待在沙漠里舒服吧?不过我希望他们提防着罗达和他的手下,城里现在比较乱。虽然我请了一些人加班加点帮忙在街上巡逻,可是几个年轻人在街上瞎逛,我怕会发生一些不幸的意外,有时候甚至会很危险。"

"我已经叫他们要注意点。"

"还有你,耶律迈,好兄弟,我也担心你啊。有人怀疑你爸爸阴谋对付罗达,他们可能会迁怒于你啊。"

这时候耶律迈知道没戏了:老贾已经认定耶律迈出卖了他,或者他觉得耶律迈已经没有利用价值了,甚至还有潜在的危险,欲先除之而后快。既然打兄弟情谊牌行不通,那就换个策略吧。

耶律迈说:"你得了吧,老贾,说什么爸爸谋害罗达,其实根本就是你派人造的谣,你自己也心知肚明。你忘记那个计划了吗?罗达死在冷库那里,有人看到爸爸就在现场。虽然他不会因此获罪,可是作为一个嫌疑犯,他的信誉必然大打折扣。只是爸爸最后没有出现,所以罗达也没有自投罗网,而你只是跌倒了还拼命想抓把沙子罢了。我们现在明人不说暗话,还装什么孙子?"

贾霸说:"我没有装啊,我真的不知道你在说什么。"

耶律迈轻蔑地看着他:"我当初还以为你有魄力带领女皇城走向

辉煌，哪知道你竟然浪费了大好机会，连个罗达都搞不定。"

贾霸说："那是因为我被那些蠢货和懦夫出卖了。"

"只有蠢货和懦夫才给自己的失败找这种借口。不过仔细想想，如果他们是说被自己出卖的话，也没说错，因为他们所说的蠢货和懦夫正是他们自己。"

"你说我是蠢货和懦夫？"贾霸发怒了，似乎有点失控。耶律迈以前只见过他偶尔发几次脾气，却从来没见过他这个样子。他不知道自己能不能应付这个局面，可是至少贾霸不再像刚才那样装出一副气定神闲满不在乎的样子。贾霸说："至少我没有半夜三更溜走，也没有别人说什么就信什么，不管那个故事有多么白痴。"

耶律迈说："你在说我吗？老贾你别忘了，自始至终只有你在对我讲故事。那好，你告诉我，我到底相信哪一个白痴故事了？你说你做那么多都是为了女皇城好，我从来都没相信过，我知道你只是为了自己好。你说你很爱我的爸爸，你要保护他，不让他卷入政治风暴。你以为我真的相信你这些鬼话吗？自从华纱女士把你休了和他结婚，你就恨上他了。每年他们续约一次，你的仇恨就增加一分。"

贾霸说："我从来就没介意过这事儿，那女的算什么呀？"

"即使到了现在，她也是你唯一想讨好的人。你还去她家走来走去，像孔雀开屏似的在炫耀，还不知道她在背后怎么笑你呢。"耶律迈当然知道他这样说会让华纱身处险境，可是这本来就是一个危险的赌局，不入虎穴焉得虎子。况且华纱女士能对付贾霸。

"笑？她哪会笑。你连话都没和她说过。"

"您看看我，有没有显得风尘仆仆？我去她家舒舒服服洗了个热水澡，我还要和她最喜爱的干女儿结婚了。华纱告诉我，她宁愿上一只兔子也不要和你再来一晚。"

有一瞬间贾霸好像想拔出脉冲枪把耶律迈当场击毙。然后他的脸部肌肉稍微松弛了一点,挤出一丝微笑:"现在我知道你在撒谎了,华纱永远不会说那么粗野的话。"

耶律迈说:"我当然是在夸大其词了。我只是想让你明白到底谁才是那个别人说什么都相信的蠢材。"

贾霸说:"被蒙骗一时半刻不算什么,最惨的是有人执迷不悟地相信那个最愚不可及的故事。"

这时候耶律迈才终于知道贾霸说的那个白痴故事是什么。老贾说得不错,耶律迈当初连这样的鬼话都看不穿,而且直到这一刻为止还深信不疑,他的确是蠢到家了。"你从来就没打算以谋杀罪名控告爸爸,是吧?"

贾霸说:"我当然有了。"

"可是你并没有打算当庭对质。"

"噢,当然没有了。我不是告诉你了?这是浪费时间嘛。"

"你当时说,上庭是浪费时间,因为爸爸德高望重,肯定不会入罪。而实际上他根本不会出现在法庭上,因为你计划好了让人发现爸爸和罗达一起死在冷库里。"

"荒谬!荒唐!荒诞!你是无中生有!你的内心太邪恶了,小伙子。"

"你在利用我,让我无意中出卖了父亲,然后你就对他下毒手。"

贾霸说:"我一直都以为你心知肚明,只是这种话题实在说不出口,所以才心照不宣。如果你想早点儿得到韦爵家业,我唯一能帮你做的就是搞定你的老爸,我以为你早就知道呢。"

耶律迈几乎被陷于不仁不义之地,背上谋害父亲的骂名。狂怒之下,耶律迈完全失去控制,纵身就向贾霸扑去。贾霸掏出脉冲枪,一下顶住耶律迈的脑门:"嘿嘿,来啊,怎么不动手啊?看来你也知道脉冲枪在那么近的距离会对人体产生什么样的伤害。对了,你不是刚刚用这种武器杀过人吗?会不会很巧,正好是这一把枪呢?"

耶律迈看着这把脉冲枪,认得上面磨损的痕迹。这把枪曾经被随手放在石头上面,曾被刻下印记,也被长年累月的日晒和摩擦弄得褪色了。耶律迈不知所措地说:"从最近一次商队回家之后,我就将这把脉冲枪借给了梅博酷。"

"而梅博酷则借了给我。这个蠢货,我骗他说转头我要在一个派对上面给你一个惊喜,庆祝你初开杀戒。我还说要用你的故事去给手下们激励士气。"贾霸说完大笑不止。

"你之所以把梅伯扯进来,完全是为了得到我的脉冲枪。"可是为什么呢?耶律迈想象着,他的爸爸陈尸冷库,有人在案发现场不远处发现了耶律迈的脉冲枪,似乎是匆忙中落下的。他也想象着贾霸眼含热泪对着女皇城议会慷慨陈词:"世风日下道德沦丧,现在的年轻人因为贪欲竟能做出这样的事情。我自己同母异父的兄弟,为了霸占家产而不惜谋杀父亲。"

耶律迈平静地说:"你说得不错,我那时候真是个蠢货!"

贾霸说:"你到现在也还是个蠢货。今天你在城里乱窜,我的手下跟踪你走了好几个城区,沿途还有很多目击证人。到时候连华纱也要被迫出庭指证她的最爱佛意漫的长子,畅快啊!因为今晚有人要死了,凶器正是这把脉冲枪。有人在尸体附近发现这把枪,然后人人都会知道刺客原来是韦爵的儿子,很可能还是奉了他老爸的命令行凶。最精彩的是,我可以告诉你所有这些计划,然后赶你出城门,还留你一条小命,而你仍然束手无策。如果你四处跟人揭发说我要谋害谁谁谁，人家只会觉得你想未雨绸缪，却欲盖弥彰。耶律迈，你和你老爸一样蠢。你明明知道我为达目的不惜大开杀戒，你还以为你们一家子有免死金牌。我们只是在同一个子宫里面待过九个月罢了，就因为这个我就会对你手下留情吗？"

耶律迈从没见过也想象不到一个人的脸可以显现如此极端的狂怒、憎恨和邪恶。他看着贾霸兴致勃勃地描述着一件他即将要做的坏事，心中惊惧之余，竟然觉得自信陡增，似乎贾霸的渺小卑微衬托出他耶律迈的高尚情操。

耶律迈说："到底谁是蠢货？老贾，谁才是蠢货？"

贾霸说："这还用问吗？"

耶律迈说："没错，你的确害得我们父子有家归不得，至少在近期内是不可能回女皇城了。可是你以为干掉罗达之后你就一帆风顺了吗？你真的蠢到这个地步，以为有人会相信爸爸和我杀了罗达吗？"

贾霸说："我有杀人凶器在手。"

"有凶器又怎么样，你有目击证人吗？传来传去不就是你手下散播的谣言？你别以为人人都那么蠢，连一加一等于二那么浅显的道理都不懂。罗达和爸爸，一个死一个逃，谁从中获益？只有你，老贾！我告诉你，女皇城全城的人都会跟你拼命，你那些打手雇佣兵最终都免不了横尸街头。"

"你高估我的对头了，他们不过是些软脚蟹罢了。"贾霸还在嘴硬，可是语气中已经没有了之前的自信和欢快。

"你的那些对头并不是软脚蟹，他们只是不会为了达到目的而杀人罢了。可是为了对付一只像你这么低能弱智、妒贤嫉能、生性恶毒、心狠手辣、不劳而获的小蟑螂，大家还是愿意开一次杀戒的。"

"你不想活了?"

"对啊,老贾,有种你开枪啊!有好几百号人知道我来找你,现在都在等我出去演讲呢。我一定会把你的阴谋曝光,让你的如意算盘打不响。怪就怪你管不住自己这张嘴巴,非要在我面前自吹自擂。"

耶律迈当然是在虚张声势,可是却把贾霸给唬住了。贾霸惊疑不定,沉默了一会儿,突然挤出一脸的笑容:"小迈啊,你是好样儿的,真不愧是我兄弟!"

耶律迈知道贾霸举手投降了,所以不接话。

"你毕竟是我弟弟,佛意漫的基因也不能把你变弱——说不定还让你更强呢。"

"你以为现在拍马屁有用吗?"

贾霸说:"当然没用了,你肯定会嗤之以鼻的,可是我对你的景仰并没有因此而减少半分,对吧?你只是体会不到而已,不过这可是你的损失啊,小迈。"

耶律迈说:"贾霸,我来是为了索引,就那么简单。拿到了我转身就走,从此韦爵家和你再无瓜葛。然后你可以放心玩火,直到最后有人在你最得意扬扬的时候在你背上捅一刀为止,那时候世界就清净了。"

贾霸把头歪到一边。

耶律迈暗自得意:他要答应了!

贾霸说:"不行,虽然我很想答应,可是我实在不能。索引突然不见了,我怎么向元老会解释?仅仅为了赶走韦爵就惹来那么多麻烦,不划算,反正不用我赶他都已经走了,何苦多此一举呢。"

终于可以像生意人一样讨价还价了,耶律迈现在才如愿以偿。

他说:"怎样才划算呢?"

"你先出个价吧。毕竟这事情太棘手了,多少钱才合适呢?"

"把索引给我,爸爸就转账给你,要多少给多少。"

"你要我就这样干等啊?我现在先把索引给你,然后韦爵以后再付钱?哦……等等,我明白了!"贾霸嘲笑道,"你不能马上付钱,因为你手头上根本就没有钱!韦爵一个子儿都没有给你,他派你做这件苦差,却不让你碰他的金库。"

这实在太憋屈了。爸爸早该知道,和贾霸打交道,最后总避不开一个钱字,所以他本该把韦爵账户密码给耶律迈的。现在倒好,耶律迈对韦爵家产的控制甚至还比不上管家拉士葛。耶律迈又怒又恨,怨父亲害他陷入如此狼狈的境地。这个鼠目寸光的糟老头子,做生意时总是栽大跟斗。

贾霸止住笑,说道:"小迈,你告诉我,如果连你亲爹都信你不过,不敢把钱交到你手上,那么我为什么要信任你,把索引给你呢?"

说完,贾霸伸手到桌子下面按了个什么机关,三道门同时打开,冲进来很多一模一样的雇佣兵。他们揪住耶律迈,推推搡搡地把他推进大厅,再赶出前门。这还不够,他们还快步把耶律迈押到最近的城门那儿。这个正好是后城门,所以他们一行人还经过了耶律迈母亲的府邸。到了城门,贾霸的手下当着守兵的面把耶律迈推倒在地。

其中一个雇佣兵大声说:"这人要出城!"

另一个吼道:"再也不回来啦!"

城门的卫兵却不买他们的账,其中一个卫兵问:"你是女皇城的市民吗?"

耶律迈一边掸着身上的尘土，一边说："是的。"

"请验指纹。"卫兵把指纹仪递给耶律迈，耶律迈将拇指按在屏幕上。

"市民耶律迈，侯斯尼与韦爵之子，为你服务是我们的荣幸。"城门守兵一起立正向耶律迈敬礼。

耶律迈目瞪口呆。他出入城门无数次，每回电脑都显示出他的显赫家世，可是那些守兵顶多扬一下眉毛而已。可是这一次，他们竟然对他敬礼！

这时候，贾霸的雇佣兵又开始吹嘘炫耀了，叫嚣着如果耶律迈敢回城，他们就如何如何收拾他。耶律迈现在才明白，城门的守兵这样做，是为了告诉他和围观的市民，他们和贾霸的那些打手不是一伙的。而且，韦爵的儿子自然就是贾霸的敌人，就冲着这个身份，卫兵们就愿意向他致敬了。如果耶律迈能想办法充分利用这种人和，他完全可以扭转局面，占回上风。耶律迈想：要是我以反抗领袖的姿态回城，率领女皇城卫兵与帕华部族民团起义，把贾霸和他那些克隆小丑军团给灭了，那么我就是女皇城的救世主。到时候我就会得到全城的爱戴，至高无上的权力唾手可得，根本不需要像贾霸那样使出偷抢拐骗、威逼利诱、杀人放火这些下三烂的招数。

第十二章 财　产

　　除了中午的一个半小时之外，峡谷底下被阴影覆盖，不用被阳光直射，而且总有微风拂面。尽管如此，在沙漠里干等一天，还是非常凄惨的。尤其是纳飞，等着别人替他完成本来属于他的工作，这时候就算待在琼楼玉宇里也好像在滚烫的热锅上煎熬。热浪催逼之下，汗珠都渗到眼睛里，热风刮过，灌了纳飞一身一嘴的沙子。可是这些都不算什么，最让纳飞难受的是上灵的差事竟然由耶律迈去办理，一想到这个他就紧张到恶心想吐的地步。纳飞知道耶律迈在抽签的时候作弊了，他并没有天真到以为耶律迈真的依靠运气来做出么重要的决定。虽然他很佩服迈哥迅捷无比的手法，可还是很生气。耶律迈到底是不是真的想去拿索引呢，或者他其实是回去和贾霸商量下一步对策，继续背叛父亲，背叛女皇城，也背叛上灵？

　　他会回来吗？

　　终于，黄昏将至的时候，传来一阵石头跌落的噼里啪啦声，是耶律迈弄出的声响，他手脚并用地爬下山谷来到他们的藏身之处，两手空空，却目光炯炯，纳飞嗅到了背叛。

　　耶律迈说："他当然拒绝了。这个索引比爸爸说得重要多了，贾霸不愿意交出来，至少不愿意无偿地交出来。"

羿羲说:"那他想要什么呢?"

"他没说,可是他心里肯定有一个价码,因为他已经说了,愿意听报价。最狼狈的是,我们必须回爸爸那儿才能打开他的账户。"

纳飞越听越觉得不对劲儿,谁知道耶律迈和贾霸私下谈妥了什么勾当?

梅博酷说:"空手跑那么远回去啊?我可不干,迈哥!你自己一个人回去得了,我们就在这儿等你取密码回来吧。"

羿羲说:"是啊是啊,我明明可以进城用我的浮衣,为什么要在这里干耗着?多待一个晚上我都不干。"

耶律迈说:"说真的,你们到底有多笨?你们以为现在还和以前一样,可以让你们在城里走来走去都没人留意吗?现在满大街都是老贾的雇佣兵,别忘了他可不是老头子的朋友,所以他也不是我们的朋友。"

梅博酷说:"他是你哥哥。"

耶律迈说:"他谁的哥哥也不是!他从里到外就是一个人渣,你们谁都没有我了解他。我向你保证,他一见到我们就会立即痛下杀手。"

耶律迈竟然会这样说话,纳飞很吃惊:"我以为你想要他做女皇城的头儿呢。"

耶律迈说:"我当初觉得,大战当头,他的计划最有希望让女皇城渡过难关。可是我一直都知道贾霸的根本动机只是为自己谋利而已。现在城里全是他的打手,穿着一些什么全息影像的戏服,全身都覆盖住,所有人都一模一样。"

梅博酷说:"全息面具?这主意太妙了。"

耶律迈说:"这意味着即使有人看到贾霸的某个士兵在作案,比如说绑架或者杀害韦爵一个走丢的儿子，他们也没有办法指证那个凶手。"

梅博酷说："呃，这个……"

纳飞说："这么说来，即使爸爸让我们打开他的账户，那又怎样？你凭什么认定贾霸会把索引卖给我们？"

"纳飞，你动一下脑筋吧，都十四岁了，也能够明白一些大人的事情了。贾霸出钱雇了成千上万个士兵，没错，他是很有钱，可是也不可能一直这样撑下去，除非他能够控制女皇城的财税收入。正因为贾霸急需用钱，所以爸爸的财富才显得举足轻重。相比之下索引带来的声望算什么？这东西反正也没几个人听说过。"

纳飞明知道耶律迈在教训自己，可是也得忍气吞声，因为他知道耶律迈分析得很对。"那么说，那个索引是待价而沽了？"

耶律迈说："可以这么说。所以我们回爸爸那儿，商量一下这个索引是否值得花钱去买，花多少钱划算。然后他给我们账户密码，我们再回来讨价还价……"

梅博酷说："我都说了，你自己回去得了，我宁愿进城去碰大运。"

羿羲说："我想今晚就摆脱这椅子。"

耶律迈说："我们回来之后，你们才能进城。"

羿羲说："又像现在这样吗？你让我们在这儿瞎等，然后我们还是没法进城。"

耶律迈说："那就拉倒吧！我自己回去，告诉爸爸你们都扔下他不管，也背弃了他的理想，为了什么？为了进城飘来飘去找人上床。"

羿羲抗议说："我可没打算找人上床。"

梅博酷咧嘴笑道:"我也没打算飘来飘去。"

纳飞说:"等等,要是我们回爸爸那儿拿了密码,然后呢?来回起码要一个星期吧,到时候局势变成啥样谁也预计不了。说不定女皇城中已经爆发内战了,或者贾霸有了别的财路,再也不稀罕我们的钱了。如果我们要开价买索引,就必须马上行动。"

耶律迈很惊奇地看着纳飞,说道:"嗯,你说得对,道理当然是这样,可是我们没法打开爸爸的账户啊。"

纳飞没有回答,却转头看着羿羲。

羿羲翻着眼珠子,说道:"我可是答应过爸爸的。"

梅博酷说:"你的意思是你知道爸爸的密码?"

羿羲说:"爸爸说过,必须有另外一个人知道密码,以防万一。纳飞你怎么知道的?"

纳飞说:"不会吧,你当我是白痴啊?你做研究的时候,经常用到女皇城图书馆里的一些资料,那些文件是不对未成年人开放的,没有大人授权的话,你不可能查得到。可是我不知道原来是爸爸告诉你的。"

羿羲说:"其实,他只告诉了我上半部分,另一半是我自己破解的。"

梅博酷很悲愤地说:"一直以来我在城里像个乞丐一样过活,而你却可以打开爸爸的整个账户!"

耶律迈说:"梅伯,你想一下,除了羿羲,爸爸还能信谁?纳飞只是个小孩,你是个大花洒,而我就老是不赞同他的投资方式。而羿羲呢,他要钱有什么用?"

"就因为他不需要钱,所以他就可以很有钱?"

羿羲说:"我当然没乱花钱了,如果我用他的密码取钱,他早就把密码改掉了。或者他有另外一个密码用来取钱吧,我没试过,现在也不打算试,你们就甭打我的主意了。爸爸没有授权我们打开家族的账户。"

纳飞说:"爸爸说过,上灵要我们把索引带回去,你还不明白吗?这个索引重要到足以让他忍心把几个儿子派回去面对那个要谋害他的敌人……"

梅博酷说:"得了吧,阿飞,那只是爸爸做梦而已,又不是真的,贾霸没有打算谋害爸爸。"

耶律迈说:"他有!他计划着杀害罗达和爸爸,然后嫁祸给我。"

梅博酷张大了嘴巴。

"他打算安排人在爸爸的尸体附近'发现'我的脉冲枪,就是我借给你的那一把,居然被你这个笨蛋给弄丢了。"

羿羲说:"你怎么知道那么多?"

耶律迈说:"是贾霸亲口说的,他是想让我知道我有多么无助,即使知道了他的图谋也拿他没办法。"

羿羲说:"那我们去元老会,既然贾霸都承认了……"

"承认也好,炫耀也好,当时只有我一个人在场,所以最终就只有我和他对质罢了,向谁告状都没用。"

纳飞说:"最好的机会就在今天,而且就是现在了。我们回家,去书房那里打开爸爸的文件系统,将所有钱都兑换成流动资产,比如说金条、银条、可兑换债券、宝石等等,去黄金市场提取之后就上贾霸府……"

耶律迈说:"好让他一网打尽,再杀人灭口,把我们剁碎了扔到城外的臭水沟里面喂狼。"

纳飞说:"不是的,我们只需要带上一个他不敢碰的证人就可以了。"

羿羲问:"谁?"

纳飞说:"拉士葛!你们想想,他不仅仅是韦爵府的管家,还是帕华部族的成员,而且有信誉也有名望。我们带上他,让他见证我们用家产换索引的全过程,然后我们全身而退。贾霸或者有办法害我们,因为我们父子几人都已经落难逃亡,可是他没有办法害拉士葛。"

羿羲问道:"你是说我们四个人一起去见贾霸?"

梅博酷问道:"一起进城?"

耶律迈说:"这个计划还不赖,虽然有点冒险,可是你说'机不可失,时不再来'倒没说错。"

纳飞说:"那我们回家吧。将骆驼都留在家里过夜得了,是吧?羿羲和我去爸爸的书房弄钱,你和梅伯去找老葛,带他回家,然后我们再一起出发去找贾霸。"

羿羲问:"老葛会答应吗?要是贾霸横下一条心要把我们都干掉呢?"

耶律迈说:"他会答应的。老葛一直都忠心耿耿,肯定不会背叛韦爵家的。"

他们只用了一个小时左右就办妥了。将近傍晚的时候,他们来到黄金市场完成现金交易。除了房产之外,所有的资产都换成了可花费的流动资金,放在羿羲的银行账户里面。实际上,羿羲他们兄弟几人虽然各有自己的账户,可都是爸爸总账户下面的一个附属账户。如果有谁怀疑羿羲是否有授权提那么一大笔钱,拉士葛就起作用了。他只要往旁边一站,甚至话也不用说,大家就知道这笔交易肯定是合法的。

这笔提现交易涉及的金额之大，在黄金市场近年的历史中是绝无仅有的。没有一个经纪人有足够的金条、宝石和债券去完成哪怕是这笔交易的一部分。弄了一个多小时，太阳已经落到红墙之下，黄金市场也覆盖在阴影中。一群经纪人争得焦头烂额，最后终于将全数现金都放在一张桌子上。所有的资产已经转账完毕，在每个电脑屏幕上都显示出一笔天文数字的资金从一列移到另外一列，那些经纪人看着这情形，都是一脸的敬畏。他们把金条、银条用布包成三卷绑好，宝石也用衣服卷好放在包里，债券则折好放进皮套里面，然后韦爵家四兄弟把包裹分开背好。

有一个经纪人找了六个女皇城守兵来护送他们，可是耶律迈拒绝了。他说："如果有卫兵跟着，那么全城的盗贼都会盯上我们，我们就死定了。所以我们应该迅速行动，不招摇，也不要卫兵。"那个经纪人还是用目光请示拉士葛，得到他首肯之后才作罢。

他们一路上都紧张兮兮的，似乎路人都在盯着自己，在城里走了半个小时左右才到达贾霸府的大门。纳飞一眼就看出来这里的人都认得耶律迈和梅博酷，也认得拉士葛。不过拉士葛在帕华部族里也算是小有名气，所以被人认出来并不奇怪。因此，最后当他们走进贾霸府——准确来说，是贾霸夫人府——的大厅，来到贾霸面前时，只有纳飞和羿羲需要引见。

贾霸看着羿羲，说道："看来你就是会飞的那个。"

羿羲说："是飘。"

贾霸说："嗯，看得出，你们俩是华纱的儿子。"他盯着纳飞的眼睛。"那么小就长那么高大了。"

纳飞不说话，他正忙着看贾霸的面相。这人真是长得很平庸，一点彪悍的气场也没有。虽然他也开始上年纪了，可还是比爸爸年轻不少，毕竟爸爸和贾霸的妈妈一起生活了相当长的一段时间，还生下了耶律迈。迈哥和贾霸长得也不太像，只是隐约有一点点对方的影子，比如说头发颜色的深浅程度，以及突出眉骨下面显得半闭的双眼。

眼睛既是他们最为相像的地方，也是反差最大的地方：贾霸的双眼湿润，还有黑眼圈；而耶律迈则目光犀利，毕竟他是一个在沙漠里闯荡的壮男，有着直面生人和探索未知的勇气、信心和魄力。而贾霸正相反，他哪儿也不去，什么都不干，整天就蜷在窝里算计着，指使别人去给他卖命。耶律迈投身世界，改变世界；而贾霸则龟缩一角，将这个世界榨干吸空，把自己养得肚满肠肥。

贾霸说："最年轻的那个小朋友怎么不说话？"

梅伯说："这真是有史以来第一次。"然后挤出几声干笑。

"韦爵家几位公子与大管家光临寒舍，不胜荣幸。不知各位有何贵干呢？"

耶律迈说："父亲派我们来与你交换礼物。在我们住的地方用不上钱，可是爸爸却一心要——不对，是上灵命令他把索引带上。而你，贾霸，索引对你来说毫无用处，你做首领那么多年也没看过它一眼吧？可是你大概能够更好地管理和经营韦爵家族的财产，毕竟爸爸地处偏僻，鞭长莫及。"

这番话讲得冠冕堂皇，滴水不漏，纳飞佩服得五体投地。虽然谁都看得出他们其实是在做一笔买卖，可是耶律迈却刻意把整件事情伪装成交换礼物的样子，这样就不会落人口实，说贾霸和父亲买卖索引。

贾霸说："韦爵本家太慷慨了，可是如果他的万贯家财之中交给我管理的只有九牛一毛，那我帮这点小忙也太微不足道了。"

多说无用，耶律迈走上前，将一卷沉甸甸的白金条铺开在桌上。

贾霸拿起一根白金条掂一掂重量，说道："真是漂亮！可是这里只是韦爵家产的零头罢了，我只帮忙管理这一丁点儿财物，却要他负起守护帕华索引的重担，实在说不过去。"

耶律迈说："这只是一个样品而已。"

贾霸说："既然你们如此信任我，那么是否应该让我看看作为监护人我到底有多大的职责呢？"

耶律迈将他身上携带的所有财宝都拿出来摊在桌面上。"我父亲敢劳烦你的重担就这些了。"

贾霸说："我只能够为我的本家效这么一点点犬马之劳吗？真是惭愧啊！"话虽这样说，纳飞却看到，贾霸看着这样一大笔钱摆在面前，眼睛都放光了。"我想桌上这些只是你们带来的四分之一吧？"

贾霸说着，目光从纳飞、羿羲和梅博酷身上一个一个扫过去。

耶律迈说："我觉得这个担子已经够沉重了。"

贾霸说："既然这样，我可不能将索引这样一个重担压在我本家身上。"

"那就拉倒吧。"耶律迈说着就伸手要把金条卷起来。

纳飞想，这样就算啦？我们就这样放弃了吗？难道他们都看不出贾霸其实很想要这笔钱吗？如果我们再加一点点，他就愿意卖了呀。

纳飞说："等等，我把我身上带的也给你。"

纳飞知道耶律迈在盯着自己，可是都已经走到这一步了，怎么能够功亏一篑、空手而回呢？难道耶律迈不知道这个索引比什么金银财宝都重要吗？纳飞说："如果这还不够，羿羲还有。羿羲，打开给他看一下。"

就这样，两下功夫，他们就开出了三倍的价钱。

耶律迈冷冷地说："我弟弟给你带来的负担恐怕太大了，那是他不懂得体谅你的难处，我并没有打算让你背上那么大一个包袱。"

贾霸说："正相反，你弟弟才比较准确地估算出我愿意背上多大一个包袱。实际上我觉得，如果你将剩下那四分之一也摆上桌面，我才有资格将帕华索引这么一个沉重的责任托付给我的好本家。"

耶律迈说："我觉得那太多了。"

贾霸说："你这样说话真是伤感情，我们也没什么好说的了。"

纳飞说："我们来就是为了索引，因为上灵需要它。"

贾霸说："人人都知道你爸爸又虔诚，又能看到幻象。"

纳飞说："如果你要我们身上带的所有钱财，没问题，都给你也没关系，只要我们能够完成上灵的任务就行了。"

"你这么服从上灵，你的事迹肯定会在神殿里面传颂好久。"贾霸说完又看着梅博酷问道："梅博酷，莫非你这个做哥哥的，反而不及弟弟那么虔诚？"

梅博酷不知如何是好，一脸苦相地看看耶律迈，又看看贾霸。

这时候果断出手的还是耶律迈，他又一次伸手把金条卷回包裹里。

纳飞大声说："你别收拾，我们不能走！"他向着梅博酷伸手道："你也知道爸爸要你怎么做。"

贾霸说："我看出来了，最小的弟弟反而最有洞察力。"

梅博酷走上前，开始把包裹往桌上放。这时候纳飞感觉到耶律迈的大手紧紧地扣住自己的肩膀，手指都掐进肉里了。耶律迈在他耳边低声说:"我叫你让我来处理这事,你这个蠢货!我们本来只需要付四分之一的钱,现在被你全部甩出去了,我们一丁点儿也不剩!"

纳飞想,即使我们一点儿钱也不剩,可终归还是拿到索引了呀。可是他心里隐约觉得耶律迈才知道怎么和贾霸讨价还价,自己本应闭嘴,让迈哥全权处理。不过当时纳飞插嘴的时候,他确信如果自己不开口,索引就泡汤了。

现在韦爵家的财产,除了土地房屋这些不动产之外,全部都摆在贾霸的桌上。

耶律迈冷冷地说:"现在足够了吧?"

贾霸说:"刚刚足够——刚刚足够证明韦爵佛意漫彻底出卖了帕华部族。他将那么一大笔财富交给几个乳臭未干的小子,竟然打算全部浪费在收买帕华索引上面。每个族人都知道,这个索引对于我们帕华部族来说是神圣不可亵渎的,绝对不能出售。佛意漫以为他真的可以用钱把索引买到手?不可能!索引是非卖品!我只能推断出他要不就是疯了,要不就是被你们兄弟几人杀害然后弃尸荒野了。"

纳飞大声叫道:"没有!"

耶律迈说:"你这些弥天大谎实在太恶心了,是可忍孰不可忍!"说完他向前走两步,第三次伸手去收拾那些财宝。

贾霸吼道:"有贼!"

大厅的几扇门突然打开,拥进十几个士兵。

耶律迈问道:"在拉士葛面前你敢对我们怎么样?"

贾霸说:"我就是要当着他的面教训你们!你们猜第一时间是谁向我通风报信说佛意漫要出卖韦爵家的财产?是谁告诉我佛意漫的

几个儿子一时兴起就要把韦爵家的万贯家财都败得一干二净?"

拉士葛看着兄弟四人,他的脸上似乎戴着一个表情悲伤的面具。他说:"我是韦爵府的管家,我不能让一个自以为看到上灵影像的疯子把家产都败空,这是为了你们韦爵府好。贾霸并不是很相信我告诉他的话,可是有一点他是赞同的,韦爵府的财产必须转交给另外一个家族托管。"

贾霸突然换了副腔调,像背书似的说道:"作为帕华部族的首领,我郑重宣布,事实已经证明佛意漫父子再也配不上韦爵这个伟大称号,我在此永久剥夺其韦爵家族继承人以及韦爵家产拥有者的身份。同时,为了表彰拉士葛及其祖辈几百年来忠心耿耿地为韦爵家效力,现将韦爵的名号以及对韦爵家族财产的暂时监护权正式授予拉士葛;在部族元老会有其他决定之前,韦爵家产归拉士葛全权处理。佛意漫父子若有异议或者胆敢反抗,将被视作帕华部族的死敌,将按照比女皇城现有律例更古老的法典予以严惩。"贾霸向前靠着桌子,微笑着对耶律迈说道:"你听明白了吗,小迈?"

耶律迈看着拉士葛说:"我明白了,女皇城中号称最忠诚的人竟然是个最卑鄙的叛徒。"

老葛说:"你们才是叛徒呢!突然发疯似的看到什么幻象;突然又跑一趟沙漠,什么也赚不回来;还把牲口都卖了,解散所有员工;现在又弄什么索引——作为韦爵府的管家,除了向元老会求助之外,我别无选择。"

耶律迈说:"贾霸不是元老会,他是个惯偷,而你却把我们的家产奉送到了他的手里!"

拉士葛说:"是你们把家产奉送到他手里的!我这样做还不是为了你们四兄弟?元老会肯定让我做这笔财产的监护人,几年之后等这些事情都过去了,只要你们之中随便哪一个能够证明自己心智正常、完全可以担起这个重担,韦爵的称号和财产自然会完璧奉还。"

耶律迈说:"到时候还会有什么财产剩下来?贾霸今年之内就会花光在他那支军队上面了。"

贾霸说:"不会的,我会把这些钱全部移交给老葛,继续让他管理。"

耶律迈苦笑道:"你们这种所谓管理,不过是对元老会唯命是从罢了。而元老会又怎样发号施令呢?老葛你走着瞧吧,很快你就会看到结果了,因为元老会为了养起那么多士兵,早就入不敷出了。"

拉士葛看起来有点不自在:"贾霸的确说起过,这笔钱的一小部分会被扣除用作元老会的花销。不过反正你们的爸爸要是脑筋清醒的话,也会主动给元老会捐献的。"

耶律迈说:"看到了吧,他对你还不是和对我们一样,当猴子那么耍?"

老葛看着贾霸,面有忧色地说道:"或者我们应该召集元老会商量这事情吧。"

贾霸说:"元老会已经开会讨论过了。"

拉士葛问道:"我们部族的开销到底有多大?"

贾霸说:"就只有一点点而已。你就别浪费时间抠这个了,难道你想告诉大家,你和佛意漫父子一样的靠不住?"

耶律迈说:"看到了吧,狐狸尾巴已经露出来了!你就老老实实听老贾的话吧,否则你连韦爵管家的职位也不能保。"

贾霸说:"法律就是法律,你再啰唆也没用。你们这几个废人二世祖,快滚出我的家门,否则我就控告你们谋杀亲爹。"

耶律迈说:"你是怕我们再待下去就会当着老葛的面揭穿你的真

面目吧?"

梅博酷说:"走就走!不过你刚才说了那么多,什么帕华部族元老会,什么拉士葛做韦爵,统统都是废话!老贾你就是一个贼,一个想杀人灭口的骗子!那天如果我们不跑路,你就把罗达和爸爸都害了。我们决不能让家产落入你的黑手!"

说完,梅博酷冲上去抓起一袋珠宝。

贾霸的打手立刻一拥而上将兄弟四人围起来,三两下就把那袋珠宝从梅伯手上夺走,然后将他们推推搡搡地赶出大厅,踢出大门,扔到街上。

那些雇佣兵还大声嚷嚷:"滚吧,你们这些小贼,杀人犯!"

纳飞还没回过神来就已经被梅博酷揪住了脖领:"是你!是你把钱都摆上桌子的!"

纳飞反驳说:"他本来就打算全部都霸占的。"

耶律迈说:"蠢材,都给我闭嘴听好了,我们现在眼看就没命了!五十米之内可能就有他预先埋伏的杀手,我们得分散逃跑,说什么也不要停,记住,华纱今天警告过我,不要相信任何人。"说完耶律迈重复了一遍,只是换了一下语气的重点:"不要相信任何男人!今晚我们在停骆驼的地方会合,谁天亮还没到就当他死了。现在就逃命吧,千万别去他们能料到的地方!"

耶律迈说完就大步向北走去。刚走出几步,他就回头大叫:"快逃啊,蠢材!看到没有,他们已经在给杀手发信号了!"

纳飞当然看到了:贾霸府的门廊上面,有一个士兵举起一只手,然后用另一只手指着他们四个人。纳飞问羿羲:"你穿着这浮衣能逃多快?"

羿羲说:"比你快,可是快不过脉冲枪。"

纳飞说:"上灵会保护我们的!"

羿羲说:"对啊,可我们也得逃啊,你这傻瓜!"

纳飞弯腰低头一下子就扎进最密集的人群里。他沿着泉水路往南跑了一百米,忽然听到身后一阵喧哗,他回头一看就明白了,原来羿羲腾空升起二十多米,刚刚消失在贾霸府对面房子的屋顶后面。纳飞想,我以前都不知道他能玩这花样儿,可能羿羲自己也不知道吧。

就在纳飞转身继续逃跑的时候,有一个冷酷的声音说道:"受死吧!"一个人突然拦在面前,手持一把充电刀锋。一个女人看了吓得气也喘不过来,其他人纷纷躲避。就在这一刻,下意识地,纳飞突然感觉到身后也站着一个人,如果自己为了躲避前面的敌人而往回走的话,正好自投罗网。

于是纳飞不退反进,突然往前猛冲过去。那个敌人想不到这个手无寸铁的小孩那么勇猛,等他反应过来挥出一刀的时候,已经来不及了。纳飞的膝盖猛地撞在那人的胯下,把他撞得惨叫着飞起来,随即顺势将他推开,没命地狂奔起来。他也不敢往身后看了,只能勉强盯着前面,一边躲避着人群,一边留意闪着红光的刀刃和发着白光的脉冲。

第十三章 逃 命

羿羲从来没试过用浮衣爬那么高。他知道浮衣的各部分会对他的肌肉绷紧程度做出反应,其中受压力最大的浮子会保持在空中某个固定的位置。羿羲一直以为浮子固定的位置与其垂直下方的地面有关——其实他也没有完全搞错,因为他升得越高,那些浮子就越容易往下滑——可是总的来说羿羲还是能够在空中像爬梯子一样爬到屋顶那么高。

很自然的,路上的人都在看着羿羲,这也正中他的下怀:人人都看着我,都在谈论着一个残废的小孩怎么"飞"上屋顶。在那么多人面前,贾霸的那些打手绝对不敢开枪打我,至少在他们老板门前不敢这么做。

房顶上面一个人也没有,羿羲放眼看去,全是高高低低的通风口、烟囱、拱顶、电梯间、连绵的屋脊以及屋顶花园的树木。羿羲在其间穿插自如,房顶成了一条逃跑专用的高速公路。

路上他只吓着了一个人。在一个屋顶上面有个小平台,人称"望夫台",有个老头正在修这个望夫台底座的外墙。羿羲飘过之后,听到身后传来瓦片摔烂的声音。他担心之下转身一看,幸好那老头没摔下去,只是目瞪口呆地看着羿羲。羿羲想,可能今晚的剧场会上演一个故事,说有一个年轻的半神人飘浮在女皇城的上空,为的是追求一个美丽脱俗的凡人女子。

这一大片房子延绵不绝,因为这片街区有好几条路都被那些阻街的僭建给堵上了,羿羲去后城门的全程有超过一半都在房顶上,当然比那些追兵快很多了。不过贾霸可能在每一个城门都预备了杀手,其中后城门是最可能有伏兵的,因为那是离贾霸府最近的城门。所以,羿羲知道,一旦自己回到地面,必须加倍小心。

马上就要离开房顶回到路面了,羿羲看着红色的城墙,久久不愿离去。太阳西斜,被城墙截剩一半。如果我能够直接飞过城墙就好了。可是羿羲很清楚,城墙上面布满了很复杂的电子设备,包括那些产生磁场的节点——他的浮衣正是依靠这个磁场才起作用的。这些设备产生的力场相互间剧烈排斥,而羿羲腰带上的微机芯片不足以中和这些力场,所以他根本不可能越过城墙。

羿羲来到房顶的边缘,纵身一跃就飘进了下面的人群里。这里是神圣路在坡顶的那一段,男人是可以通行的。羿羲从天而降的时候,很多路人都留意到了。可是他一到地面就马上换成坐姿,所以当他开始在人群中穿插的时候,已经缩成只有一个小孩么高。羿羲暗自得意:有种你们就开枪吧!很快他就到了城门,指纹仪上面显示出他的名字,守兵一下就认出来了,他们拍拍羿羲的背,祝他一路顺风。

后城门外并不是沙漠,而是无相林的边缘。右方这片森林是女皇城北面的天然屏障,没人可以从这里穿过森林入城。左方则是错综复杂的沟壑和峡谷,里面野木横生,蔓藤纠结,从水土肥沃的山坡一直连到贫瘠不毛的沙漠。对于一般人来说,这是一段噩梦般的路程,除非他像耶律迈一样认得路。可是羿羲则毫不费力地顺着山势向下飘,只要避开最高的障碍物就可以了,很快女皇城就完全从视线中消失了。他依靠太阳辨认方向，下到了沙漠高地，再往南穿过干涸路和沙漠路，终于在日落之前来到了存放浮椅的地方。

这里处于女皇城磁场的边缘，浮衣已经不大好用，羿羲好不容易才把自己弄到浮椅上面坐好。每次需要用到浮椅，就不会有容易的事，可是浮椅还是有一些好处。这张专为伤残人士设计的全功能椅子有内置计算机，在可接收范围内可以直接连上女皇城公共图书馆的数据库，同时还有各种用户界面以适应不同残障人士的需要。羿羲甚至可以使用某些关键字进行声控，而浮椅也能够发出声音，相当精确地模仿几十种语言的常用单词。要是浮衣不存在，浮椅恐怕是羿羲生命中最珍贵的东西了。不过幸好有浮衣，穿上之后，羿羲几乎和一个普通人无异，还额外占些便宜；一旦离开了浮衣，羿羲就只是废人一个，丝毫优势也没有。

骆驼驻扎的地方已经在城市磁场稳定区域之外，所以他必须使用浮椅。羿羲坐进浮椅，关了浮衣，然后驾着椅子在狭窄的河谷中缓慢飘行，不远处终于传来了骆驼的味道和声响。

没有人，他是第一个到达的。羿羲将浮椅降落在地上，把椅腿固定好，调成水平，然后就坐在那里一边留意有没有人走近，一边浏览着图书馆的新闻报道，看有没有和神秘谋杀案或者暴力事件有关的消息。

尚未。可是如果悲观点看，从案发到消息传到新闻写手或者各色闲人那里还需要一段时间。此时此刻可能他的几个兄弟正在遭遇不测，或者早已遇难，或者已经被抓起来等赎金。他又能做些什么呢？他还哪有一丝希望可以回爸爸那儿？这张浮椅只能载他一段，路程太长就不好用了。因为浮椅只能连续运行一个小时左右，然后就必须用太阳能充电器充好几个小时的电。

羿羲想，妈妈可以帮我！如果他们今晚不回来的话，妈妈可以帮我。问题是我怎样才能去她那儿呢？

梅博酷看到有几个人大呼小叫着向他扑过来，急忙跑进人群中东躲西闪。拜其演艺生涯所赐，他对人群有一种良好的感觉。在他刚入行做小跑腿的时候，需要在观众席里面走来走去收钱，这些经历现在派上用场了。梅博酷懂得利用人流的走向甩开追兵，他总是挤进最密集的人堆里，还能在两个人群交汇的一霎，利用那些转瞬即逝的缝隙进行穿越。很快那些杀手就被他甩得很远。这时候梅博酷才换成一种懒洋洋的慢跑，显得漫不经心，一点儿也不着急，实际上却跑得非常快。他看起来好像是因为享受跑步而跑步，实际上也的确在享受，不过梅博酷时时刻刻都在眼观六路耳听八方。每当有雇佣兵在街上，他就直朝他们奔去，因为梅博酷料想贾霸不敢命令手下穿着人人都认得的制服在光天化日之下公然杀人。

只花了半小时，梅博酷就来到了美人区，这里也是他的地盘。在这里贾霸的士兵比较少，虽然这一带有很多亡命之徒可供雇用，可是他们都很桀骜不驯，不会长时间听贾霸使唤。梅伯也认识一些地头蛇，那些人对这一带了如指掌，连女皇城的电脑系统也自愧不如。

耶律迈说过了，不要相信男人，这还不简单？虽然梅伯也认识很多男的，可是他的朋友却都是女人，自从他懂得男女之事以来，就一直是这样了。十六岁的时候爸爸给他找了一个小姨，当时梅博酷都几乎要笑出来了。刚去找那个小姨的时候，他还故意扮成少不更事的纯情小伙儿，装得不亦乐乎；几天之后，她就把梅博酷赶走了，还笑道如果他再回来，就会反过来做她的老师，教一些她并不是很想学的招数。梅伯是情场杀手鬼见愁，一直都讨女人喜欢。没错,他的床上功夫一流,可这并不是他讨女人喜欢的原因,她们喜欢梅伯是因为他懂得聆听,还能让她们知道他在聆听,更懂得用甜言蜜语让她们同时体会到被需要和安全感。当然了,不是每个女人都喜欢梅伯这种风格,可是喜欢上他的通常都无法自拔。

来到了美人区,梅博酷走到音乐街去找一个表演古筝的老相好。几分钟之后他就走进了古筝女的香闺里;又过了几分钟,他已经投入她的怀抱;再过了几分钟,他已经进入她的身体里了。完事后他们长谈了一个多小时,然后古筝女出去召集了一批女演员,都是梅博酷的红颜知己。等夜色来临,梅博酷出动了。他戴上假发,穿着女服,脸上浓妆艳抹,连言行举止都与一个女人无异。他混在那群娘子军当中,又唱又笑地出了音乐门。只有当梅博酷把拇指放上扫描仪的时候,他的身份才被识破。可是守兵看了他的名字,却只是对他使个眼色,道声晚安,就让他出城了。

梅博酷保持着这个女人妆一直走到会合地点。羿羲盯着这个突然出现的艳妇,不知所措。直到梅伯开口说话,他才知道原来是二哥。梅博酷唯一觉得可惜的是耶律迈不在,否则跟大哥开个玩笑也挺有趣的。可是回头一想,他们的全副身家连同爸爸的封号刚刚被人偷走,耶律迈大概也没有心情开玩笑了。

四兄弟里耶律迈逃得最顺利,一路上没遇到刺客,无惊无险就来到了后城门附近侯斯尼的房子。耶律迈怕前门有杀手埋伏,就从侧面潜入府内。侯斯尼让他好好吃了一顿——妈妈总是聘请女皇城中最顶尖的大厨——还很同情地倾听他的遭遇。妈妈附和着耶律迈,说她当年怀着贾霸的时候如果流产了,这个世界就会更美好。天黑之后又过了几个小时,妈妈才送他出门,临行前在他兜里放了几锭金子,在腰带上系了一把锋利的匕首,还亲了他一下。

可是耶律迈很清楚,如果晚些时候贾霸也去妈妈家,吹嘘自己如何从佛意漫几个儿子手里骗来一大笔钱和韦爵称号,妈妈肯定也会开怀大笑并且称赞贾霸。她喜欢任何有趣的事情,也觉得几乎所有事情都相当有趣。妈妈是一个欢快的女人,但脑子缺根筋。耶律迈肯定贾霸的道德观念正是从妈妈那里得到的,而他的智商则不然。可是耶律迈的老师华纱曾经说过,他的妈妈其实是大智若愚,深藏不露。华纱说:"比如说你身处一群危险的外国人当中,最好让他们以为你听不懂他们的语言,于是他们就会在你面前无所顾忌地说话。亲爱的侯斯尼在一些自以为是的人面前就用这种策略,等那些人走了之后她就会毫不留情地嘲笑他们。"

她在我的面前嘲笑贾霸,可是会不会反过来也在贾霸面前嘲笑我呢?或者在她的女性朋友面前嘲笑我们两人?

在城门那儿,守兵立刻就认出了耶律迈,又向他敬礼,还说如果有用得着他们的地方,他们会尽力帮忙。耶律迈谢过那些守兵的好意,孤身一人投入了苍茫夜色之中。从无相林进入沙漠的那些小路错综复杂,可是即使在暗淡的星光之下,耶律迈也不会迷路。一路走在黑暗里,他心中充满愤恨。他恨贾霸,恨贾霸收买了老葛,正是这一招釜底抽薪直接导致他满盘落索。在脑海中耶律迈仿佛听到妈妈的笑声,而且好像就是在嘲笑他,笑他输得身不由己,笑他败得颜面无存。

然后耶律迈猛然想起最惨痛的那一刻:纳飞突然跳出来瞎折腾,完全破坏了耶律迈的谈判部署,将爸爸的全副身家都抛出去。如果不是纳飞这么一搅和,拉士葛就不会认定他们兄弟四人信不过,也就不会出卖他们,他们就可以全身而退,家产和韦爵名号都不会丢失。说真的，都怪纳飞，就是他一个人害的。如果当时只有耶律迈一个人的话，事情说不定就成了：贾霸可能拿了爸爸四分之一的家产就愿意交出索引了，因为这么大一笔现金，贾霸从来没有经手过。纳飞，这头乳臭未干的蠢驴，从来都不懂得闭上他的臭嘴，还整天扮作看到幻象，骗爸爸的欢心。最惨的是，这小子一来到这世上就让贾霸成了爸爸的死敌。

耶律迈想，如果他现在落到我手里，我一定要把这小子灭了。他害得我人财两空，身败名裂，前程尽毁。他把韦爵的家产扔出去当然不心痛，反正这些钱也不会是他的，那都是我的钱啊！那是我与生俱来的权利，也是我多年来艰苦磨炼的成果！爸爸的生意头脑远不及我的万分之一，如果家产给我继承了，绝对可以翻倍翻倍再翻倍！可是现在我沦落天涯，身无长物，还背上了小偷的罪名。拉士葛，本来最有可能成为我的左右手，现在就连他也把我看扁了。

这一切都拜纳飞所赐！都怪他！

纳飞惊慌失措地狂奔，像无头苍蝇一样乱撞，不知道该往哪儿去。直到远离人堆，来到一个比较开阔的地方，他才稍微镇定一下，想想自己身处何方，下一步该怎么办。这地方叫旧舞会广场，古时候是一大片给人跳舞用的空地，几百年前被美人区的乐团大剧场取代了。这广场以前是圆形的，现在四周都被建筑物蚕食，已经看不出原来的形状，就连那个碗形的露天剧场也湮没在住宅和商铺当中，如今只剩下一片空地。纳飞站在广场中间，仰望天际，西方只剩半抹粉红，东面已是一片灰黑。眼看夜幕就要降临，纳飞不知道还有没有刺客在后面追杀，可是他知道天黑之后，这一区行人稀少，作奸犯科也不易被人看见。纳飞千辛万苦跑了一路，却来到了最危险的地方,不知怎样才能逃出生天。

"纳飞。"突然传来一个女子的声音。

他转头一看,原来是绿儿。

"嗯。"他只答应一声。没有时间和她瞎扯了,必须集中精力想对策。

她说:"快!"

"快什么?"

"跟我走。"

纳飞说:"不行啊,我有正经事呢。"

绿儿说:"对啊,你的正经事就是要跟我走!"

"我要出城呢。"

绿儿一把揪住纳飞的前襟,踮起脚尖——毫无疑问她是想站高一点,以便平视纳飞,可惜实际上她像一个悬丝木偶似的挂在纳飞的衣服上。纳飞忍不住笑出来,绿儿可没好气,她说:"你给我听着,大忙人,你忘了我是上灵的先知吗?"

纳飞真的忘了,他甚至忘了是绿儿半夜跑来报信,才让爸爸免遭贾霸毒手。现在纳飞突然意识到有些情况绿儿并不了解,有必要向她汇报一下事态的发展状况。他说:"耶律迈和梅博酷真的有份,可是我猜贾霸并没有把真实企图告诉他们。"

绿儿没空听他唠唠叨叨。"我哪有空管这个?他们还在追杀你呢,纳飞!我在梦里看到一个满手鲜血的士兵在街上走,我就知道我必须找到你,救你一命。"

"你怎么救我呢?"

绿儿说:"跟我来,我认得路!"

纳飞也没辙了,他一去想有没有别的对策,脑子里就一片空白,根本就没办法集中精力思考这个问题。最后纳飞明白了,这是上灵在给他捎信,让他跟着绿儿走。因为绿儿是上灵派来的,无论她带纳飞去哪里,纳飞都得跟着。

绿儿牵起纳飞的手,拉着他沿旧舞会街走,走到一个变窄的地段,在一个分岔口向左拐。

纳飞说:"我们的家产都没了,都怪我……不过拉士葛也出卖我们了。"

绿儿说:"你就别说了,这一带不安全。"

她说得不错,这条废弃的小巷又窄又脏又暗,夹在两排旧房子中间,巷子里只有屈指可数的几个闲人,似乎都不愿意看纳飞和绿儿一眼。

他们沿着小路绕过了九曲十八弯,竟然来到了泉水路,这里离禁林的入口很近。这时纳飞看到前方有一群雇佣兵,站在那儿好像在等着他俩。纳飞马上转身就跑,却发现来路也有几个人跟着,在黑暗中能看到他们手上的充电刀锋发着微弱的红光。

绿儿很轻蔑地说:"阿飞,你真是成事不足败事有余!他们本来还不会留意我们的,现在好了,盯上我们了!"

"他们早就认出我们了。"纳飞一边说一边指着黑巷子里面那些人。

绿儿说:"算了,我本来还打算走那条容易的路,现在只能改变计划了。"

说着她就牵起纳飞的手,半拉半扯地带他沿着泉水路向禁林走去。纳飞知道这样做太失策了,因为在森林的边缘一个人也没有,那些杀手可以为所欲为。如果绿儿以为纳飞懂武功,可以空手入白刃干掉敌人,她就大错特错了。很不幸,纳飞从来都对技击不感兴趣,也没有吃过夜粥,他甚至不记得曾经因为生气而殴打过什么人。

纳飞也没有和两个哥哥打过架，因为动粗解决不了问题，只会让事态恶化。纳飞长得很高大，在兄弟几个里面是最高的，可是动起手来一点用处也没有。

他们两人走向泉水路的尽头，那里一片黑暗，几个杀手越发放肆了。其中一个叫道："这就对了，我们找个暗处好好聊聊。"他叫得不是很大声，刚好让纳飞和绿儿听见。

"我们身上没有值钱的东西啊。"绿儿的声音也发抖，显得惊慌失措。可是她将纳飞的手握得紧紧的，其实根本就没有一丝颤抖。

不过，纳飞却在发抖。

那人又说："快，走到阴影里来！"

两人很顺从地走到黑暗的树荫下。出乎纳飞意料之外，绿儿并没有停下来，也没有转向南面绕着禁林的边缘走回城，却继续往东走，径直走入了禁林。

纳飞说："我不能进这儿。"

绿儿说："别说话！他们也不能进来的，除非他们听到我们的声音，硬要跟进来。"

纳飞咬住舌头不说话，乖乖地跟着绿儿走。路越来越难走，因为路面猛然变得异常陡峭，不再是一般的下坡路，更像是悬崖峭壁。这时候天色已经黑透了，虽然树上已经掉了不少叶子，可还是把夜空遮得严严实实的。

纳飞低声说："我什么也看不见。"

绿儿答道："我也是。"

纳飞说："先停一下。你听，他们好像没有跟进来吧？"

绿儿说："他们是没有跟进来，可是我们不能停啊。"

"为什么？"

"因为我必须带你出城。"

"如果我在这儿被人发现了,那就惨不忍睹啦。"

绿儿说:"我知道,而且我也会和你一样惨,因为是我带你进来的。"

"那快把我带回去呗。"

绿儿说:"不行!上灵就是要我们来这里。"

他们来到这里,已经很难再牵着手一起走了,因为两人都需要手脚并用地顺着峭壁表面往下爬。如果在白天的话,这里也不是太危险;可是夜里太暗了,一不小心可能就会摔死,所以每一步都需要小心翼翼地试探之后才敢踩实。幸好这一片山坡的树比较少,更多星光可以透进来为两人照亮。可是等他们来到浓雾边缘时,连星光也即将离他们而去。

纳飞说:"我们真的要停下来了。"

"不行!继续爬!"

"在这么大的雾里继续爬?我们肯定会摔死的!"

绿儿说:"大雾是好现象,证明我们距离湖边只有不到一半的路程了。"

"你不会是打算带我去圣湖吧?"

"别说话!"

"我干脆自己跳下去一头撞死算了,省得他们还要杀我,那么麻烦。"

"别说话,你这蠢人,上灵会保护我们的。"

"上灵不过是一台计算机,就能控制一下和谐星球外围的那些卫星。如果我们摔下去,它可没有什么魔法把我们接住。"

绿儿说:"她让我们变得更加警觉,或者说,她至少在帮我找路。所以请你别说话，好让我听上灵的指示。"

他们在浓雾中摸索着向下爬了很久，纳飞觉得已经过了好几个小时了。终于两人来到了谷底，这是一片长满草的平地，走着走着脚下就变成了泥地。

很温暖的泥土……不，是热得发烫的泥土。

绿儿说："我们到了，只是不能从这里下水。这里的地壳裂开一条很深的缝，湖水就从这条裂缝涌出来，滚烫滚烫的，一边沸腾一边散发着蒸汽，人哪怕离岸近一点，身上的肉就会被煮熟了。"

"那你们女人怎么能够……"

"我们是在圣湖的另一头做礼拜的，那里有很多道来自雪山的小溪流进来，里面的水冰冷冰冷的。我们之中的大部分人，浮在冷热水交汇融合的水域时就会接收到上灵发过来的影像。那一带的水流很急，整天都波涛激荡，漩涡密布。人浮在那里，一会儿觉得灼热烧身，一会儿又觉得冰冷刺骨。这个世界最炽热的心脏和它最冰冷的表面相聚在这里，而每个女人的冰火两颗心也在这里合二为一。"

纳飞说："这不是我该来的地方……"

绿儿说："我知道。可是既然上灵带领我们来到这里，我们不能逃避。"

这时候，纳飞最害怕的事情发生了：不远处有个女人在说话。"我说我听到一个男人的声音，好像从那儿传过来的。"

很多女人提着灯笼走近，她们的脚踩进热腾腾的泥土里，每走一步都发出"啪嗒"的声响；脚抬起来的时候被湿泥吸住，也发出"噗"的一声。纳飞想，我陷进泥土里面有多深呢？她们把我拉上来会很麻烦吗？或者她们干脆把我活埋在这里算了，让这些滚烫的泥土自行决定将我烫熟还是把我闷死。

绿儿说："是我带他来的。"

有一个老女人说道："是绿儿啊！"这个名字引起一阵骚动，瞬间就在低声耳语中传遍了人群。

"是上灵带我来的。这个男人和其他男人不同，上灵选择了他。"

那个老女人说："法律就是法律。你既然承担了责任，那就必须代他受罚。"

纳飞看到绿儿很紧张，他意识到，其实绿儿对上灵的了解并不比自己多。绿儿可能觉得，上灵并不关心她个人的死活。如果能用她的一条小命来换我的安全逃脱，上灵可能会觉得相当划算。

绿儿说："那好吧！不过你们一定要带他去私密门，再帮他穿过无相林。"

"你这个犯法的人，有什么资格指挥我们！"有一个女人大声叫道，却被其他人"嘘"停。纳飞看得出即使绿儿犯了弥天大罪，女人们还是对她毕恭毕敬。

这时候人群分开一条缝，一个女人好像幽灵似的从浓雾里现身，穿过人群走到两人面前。这个女人不算脏兮兮的，所以虽然她没穿衣服，纳飞一时间还没意识到她是个苦行女。等她走到跟前，拉起绿儿的袖子，纳飞才发现她的皮肤干燥开裂，面容憔悴，皱纹密布。

绿儿说："是你。"

苦行女也说："是你。"

然后这个来自沙漠的圣女转身对着那个貌似首领的老女人说："我已经惩罚过她了。"

老女人问："此话怎讲？"

"我是上灵，我再说一次，她已经被我惩罚过了。"

老女人拿不定主意，看着绿儿问道："绿儿，这真是上灵的圣谕吗？"

纳飞很吃惊：这句话的真伪关系到绿儿的性命，她是死是活就取决于这个答案，可是那些女人却问绿儿自己，任凭她决定自己的生死——她们对绿儿的信任竟到如此地步！

她们的信任是对的，因为绿儿的回答并没有特别为自己开解。"这个圣女只是打了我一巴掌，这个惩罚怎么算足够呢？"

苦行女说："我带绿儿来这里，也让她把这个男孩子一起带来。我已经给他发送了很多影像，将来还会向他展现一幅宏大的前景。他的子孙后代将会得到无上荣耀，开疆辟土，建国立业。他现在就要穿越圣湖和禁林，任何人都不得阻挠。至于绿儿，她的脸上已经留下了我的掌印，谁还敢再碰她一下？"

老女人说："这真的是圣母的声音！"

有人跟着低声吟诵："圣母……"

也有人说："上灵……"

那个圣女转向绿儿，伸出手，将一根手指放在女孩的嘴唇上，绿儿则轻轻地吻了一下她的手指。此情此景，甜蜜温馨，纳飞深受感动。然后，苦行女的表情骤变，看起来像附体的神仙已经弃她而去，整个人变得精神涣散，魂不守舍。她茫然四顾，一个人也不认识，于是蹒跚离去，消失在浓雾里。

纳飞低声问："这个就是你妈妈？"

绿儿说："不是的。虽然我的生母已经不再苦行了，可是在我心中，所有这些圣女都是我的母亲。"

老女人说："说得好！真是个舌灿莲花的好孩子。"

绿儿低头致谢，等她抬起头时，纳飞看到她脸上已经挂着泪珠。纳飞不清楚这里发生的事情对绿儿来说意味着什么，他只知道两人的性命本来危在旦夕，现在已经雨过天晴，这就足够了。

苦行女说过，任何人都不得阻挠纳飞穿过圣湖和禁林。众人简单商量了一下，一致认为这句话的意思是要让纳飞在这里渡湖，从热到冷，直达对岸。纳飞不明白她们怎么能够仅凭苦行女的只言片语就获得那么多信息。同样地，在男人的宗教里面，那些教士也能从各种典籍中硬是挖出无穷无尽的真知灼见，纳飞总是觉得不可思议。

他们等了几分钟，直到湖中传来几个女人的喊声，绿儿才带着纳飞走到看得见湖水的地方。纳飞终于看清楚了，只见一层层的水蒸气从湖面升起，圣湖上方的浓雾原来是这样形成的。雾中出现一条长身矮舷的小艇，上面有两个女人，一个划桨，一个掌舵，合力将小艇向岸边驶来。船头竟然是方形的，而且很矮；不过湖面风平浪静，木桨也划得顺畅平滑，所以用这样一个船头吃水倒也没有什么危险。小船越驶越近，最后搁浅在水中，离纳飞和绿儿站的地方还有几米远。纳飞的脚早已被热泥烫得不行了，要动来动去才能减轻痛苦；现在竟然还要走进水中，纳飞不敢想象会有多痛苦……

绿儿低声说："你要走得平稳一点，水溅起越少越好，所以千万不能跑啊！你只要一心往前走，转眼就会到船上，痛一下就过去了。"

原来绿儿已经试过了，那太好了，如果她都挺得住，纳飞当然也没问题。于是纳飞一步跨进水中，在场的女人都倒吸一口凉气。

绿儿连忙说："等等！在这里，你既是个小孩，也是个外人，必须要有人带着才行。"

我是个小孩？比你还小？可是纳飞马上意识到绿儿当然不会错：这里是她的地盘，不管他们的实际年龄是多少，在这里，绿儿总是大人，而纳飞只能是个小婴儿。

绿儿在前面领路，走得敏捷却不显匆忙。浅浅的湖水烫着纳飞的脚，虽然他不像绿儿走得那么优雅平稳，却也没有溅起多少水花。就这么一小段距离，好像永远也走不完。纳飞每走一步都觉得疼痛难忍，似乎走了一千步才来到小船前面。最后绿儿踏上船的时候竟然还有些犹豫，这一刻尤其难熬。终于绿儿上船了，然后把纳飞也拉上去。纳飞觉得两只脚连皮肤深处也在痛，却不敢低头看，只怕见到皮开肉绽的惨状。可最后他到底还是忍不住看了，只见双脚的皮肤好端端的，一点损伤也没有，绿儿正用裙子的褶边把他的脚擦干。划桨的那个女人把一支桨插进水底的泥土里用力一撑，小船便往湖中荡去。她用力的时候，粗壮的手臂上面的肌肉似乎都在颤抖。小船在水中滑行，纳飞面向着绿儿，紧紧地握住她的双手。

这段旅程虽短，却是纳飞有生以来最奇妙的一次，因为浓雾让一切景物变得如幻似真，使纳飞感觉置身魔法世界之中。湖中布满了嶙峋巨石，像一头头怪兽扑出水面。他们在怪石阵中无声无息地滑行，这些庞然大物却在一瞬间被浓雾吞噬，仿佛凭空消失在眼前。湖水变得越来越热，有些地方甚至在冒泡了，他们得小心翼翼地避开。这艘小船虽然没有发烫，可是四周的空气又湿又热，很快他们的衣服就湿透了，紧贴在身上。纳飞生平第一次发现绿儿竟然也拥有玲珑的体态，虽然还没到跌宕起伏的地步，可是也足以让纳飞刮目相看，从此不会再觉得她只是个小孩子而已。纳飞坐在绿儿身边，一直握着她的双手；他突然觉得很害羞，可是他更不敢放开。纳飞需要碰着绿儿，就像一个小孩在黑暗中需要牵着母亲的手。

小船一路向前漂去，空气渐渐变凉。他们经过一段狭窄的河道，两旁是伸手可及的陡峭石壁，越往高处越靠拢，最终消失在浓雾之中。纳飞怀疑这里可能是个山洞；如果不是山洞，那么有没有阳光能够射进这样的深渊呢？再往前去，河道变宽，浓雾渐薄，水流也变得湍急。湖面上荡起了波涛，小船被激流冲得左摇右晃，似乎要转起圈来。

划桨的那个女人收起木桨，舵手也放开了舵柄。绿儿凑过来低声说道："这里就是我们接收上灵幻象的地方，也就是我说的酷热与严寒融合之处。我们必须以肉身穿越这片水域。"

肉身穿越原来就是要脱光光。纳飞觉得自己脱衣服就已经够难为情了，可是眼睁睁看着绿儿宽衣解带却更让他觉得害羞。纳飞脱衣服时一直盯着自己的双手，他学绿儿那样把衣服叠好撂在船上，同时努力对绿儿视而不见。很快绿儿就已经仰面浮在水上，纳飞不明白为什么她入水的时候竟然能够无声无息，而自己一头扎进水中的时候却发出很大的声响。纳飞学着绿儿那样一动不动地浮在水面，这湖水浮力大得出奇，根本不用担心沉下去。四周是一片摄人心魄的死寂，纳飞发现绿儿越漂越远，他连忙开口说话。

绿儿很平静地说："没事的，别说话。"

于是纳飞安静下来。此时他独自一人在迷雾中，任由水流簇拥着他，早已分不出东西南北，只知道自己在上下浮沉，最后连这种感觉也变得微不足道了。纳飞心中充满宁静，大象收进眼底仿佛无形，大音听在耳中亦觉希声。可是纳飞并没有昏昏欲睡，因为水流忽冷忽热，两个极端交替变化。有时候他会觉得太热或者太冷，无法忍受下去，如果不马上游开就死定了，然后水温突然变成另一个极端。

纳飞收不到任何幻象，也没听见上灵说话。他甚至主动祈求上灵的指引，怎么才能拿到那个索引，可是没有任何迹象表明上灵听到他的祈祷。

他就这样漂浮在湖面上,时间仿佛也静止了。可能实际上也就是过了几分钟,纳飞又听到木桨划水的声音,然后感觉到一只手摸着他的头发,然后是他的脸、肩膀,最后抓住了他的手臂。纳飞迷迷糊糊地转头,看见那条小船,绿儿已经穿戴齐整坐在船上了,正向他伸出手来。纳飞顾不上害羞,又见到绿儿他就很开心了,只是有点舍不得离开湖水。他笨手笨脚地想爬上船,把小船弄得左摇右晃的,水也溅进去了。

绿儿低声说:"翻进来。"

纳飞于是侧身浮在湖面上,伸出一手一脚搭住船舷,然后一翻身就滚进去了,易如反掌,无声无息。绿儿把衣服递过来,又湿又冷,纳飞穿在身上直哆嗦。小船驶进寒冰刺骨的浓雾中,绿儿好像也在发抖,却完全不以为意。

他们终于到达岸边,有一群女人已经在那儿等待。可能有另外一艘小船省略了"肉身穿越"的仪式,直接到达这里报信,也可能已经有人抄陆上近道来这边传达消息,总之这里的人很清楚来龙去脉,根本不需要任何解释。上岸时还是绿儿引路,不过这一半圣湖是冰水,纳飞冻得骨头都痛了;这里的岸边也并非泥泞,而是一片青葱草地。那些女人递上干的毯子让纳飞和绿儿裹住取暖。

有一个女人说:"第一个穿越圣水的男人。"

另一个说:"穿越女人圣湖的男人。"

绿儿有点尴尬地解释道:"这些都是很著名的预言——这些预言太多了,偶尔总会有一两个实现的。"

纳飞微笑着。他很清楚,绿儿虽然嘴上这样说,其实心里是很把这些预言当回事的,他自己又何尝不是呢。

纳飞留意到,没有人问绿儿在水中发生了什么,也没有人问她有没有看到什么影像，她们只是默默地等待着绿儿开口。"上灵赐予我安慰，这就足够了。"听了这句话，大部分人纷纷散去，只剩几个还不肯走，殷切地盯着纳飞。纳飞摇摇头，人群才彻底散去。

绿儿说："我们过了最容易的一关。"

纳飞一开始还以为她在开玩笑，可是他很快就知道这话不是说笑。绿儿带着他来到传说中的私密门，这城门其实是红城墙的一个缺口，两旁耸立着两个巨大的塔楼，一条弯弯曲曲的小路穿过城墙。纳飞之前还半信半疑，现在终于眼见为实。这里没有守兵，却有很多女人在盯着。私密门外面就是无相林，很快纳飞就知道这片树林并不是浪得虚名的。等他和绿儿千辛万苦穿过无相林到达树林路之后，他们的手上、脚上和脸上都被划出一道道血痕，几乎真的变成"无相"了。

绿儿说："那条路通往后城门，前面那么多峡谷，随便哪一条都通往沙漠。我不知道你该怎么走了。"

纳飞说："行了，我认得路了。"

"那么上灵交给我的任务就算完成了。"

纳飞不知道该说什么，因为没有言辞可以表达他此时的感受。他说："我发觉我真的不了解你。"

绿儿很疑惑地看着纳飞。

纳飞说："不对，我说错了。以前我以为自己很了解你，可是现在我才知道一直以来我都是错的。现在我终于了解你了，可是我又发现其实我对你一无所知。"

绿儿笑道："那些冷热水流总是把人弄得语无伦次。不要把今晚的事情告诉任何人，无论男女。"

"以后如果回想起今天的遭遇，我可能都不敢肯定真的发生过。"

"我们会在华纱阿姨家再见面吗？"

纳飞说："我不知道。有一点是肯定的，我不知道怎样才能够把索引拿到手，同时还保住小命，可是我还是要飞蛾扑火。"

绿儿说："那就等上灵给你指引然后再行动。"

纳飞点头说："也有道理，希望上灵能真的给我一些指引吧。"

绿儿说："她会的，如果她需要你做什么事情，她会告诉你的。"

说完，绿儿一时冲动伸手握住纳飞的手，两人就像刚才在湖上那样牵着手。纳飞突然想起刚才如何依靠绿儿渡过圣湖，这种感觉像是已经铭刻在他的身体里了。纳飞觉得很难为情——毕竟她见过他最脆弱和最无遮无掩的时刻——于是纳飞忍不住把手抽开。

绿儿说："看到了吧，你已经开始淡忘了。"

纳飞说："没有啊！"

绿儿已经转身向后城门走去。纳飞想叫住她，大声告诉她：你说得对，我是开始淡忘了。之前我是用普通人的眼睛去观察，以一个小男孩的心智去回忆；可是现在回想起来，我不再觉得自己脆弱，也不再为赤身裸体感到羞耻。我觉得自己是一个伟大的英雄，在你的指引和教导下穿越魔法圣湖，实现了预言。我们褪下衣裳的时候，并不是光着身子的凡人男女，而是两个来自远方的神灵，从上古神话中走进现实世界，将凡人的伪装撕掉，沐浴在不朽的荣耀之中，准备穿过死亡之海，并且丝毫无损地到达彼岸。

等纳飞想好这些话，绿儿已经转过一个弯，不见踪影了。

第十四章　羿羲的浮椅

纳飞走到会合地点，不知道下去之后会见到什么情景。他在星光下穿越沙漠的时候，一路上就忍不住胡思乱想。三个哥哥没有绿儿和别的女人帮忙，要是他们逃不掉怎么办？即使他们逃出来了，有没有士兵跟踪其中一人来到会合地点，把他们几个都杀掉呢？他走到那里的时候，会见到几个哥哥的残骸吗？或者会不会有些士兵埋伏在那里，等他走下峡谷的时候把他干掉呢？

纳飞站在峡谷顶上，也就是他们今早抽签的地方。他默默地说道，上灵，我应不应该走下去呢？

他脑中出现一幅画面：夜色里，贾霸的一个士兵走在女皇城中，大街上空无一人。纳飞不知道这是什么意思。上灵想告诉他所有的士兵都在城里？或者是上灵其实想告诉他峡谷下面有伏兵，而纳飞的大脑把一些不相干的女皇城的信息附加上去了？有一点可以肯定，就是那种紧迫感，这或者是一个千载难逢的良机，也可能是一个迫在眉睫的危机。

纳飞默默地说，既然你的信息含混不清，我只能依靠自己的判断力了。如果我兄长真的有难，我决不能扔下他们独自偷生，下面有再大的危险我也不管了。如果我真有什么不测，请您把我最后的想法记录下来吧。

然后纳飞开始向谷底走去。一路上他没有突然变蠢或者走神,看来上灵并不介意他下去和兄长会合。

还是上灵已经撒手不管了?不会的,刚才上灵那么费劲、好不容易才领着他穿过女人圣湖逃出女皇城,怎么会在这一刻放弃他呢?

峡谷里面太黑了,纳飞走到最后跌跌撞撞地一路滑到谷底,倒坐在碎石地上。

"纳飞。"

这是羿羲的声音,可是纳飞还没听清,就被人一脚踹在脸上,重重地摔倒在石堆里。

只听见耶律迈吼道:"你这条蠢货!小杂种!我真希望他们把你抓住灭了。"

另一只脚从另外一侧踢中纳飞的鼻子,然后是梅博酷的声音:"我们的家产没了,什么都没了,都是你害的!"

羿羲大声说:"你们俩才是蠢货呢!都是贾霸害的,关纳飞什么事!"

"你闭嘴!"梅博酷一边说一边向羿羲走去。纳飞终于看清楚形势了。虽然他们鞋底嵌着的许多沙子,把纳飞脸磨得很痛,其实刚才那两下子不是很重,不过纳飞也看出来他们两人很生气,他只是不明白为什么生他的气呢。

纳飞说:"是老葛出卖了我们啊。"

他们马上转头看着纳飞。耶律迈说:"是吗?我没事先告诉你让我来跟贾霸谈判吗?我本来可以用四分之一的价钱就把索引买到手,可是你非要……"

纳飞大声说:"可是你准备放弃了呀,你都往外走了!"

耶律迈狂吼一声,揪着纳飞的衣领把他从地上拖起一半。"那是谈判的策略，蠢货！你以为我不知道自己在干什么吗？你为什么就不信任我呢？我去外地做生意跟人谈判，能够用小成本赚大钱；而你呢，你顶多就是去市场讨价还价买几个烂掌中宝而已，小屁孩儿！"

纳飞说："我不知道啊。"

耶律迈又将纳飞扔回地上，他的手肘擦破了，头也在石堆上面撞得很痛，纳飞忍不住惨叫一声。

羿羲说："你们两个懦夫，快停手！"

耶律迈说："你说我是懦夫？"

"贾霸早就收买了老葛，无论我们怎么做，他都吃定我们了。"

耶律迈说："怎么，你现在突然变预言家了？"

梅博酷大声说："就凭你？坐在这个宝座上面对我们说三道四？你觉得纳飞那么无辜，那你自己呢？是你把爸爸账户掏空的！"

纳飞站起来。他受不了两人这样威胁羿羲，他们怎么在他身上发泄都可以，可是他们如果要欺负阿羲，那又是另外一回事了。事到如今，只有把一切都揽上身了。纳飞说："对不起，我当时不明白。我本来是不该多嘴的，对不起。"

耶律迈说："对不起？你在铸成大错之前，已经说了多少句对不起？纳飞，你总是不能吸取教训。爸爸把你宠坏了，华纱的宝贝小儿子，你怎么都是对的。那么多年来爸爸从来舍不得教训你，现在是时候了！"

耶律迈从倚在石壁旁边的行李架里抽出一根棍子。这种长棍是放在牲口背上挑重担的，轻而坚硬，有点弯，很趁手。纳飞马上知道耶律迈想干什么了。他说："你没有权利碰我！"

梅博酷说："对啊，没有人有权利碰你！圣人纳飞，爸爸的掌上明珠,没有人可以碰你,你却可以碰我们。你可以把我们的财产扔掉,却没有人可以碰你。"

纳飞说:"这反正也不会是你的财产,都是耶律迈的!"一想到谁会继承爸爸的财产,纳飞突然想到另外一件事情。他也知道那两人现在已经狂躁暴怒,最好别提这件事情,可是纳飞还是忍不住说出来了:"别抱怨你们损失了什么,反正你们的继承权本来也应该被剥夺,因为你们密谋害爸爸!"

梅博酷说:"你造谣!"

纳飞说:"你以为我真的那么蠢?那天早上你们未必知道贾霸要杀爸爸,可是你们也知道他要杀某个人。耶律迈,贾霸答应你什么好处了?就是他答应给老葛的那些好处吗——在爸爸身败名裂之后,让你继承韦爵的封号和财产?"

耶律迈吼叫着冲过来,举起棍子没头没脑地往纳飞身上打。他太生气了,完全失去准头,好多下都抡空了。可是真正打实的那几下却非常重,纳飞从来没受过那种痛,就算他祈祷的时候,或者踏进圣湖的热水里都没这么痛。最后纳飞趴在碎石地上,耶律迈站在旁边,准备来一下狠的。要打背?还是打头?

纳飞大声说:"别打!"

耶律迈吼道:"你造谣!"

纳飞吼回他:"你是叛徒!"说着他挣扎着站起来。

长棍呼啸着砸下来,又把纳飞打倒在地。纳飞想,完了,他把我背脊打断了,我要瘫痪了,像羿羲那样在浮椅上度过残生。

就在他想起羿羲的时候,羿羲似乎心有灵犀感应到了。就在耶律迈再次举起棍子的时候,羿羲的椅子一下子飘过来拦在耶律迈面前。这浮椅一边飞一边转圈,似乎有点失控了。棍子打在羿羲的手臂上，他痛得惨叫一声。这时候浮椅完全失控了，左摇右晃，狂转不止。有自动防撞系统的保护，浮椅没有碰到峡谷的石壁，可是梅博酷却躲避不及，被撞翻在地。

耶律迈吼道："羿羲，你给我让开！"

纳飞大声说："你这个懦夫！在贾霸面前你什么都不是，现在却殴打一个瘸子和一个十四岁的小孩。你实在太勇敢了！"

耶律迈再次转身看着纳飞，说道："小子，你这次说太多了。"他没有吼，声音里却充满了冷冷的、刻骨铭心的愤怒。"我再也不要听到你的声音，你明白了吗？"

纳飞说："这就对了，迈哥！你虽然不能够求贾霸干掉爸爸，可是你至少可以干掉我。来吧，动手啊，杀了你的小弟弟，让全世界都知道你是怎样的英雄豪杰！"

纳飞本来想让耶律迈知耻而停手，可是他失策了。耶律迈完全失控，他一把揪住羿羲的一条手臂，把他从浮椅上拽下来，像个破玩具一样摔在地上。

纳飞尖叫道："住手！"

他向羿羲跑过去，想扶起他。梅博酷却挡在中间，等纳飞跑近了，突然出手把他推倒在地。纳飞正好倒在耶律迈脚下，耶律迈的棍子刚才掉了，他弯腰把棍子捡起来。梅博酷这时候也跑去行李架那里抽出另外一条长棍。"我们先把他灭了，如果羿羲多嘴，就连他也干掉。"

纳飞不知道耶律迈有没有听到梅博酷这句话，他只知道长棍夹着风声抡下来打在他的肩膀上。耶律迈还是没有瞄准，但是有一点可以肯定：他冲着纳飞的上身打，本来是要打头的，这次他真的要杀人了。

突然有一道刺眼的强光在峡谷里面闪耀。纳飞抬头正好看到耶律迈也在转身张望，想找出光源：竟然是羿羲的浮椅。

不可能的！羿羲的浮椅有一个自动关机系统，在没有外部指令的时候，它会自动停在地上候命。刚才耶律迈把羿羲摔出去的时候，浮椅就自动回复到候命状态。

梅博酷问："发生什么事了？"

浮椅传出电子声音："发生什么事了？"

梅博酷说："你肯定把这椅子弄破了。"

浮椅说："被破坏的不是我，而是忠诚、信任和兄弟情谊，被破坏的还有荣誉、戒律、礼法和怜悯之心，而不是我。"

梅博酷说："阿羲，快把它关掉！"

纳飞留意到耶律迈一直没说话，而是死死地盯着浮椅，手中还紧握着长棍。然后，耶律迈低吼一声，向浮椅猛扑过去，长棍挥出。突然强光闪耀，好像有一道闪电激射而出，耶律迈尖叫着往后跳，长棍落地，整根棍子竟然着了火。

小心翼翼地，梅博酷慢慢地将他手中的长棍插回行李架中。

浮椅说："耶律迈，你为什么用一根棍子殴打你的弟弟？梅博酷，你为什么想害死他？"

梅博酷说："这是谁在搞鬼啊？"

羿羲躺在石头上，虚弱地说："蠢材，这样你都猜不到？一开始是谁派我们来执行这个任务的？"

梅博酷说："是爸爸。"

耶律迈说："是上灵。"

"你们还不明白吗？正是因为你们的弟弟纳飞心甘情愿聆听我的声音，所以我才选了他带队。"

两人听了都闭嘴了。可是纳飞很清楚,在他们心里,他们对他的憎恶已经从激愤一时的恼怒进化成一世难消的怨恨。上灵选择了纳飞率领他们,而纳飞就连和贾霸谈判也搞砸了。上灵,你为什么要这样对我?

"如果你没有背叛父亲,如果你相信并且服从他,我本来是不会选纳飞的。"那张浮椅——实际是上灵——说道。"现在你们赶快回女皇城,我会把贾霸交到你们手里。"

然后浮椅的光渐渐暗下来,浮椅也慢慢降落在地上。

他们默默地等了一会儿,然后耶律迈走到羿羲面前,小心地把他抱起来,轻轻放回浮椅上。耶律迈轻声说:"阿羲,对不起,我刚才脑子不清醒了,就算给我全世界我也不会伤害你的。"

羿羲没有回答。

梅博酷说:"我们只是生纳飞的气罢了。"

羿羲转向梅伯,低声把他刚才的话重复了一次:"我们先把他灭了,如果羿羲多嘴,就连他也干掉。"

梅博酷被刺到痛处了。"那你是准备恨我一辈子喽?"

耶律迈说:"梅伯你闭嘴,我们得好好想想。"

梅博酷说:"好主意!我们走到这个田地就是全靠好好想出来的。"

耶律迈说:"没错,上灵是可以控制这把椅子四处飘,可是贾霸有成千上万个士兵,足够杀我们五十次有余——上灵的军队在哪里呢?谁来保护我们?"

纳飞已经站起来了,他听着他们的话,几乎不敢相信自己的耳朵。"一分钟前上灵才显示过他威力的万一,你们还怕贾霸的士兵?那些士兵怎么可能和上灵匹敌?如果他不想要我们被杀,他们就绝对动不了我们一根毫毛。"

耶律迈和梅博酷默默地看着纳飞。

纳飞说："我说的话你们听了不爽,还想干掉我。可是现在是上灵开口说话了,现在你们愿不愿意服从上灵的旨意跟我走?"

梅博酷说："我们怎么知道不是你在椅子上面做了手脚?"

纳飞说："对啊,今天进城之前我就料到你们会把一切推到我头上,还要杀人灭口,所以阿羲和我就改装了浮椅,好让它说出那番话。"

耶律迈说："梅伯你就别丢人了。我们这次死定了,不过反正我们已经什么都没了,这条小命保不保得住又有什么区别呢?"

梅博酷说："是你自己的宿命,我可不想死。"

羿羲控制浮椅飘向前,对纳飞说道："走吧,我追随上灵,你也为他效力,我们一起上路吧。"

纳飞点点头,然后带头向峡谷顶上走去。开始他只听到自己的脚步声和羿羲浮椅的嗡嗡声,过了一会儿,后面终于传来耶律迈和梅博酷的脚步声,跟随着他走出峡谷。

第十五章 谋 杀

纳飞寻思道，若要成功，我们不应该再擅自想什么方案，因为无论我们出什么招，贾霸总是魔高一丈。

而且现在希望尤其渺茫，因为耶律迈和梅博酷总在故意刁难。为什么上灵非要让纳飞率领他们？纳飞怎么可能对这两人发号施令呢？他们巴不得纳飞一败涂地，又怎会鼎力相助？当然，羿羲是没问题的，只可惜他即使穿上浮衣也帮不上什么忙。羿羲太引人注目了，而且太弱，动作也不够快。

在纳飞的带领下，一行人在沙漠中前进。纳飞其实并不想真的做带头人，只是因为耶律迈拒绝帮他找路罢了。走着走着，纳飞慢慢得出一个不可避免的结论：与其和几个兄长一起去，不如他单独行动，那样胜算更大。这不是说他自己一个人就很有把握，不过至少他有上灵帮忙——须知之前他全靠上灵才逃出女皇城。

可是刚才上灵帮纳飞出城的时候，其实是靠绿儿牵着他的手，而现在谁来充当绿儿的角色呢？她是大名鼎鼎的先知，她与上灵的熟悉程度堪比纳飞对他母亲的了解。绿儿每走一步都能感受到上灵的指引，而纳飞只能偶尔获得上灵的只言片语，而且总是不明所以。比如说刚才纳飞看到的在女皇城街道上那个双手沾满鲜血的士兵，这是个敌人吗？纳飞要和他干一架？会不会他其实是纳飞的向导？

纳飞脑子一片混乱，怎么可能想出一个计划呢？

纳飞停下脚步。

其他人也跟着他停下来。

梅博酷问道："又怎么了？请引导我们吧，上灵指定的伟大领袖。"

纳飞没有回答，他努力清空思绪，缓和因恐惧而绷紧的心情。上灵之所以能和绿儿交流却无法同样有效地与纳飞沟通，是因为绿儿并没有主动去想出一个计划，她只是聆听，仔细地聆听，尝试去理解。如果纳飞真心想帮助上灵，要替上灵实现其宏图大略，他就必须给上灵一个说话的机会，而不是自己闭门造车。

他们来到的这地方是狗城区，这个区覆盖了从烟囱门连出来的那些街道。直到这一刻，纳飞还以为他应该绕开这一区，找一条小峡谷通往树林路，再从后城门潜进女皇城。可是现在纳飞在等待，测试着这个方案：他试着想象继续往前走，绕开狗城区，突然他的思绪开始漫无目的地跳跃。

然后纳飞转向烟囱门，立刻感到一阵强烈的自信。纳飞想：对了，如果我闭嘴并且仔细聆听的话，是可以收到上灵指引的……今天下午耶律迈和贾霸谈判的时候，我本来也应该这样做的。

梅博酷这时候说道："太妙了！这城门防守严密可算数一数二，我们就一头扎进去。而且里面就是最烂的贫民窟，每一个人都已经被贾霸出钱买通了。"

羿羲说："小声点！"

纳飞说："就让他说去呗，把贾霸的手下都引过来，好让我们当场死翘翘。反正这也正是梅伯想要的，因为当我们完蛋的时候，梅伯终于可以自豪地说，'阿飞，看到没有？你害死我们了！'然后他就可以含笑九泉了。"

梅博酷向纳飞扑过去,却被耶律迈拦住了。耶律迈说:"我们会安静的。"

纳飞带着他们来到高原路。这条路从城门区连到狗城区,路两旁有很多房屋,可是在这个时间行走并不安全,而路上行人也很少。纳飞带着他们走到一个地方,路两旁的房子都隔得很远。纳飞左右扫了一眼,然后弯腰低头快步跑到路对面,在路边一条很深的沟渠里面躲起来,再看其他人的动静。

他们没有过来。

他们还是没有过来。

纳飞想,他们竟然在这个时候决定扔下我不管……算了,没关系了。

然后他们三人出现了,却不像纳飞那样快步跑,而是在路上慢悠悠地走着。纳飞想,对啊,他们必须先把羿羲从浮椅上弄下来才能走,我刚才怎么想不到呢。

纳飞看着他们穿过高原路,突然发现羿羲并没有浮在半空,而是被另外两人搀扶着,双臂搭在他们肩膀上,半拖着向前走。在别人看来,羿羲就像个被朋友架回家的醉汉。

而且他们并没有走直线穿过马路,而是斜着走,好像真的是沿着高原路向前走,只是在黑暗中看不清路,或者被他们搀扶着的醉汉拖着往一个方向歪着走。最后他们终于穿过了高原路,躲进路边的树丛里。纳飞和他们会合的时候,耶律迈和梅博酷正把羿羲放下来,帮他调整飘浮衣上面的浮子。

纳飞低声说:"简直绝了!即使有一千个人看到你也不会起疑心。"

羿羲说:"这是耶律迈想出来的。"

纳飞说:"还是应该由你带队的。"

耶律迈说:"上灵可不是这样安排的。"

梅博酷说:"上灵?你是说羿羲的椅子吧?"

耶律迈说:"阿飞,其实你自己先潜过来也做得很对。贾霸的雇佣兵估计有四个人,其中一个还是浮在空中的。而现在他们只看到三个人,其中一个人喝醉了。"

羿羲问:"现在走哪个方向?"

纳飞耸耸肩,说道:"我猜,是这样走吧。"然后他就带着三人,在高原路和烟囱门之间的空地上面迂回前进。

纳飞又开始分神了,他没办法想下一步该干什么,甚至完全没办法思考。

"停一下。"纳飞喊停,然后想象着带领众人继续前进,一下子他就觉得这想法不妥。怎么才是正确的呢?他应该一个人往前走。纳飞于是说:"你们在这里等着,我一个人进城。"

梅博酷说:"人好了!我们本来可以在骆驼那儿等的。"

纳飞说:"不是的,请你们务必留下来,我需要你们在这里。我必须确定,当我从城门出来的时候,你们还在这里等着。"

羿羲问:"你需要多久才能完成?"

纳飞说:"我不知道。"

"那你葫芦里卖的什么药呢?"

纳飞也不能直接承认自己其实一点也不知道,所以他说:"当初耶律迈也没有告诉我们他葫芦里卖的什么药啊。"

梅博酷说:"来了,开始装大爷了!"

耶律迈说:"我们会等你。不过太阳出来之后,我们就完全暴露了,肯定无处藏身,你明白吗?"

纳飞说:"如果天边出现第一道曙光的时候我还没有回来,你们就带上羿羲的浮椅回骆驼那里吧。"

耶律迈说:"一言为定。"

梅博酷说:"如果我们愿意的话。"

耶律迈说:"我们当然愿意!梅伯也会和我们一样,在这儿等你。"

纳飞知道耶律迈还在恨他怨他——可是他也清楚大哥言出必行。虽然耶律迈想着纳飞会失败,他还是给了纳飞一个尝试的机会。纳飞说:"谢谢你。"

耶律迈说:"快去取索引吧,你是上灵的宠儿,一定要把索引取回来!"

纳飞于是和他们分手,孤身向烟囱门走去。走近了,他隐约听见城门卫兵在说话。很奇怪,今晚有六七个卫兵,而不是通常的两个,为什么呢?纳飞沿着城墙蹑手蹑脚走近一点,好听清他们在说什么。

一个卫兵说:"我觉得全是贾霸搞的鬼,他可能先把韦爵的某个儿子干掉,好让这个儿子没有出城记录,然后再杀死罗达,这样就可以推到韦爵的儿子身上,死无对证。"

另一个卫兵回答说:"有道理,听起来就像是贾霸一伙干的,因为他们够卑鄙无耻。"

原来罗达死了!恐惧袭来,纳飞突然一阵战栗。贾霸失败了那么多回,现在终于成功了。他到底还是把罗达杀了,还嫁祸给韦爵的一个儿子。

纳飞意识到,他就是那个倒霉蛋。在四兄弟里面,只有他不是从某个城门登记出城的。因此根据女皇城电脑系统，纳飞还在城内。贾霸当然也知道这一点，所以他就抓住机会，把罗达杀了，再传出流言，说是韦爵的小儿子干的。

可是纳飞逃跑时，那些女人都在场，她们当然知道贾霸在撒谎。贾霸现在还蒙在鼓里，到了明天，女皇城中的每个女人都会知道真相——罗达遇害的时候，我和绿儿还在圣湖那里。我甚至今晚不需要进城，到了明天贾霸自然会身败名裂，只能怨他自己蠢。我们只需要在城外等着好消息，然后开怀大笑！

可是纳飞无法想象在城外等待，上灵显然不想让他这样做。上灵才不关心贾霸的谎言会不会被戳穿，他需要的是那个索引，而贾霸倒台并不意味着爸爸一定能拿到索引。

纳飞问道，我怎样才能躲开这些卫兵进城呢？

上灵没有回答，纳飞只感到自己的恐惧。他知道这并非上灵传过来的答案。

于是纳飞默默地等待时机。过了一会儿，那些卫兵聊着聊着就停下来了。其中一人道："我们巡一趟狗城区吧。"于是五个卫兵离开了城门，消失在狗城区的阴暗街道中。如果他们这时候突然回头看看城门，就会发现纳飞靠城墙站着，离城门还不到两米远。可是那些卫兵没有一个回头看的。

纳飞知道，是时候行动了。虽然心中的恐惧并没有退减半分，但是他此刻却有一种想行动的渴望。是上灵的提示吗？很难说，可是无论如何纳飞不能再干等下去了。屏住呼吸，他走进城门的灯光之下。

有一个守卫靠着城门坐在一张凳子上，似睡未睡。另外一个站在对面墙那儿，刚好背对着城门口。纳飞悄悄地穿过城门，一直走出了灯光覆盖的区域,这时候那两个卫兵才开始活动,聊起天来——他们只是在闲聊,不是在谈论纳飞,也没有拉响警报。纳飞想,绿儿当初来警告我们的时候,估计也是这样子。上灵让卫兵变蠢,对她视而不见,所以她才能像我一样来去自如。

月到中天,夜已过半,女皇城中除了美人区和内城市场,其余地方都已经沉睡。不过就算那两个地方也难免因为最近紧张混乱的局势变得萧条。而在狗城区还算安全,因为没有夜生活,所以街上一个人也没有。纳飞不知道街道上空无一人是好事还是坏事。说它好是因为人越少他被发现的概率就越低,说它坏是因为一旦有人在街上的话,就必然会留意他。幸好今晚纳飞有上灵帮助,人们不怎么注意他。纳飞也不敢放肆,老老实实躲藏在阴影之中。有一群雇佣兵刚好经过,纳飞缩进一个门廊里蹲着,那些士兵扬长而去,真的没有留意纳飞。

纳飞想,这肯定已经达到上灵的能力极限了。他可以向绿儿、爸爸和我传送真正的想法和念头,也能够通过机器——比如说羿羲的浮椅——和我们沟通,可是谁能估算这些动作耗费了上灵多少资源?至于直接进入人们的脑中,上灵能做的顶多是分散其注意力,比如说禁止人们想到那些禁忌的话题。他不可能迫使士兵离开他们的巡逻路线,却可以阻止他们留意那个站在门廊阴影里面的人,分散其注意力,使他们想不起去调查一下那人到底在干什么。上灵也不能使城门卫兵擅离职守,可是他能让那个昏昏欲睡的卫兵做梦,于是纳飞的脚步声就变成了梦境的一部分,所以那卫兵不会抬头查看。

纳飞又想,即使只是做这些,上灵肯定已经把全部资源用在这条街上,用在这一个位置上,用在我身上。

那我应该怎么走呢？

没关系的，我需要做的就是保持心境一片空明，任凭上灵指引我前进，就像绿儿牵着我的手一样。

保持心境空明，谈何容易！他不能让自己认出身处哪条街道，也不能让自己想起这条街上有哪个商店或熟人，更不应该想着他的所见所想与索引有什么联系。即使在这一刻，纳飞的心里还是对索引念念不忘。他想，这很正常，我毕竟不是植物人。可是我该怎么做呢？让自己变得愚不可及，好让上灵控制我？难道我生命中的终极目标就是要做一个木偶？

脑中出现一个答案：不是的。这个答案就像那晚在沙漠中小溪旁呈现的信息一样清晰。你不是木偶，你在这里是因为你自己选择来这里。可是现在如果你想听到我的声音，就必须清空思绪。我这样做不是要你变蠢，而是需要你真正听到我的声音。很快你就需要用到你所有的聪明才智，蠢材对我没有一点用处。

上灵的声音退去时，纳飞发现自己靠着一堵墙，气喘吁吁的。被上灵这样强行侵入脑海，真不是好玩儿的。我们祖先对子孙后代干了些什么？竟然忍心对我们进行基因改造，好让一台电脑硬是往我们脑中灌输东西。刚刚被改造的那几代人是不是都像我这样能听到上灵的声音？或者这向来都是一种很罕有的能力？

继续走吧，纳飞感觉到一种渴望，于是他又上路了。过去几个星期，他已经有过两次这样的经历：精神恍惚地在街道上游走，不知道也不关心目的地在哪儿。而最近一次就是今天下午他逃避刺客追杀的时候——那时我连武器也没有一把。

这个念头一下子把纳飞惊醒了。他不知道自己身在何处，只看到街上趴着一个人，半个身子都在阴影中。纳飞很好奇地走上前，这会是一个醉汉吗？或是个受害者？凶手又是什么人呢？是摧花党？是贾霸的士兵？是刺客？总之就是被贾霸害的。

不是，这人根本就不是受害者，而是贾霸手下那些一模一样的士兵。从他身上的酒臭和尿臊看来，这人趴在地上也不是因为受了伤。

纳飞几乎要走开，却突然想起士兵制服正是最好的伪装。穿着这种全息戏服，要接近贾霸简直是易如反掌——而眼前就有这样一套制服，给他捡现成的便宜。

纳飞跪在那人旁边，把他反转个仰面朝天。纳飞看不到控制盒固定在哪里，所以他用手在全息图像下面摸索，发现原来挂在腰带上。纳飞把控制盒松开，却怎么也拿不出来，顶多扯到离那人身体几厘米远就拉不动了。

纳飞想，哦，对了，耶律迈说过这戏服是一种覆盖全身的斗篷，而那个控制盒是固定在这斗篷上面的。很自然的，当纳飞将控制盒向那人的头顶方向扯的时候，一下子就将它拉上去了。纳飞把那人翻来翻去，终于将那套全息戏服从他的手上和身上褪去，最后从他头顶脱下来。

这时候纳飞才意识到上灵送给他的远不止一套戏服那么简单，这个人不是一个穿着制服的雇佣兵，而是贾霸本人。

可是纳飞能把这个醉鬼怎么样呢？贾霸肯定没有随身带着索引，而纳飞也不会幼稚到以为自己只要把贾霸拖回家中，就可以赢得他永恒的谢意。

这个浑蛋肯定是外出庆祝干掉罗达，喝醉了躺在大街上。这个杀人犯永远也不会得到应有的惩罚，实际上他还要嫁祸给我！纳飞越想越怒，真想一脚踩在贾霸头上，把他的脸压在铺满呕吐物的街道上，往死里碾磨。这感觉真爽！真的很……

杀了他。

这个念头很清晰，就像有人站在纳飞背后和他说话一样。纳飞想道，不行！我下不了手，我不能杀人。

你想想我为什么带你来这里？他是一个杀人犯，法律会判决他死刑。

纳飞默默地回答道，我看到了女人圣湖，按照法律也得判死刑，可是人们也宽恕我了。

纳飞，是我带你去圣湖的，正如我现在带你来这里，去完成一些必须完成的任务。他不死你就休想拿到索引。

我不能杀人，尤其是这样一个无助的人——这是谋杀。

这是正义。

如果他死在我手里，就不是正义了。因为我恨他入骨，想置他于死地而后快：他侮辱了我的家族，偷走了我父亲的名号，强抢我们的家产，害我被自己的哥哥殴打；他还豢养雇佣兵打手去鱼肉平民，将我的家园弄得乌烟瘴气、前景黯淡；拉士葛本来是个好人，也被他变成一个任其利用的蠢材。因为贾霸做的这些坏事，我想要他死，我想一脚把他踩扁。可是如果我现在把他杀了，我就是一个懦夫、一个刺客，而并非在主持公道。

他想害你，还派刺客去追杀你。

我知道，所以我现在杀他的话就是为了报私仇而已。

好好想想，此时此刻你到底在干什么，纳飞，好好想想。

我不要杀人。

对的，你不要杀人，你要做的是拯救苍生。现在只有一线希望去拯救这个世界，防止它重蹈地球的覆辙。如果留下这个人的性命，那么连这一线希望也会破灭。你为了自己双手不沾上鲜血,就忍心让和谐星球生灵涂炭,让几十亿人死于非命?我已经告诉你了,除掉贾霸并不是谋杀,也不是刺杀,而是伸张正义。我已经审判过他,宣判他有罪:他下令杀害罗达、你、你的兄长还有你的父亲;他还密谋挑起一场战争,最终会害死成千上万人,也会把这座城市夷为平地。纳飞,你要是放过贾霸,并不是因为你仁慈——杀了他才是真正对这座城市仁慈,对你所爱的人仁慈,对这个世界仁慈——而是因为你虚荣,你只是不希望自己手上沾上一个人的鲜血。我告诉你,如果你不杀这个人,有几百万人的血债将会算到你头上。

胡说!

纳飞的呐喊只能捂在心中,而不可以大声吼出来,所以觉得尤其难受。

可是上灵在纳飞脑海里的声音却变本加厉地紧逼:纳飞,这个索引可以打开世界上资讯最齐全的图书馆,有了它,我可以调动一切资源。没有索引的话,我的声音充其量就和你现在听到的一样模糊不清,而且还总是在你自己的恐惧、希望和期盼的影响下遭到篡改和扭曲;没有索引的话,我无法帮助你,你也无法协助我,我的能力会日趋式微,人类也不会再遵守我的法规,最后大火再临,又一个世界重蹈覆辙。纳飞,这个索引才最重要!你马上替天行道,处决贾霸,然后去拿索引。

纳飞伸手从贾霸腰带上取下一把充电刀锋。我不知道怎么用这把东西杀人,它又不能用来捅人,我没办法把它插进贾霸的心脏。

他的头,把他的头割下来。

不行,我做不到,做不到,做不到。

纳飞错了,他做得到。他揪住贾霸的头发,将其脖子拉直了。

贾霸动了一下——他不会醒了吧？纳飞吓得几乎放开他的头发，幸好贾霸马上又昏睡过去了。纳飞打开充电刀锋的开关，然后把刀刃轻轻地放在贾霸的喉咙上面，刀刃发出嗡嗡的声音，顿时出现了一条血线。纳飞用力下压，血线顿时裂成一道伤口，鲜血喷涌，漫过刀锋，在刀刃上咝咝作响。现在想停下来已经太迟了，太迟了。纳飞越来越用力地把刀向下压，刀刃也越切越深，终于切到骨头了。纳飞把贾霸的头稍微转了一下，在两节椎骨之间开了一个口，刀锋顿时畅通无阻，贾霸的头一下子就切下来了。

纳飞的衣服、裤子、手上、脸上都溅满了鲜血，还在不断地往下滴。我杀了人，还把他的头抓在手里。我变成什么怪物了？我亲手把地上这人切成两块，他是个恶棍，可是我比他又能好到哪里去呢？

索引。

纳飞实在不能继续穿着这身血衣，他惊慌失措地把衣服裤子都脱掉，用没沾到血的衬衣背面拼命地擦脸和手。不久前我还在圣湖，多么美丽平静的地方；我爬上船时绿儿亲手把这些衣服交给我，可是现在我都把它们弄成什么样了？

这时候纳飞跪在尸体旁边，自己的衣裤都泡在地上的一摊血水里。他突然意识到这条街是下坡路，大部分的血都从脖子往外流，没有流到尸体上面，所以贾霸的衣服没有沾上血迹。没错，上面有呕吐物也有尿，可是没有血。纳飞必须穿上衣服鞋子，就那件制服不够，太冷了。

一想到要穿上贾霸的衣服，纳飞就觉得很恶心，可是他也知道非穿不可。纳飞将尸体拖开，离那摊血远一点，然后很小心地把衣裤剥下来，尽量不沾上血迹。他穿上那条又湿又冷的裤子时，几乎要作呕。可是纳飞强忍住了,他很轻蔑地想,自己连杀人都做得出来,还是用如此残忍的方式,现在怎能仅仅因为腿上沾到别人的尿就觉得恶心呢?还有贾霸贴身穿的衬衣和盔甲,上面全是胃酸的恶臭,这些又算什么?纳飞想,现在还有什么可怕的事情我不能做?反正我已经麻木了。

还有一件事情纳飞做不了:像贾霸那样把充电刀锋挂在腰间。纳飞实在不想把杀人凶器带在身上,于是他将刀柄上的指纹抹掉,扔在贾霸的人头旁边。然后纳飞忍不住苦笑了:我的衣服就放在这儿,今天无数人见我穿过;既然我都把衣服撇下不管了,那还想遮掩什么呢?

纳飞想:我的确要把原来的衣服撇下不管,就好像把过去的自己丢掉不要。那些衣服是给纯真小孩子穿的,现在我已经穿上了一个男人的衣服。这个人并非别个,而是最无耻、最残暴的那个……他的衣服我穿上很合身。

纳飞把那件士兵制服的斗篷套过头穿上,也没感觉到什么不同,可是估计那个克隆模样已经挂在脸上了。他从贾霸的尸体边走开,脑子突然一片空白,完全想不到要往哪儿去。

纳飞只能走回尸体那儿,他知道一定是自己落下什么东西了。地上只有他的衣服和那把充电刀锋,于是纳飞终于还是捡起那把刀锋,用他的旧衣服抹去血迹,再挂在腰间。

现在纳飞可以往前走了,当然是去贾霸府。纳飞知道得一清二楚,因为他的思维又能够运作了。纳飞的裤子冻硬了,摩擦着两条腿,身上的盔甲很重,而且挂着充电刀锋走路特别别扭。纳飞想,做贾霸原来是这样的感觉,今晚我就是贾霸。

我必须抓紧时间,必须在尸体被发现之前完成任务。

不用急，上灵会阻止行人留意贾霸的尸体，至少可以拖延一会儿。到了早上，太多人上街，上灵就没办法同时影响那么多人了。在那之前，我还有充足的时间。

纳飞来到泉水路，然后改变主意，转向长街，从背后走到贾霸府。在侧面的窄巷里他找到了前段时间他看见耶律迈用过的那个门。这门会不会被锁上呢？

真的锁了，那现在怎么办？贾霸府中肯定有守卫，纳飞现在的身份是一个普通士兵，怎么能在这个钟点叫门呢？要是他进去之后，守卫要他关掉制服开关，那可怎么办？他们会马上认出纳飞，更惨的是，他们会认出贾霸的衣服，也知道纳飞只有一个办法可以穿着他们老板的衣服走进来。

不，有两个办法。

贾霸以前肯定试过喝得酩酊大醉才回家。

纳飞先默默地回想贾霸的声音是怎么样的：沙哑，粗糙，像锉刀在喉咙里面摩擦。纳飞有信心能够模仿得很像，而且也不需要学到十足，因为贾霸喝醉了——他浑身散发着臭味——声音肯定含糊不清，咬字也不准，还有可能跟跄着摔倒在地……

纳飞高声叫骂："开门！给我开门！"

惨了，一点都不像贾霸的声音。

"你们这帮蠢货，快开门！是我！"

好点了，越来越像了。而且上灵会对那些守卫做点手脚，让他们想点别的事情，不去留意贾霸今晚声音有点不一样。

门开了一条狭缝，纳飞立刻一把推开，径直走进去。

"竟敢把我锁在我自己家外面！得把你们斩成几块，再装箱送给你们老爸！"纳飞不知道贾霸平常是如何说话的，估计也就是很粗鲁，而且总在恐吓，尤其是他喝醉的时候。纳飞没有见过太多醉汉，只是在街上偶尔碰上几次；可是他在剧场却见过一些，不过那些都是演员扮的。

纳飞想：我终究还是成了一个演员。我以前不是老想着加入演艺圈吗？现在如愿以偿了。

开门那人说："我来帮你吧，大人。"纳飞不看他，却故意绊了一下，弯腰跪倒在地。他哑着嗓子说："可能要吐了。"然后纳飞伸手去摸腰间的控制盒，把全息图像关了一下，马上又打开。就这一瞬间，足够让在场的人看到贾霸的衣服；可是由于纳飞弯着腰，所以他们看不到他的脸和头发。纳飞努力发出干呕的声音，没想到入戏太深，真的有胆汁胃酸涌上他的喉咙。

身旁那人说："大人您需要什么吗？"

纳飞吼道："谁保管索引？既然今天人人都想要索引，好，那我也要！"

那人说："司徒博。"

"把他叫来。"

"他已经睡了，他……"

纳飞摇摇晃晃着站起来，叫道："在我的地方，如果我醒着，谁都不许睡觉！"

"对不起，大人，我这就去叫他。我只是想……"

纳飞很笨重地抡起手臂向他打过去，那人连忙躲开，吓得脸也青了。我会不会演得过火了？不过事到如今瞎猜也没用了。那人贴着墙壁走开，从一道门钻出去了。纳飞不知道他会不会带几个士兵回来抓人。

他带着司徒博回来了——至少纳飞猜那个人是司徒博，不过纳飞必须先确认一下那人身份吧。所以他靠过去，口水喷那人一脸："你就是司徒博？"最好让那人以为贾霸醉得太厉害，连人也看不清。

"是，是，大人。"那人看起来很害怕——这是好现象。

"我的索引在哪儿？"

"哪个索引？"

"就是韦爵几个狗崽子想要的那个索引——那个索引啊！真是混账！"

"帕华索引？"

"到底放哪里了？你这条癞皮狗！"

司徒博说："在保险库里面……我不知道您想要，您以前从来没有用过这索引，所以我想着……"

"我喜欢的话随时都可以看！"

纳飞告诫自己，多说多错！说得越多，上灵就越难阻止这人怀疑我的声音。

司徒博带路，走进一条长廊。纳飞一边走一边故意在墙上磕磕碰碰，可是当他碰到被耶律迈用长棍打肿的地方，感到一阵刺痛，纳飞疼得直哼哼，然后意识到这能让他的表演更真实可信。

他们走进地下室，恐惧又开始占据纳飞的心头。他需不需要验证身份才能开保险库呢？要扫描视网膜？要验指纹？那可怎么办？

可是保险库的门是开着的。是上灵让某个人忘记关门了，还是刚好这门是打开的？纳飞忍不住想，我是得到命运的眷顾呢，还是做了上灵的扯线木偶？我今晚做那么多事情，其中有没有哪怕一丁点儿是出于我的自由选择。

纳飞自己也不知道想要哪一个答案。如果他做出自由选择的话，那就意味着他自主决定去杀了一个无助地倒在街上的人，那还不如相信是上灵强迫或者诱骗他干的，或是纳飞的基因或者他所受的教育决定了他会动手杀贾霸。与其整天为难自己，琢磨着可能不用杀贾霸，只需要偷他衣服就够了，还不如确信当时别无他法，杀贾霸是唯一可行的对策。纳飞当时是相机行事，他也不想因此而背上什么包袱。

司徒博走进保险库，纳飞紧随其后。只见里面有一张大桌子，上面整整齐齐地摆着昨天下午贾霸抢去的韦爵家产，纳飞不知不觉停下了脚步。

司徒博继续走着，消失在一排排储物架之间。只听他说："大人，您也看到了，我马上就会完成对这些金元宝石的验收，一切都收拾得整齐干净，您莅临监督，简直再好不过了。"

纳飞有点担心，他会不会在拖延时间等救兵呢？

这时候司徒博从后排的架子那里走出来，他个子挺小的，比纳飞矮一大截，看样子还没到三十岁，却已经开始谢顶了。这人就是个滑稽小丑一样的角色，可是如果他现在看出端倪的话，足可以要了纳飞的命。

司徒博问："就是这个吗？"

纳飞当然不知道那个索引是什么样子的。他见过很多索引，大部分就是一台电脑终端，可以无线接入某个大图书馆的网络。而眼前这个东西，连个显示屏也没有——司徒博捧在手里的是一个黄铜色的金属球，直径大约二十五厘米，顶端和底部略有点平。纳飞咆哮道："给我看看。"

司徒博似乎不是很情愿地交出来。这一瞬间，纳飞感到一阵恐惧像浪潮一样卷过脑中：他不想把索引给我，因为他知道我是谁了。

然后司徒博道出了他真正关心什么："大人，您说过我们必须保持这索引干净。"原来他是担心贾霸的士兵制服下面有多脏。毕竟纳飞看起来醉得站也站不稳，浑身上下散发出酒气和尿臊味，所以他的手想必也是脏不堪言。

纳飞说："有道理，那你就捧着它吧。"

司徒博说："遵命，大人。"

纳飞说："就是这个索引了，对吧？"他必须确认了才放心——纳飞只能希望这么蠢的问题也不会引起怀疑，毕竟刚才他那么卖力地诈醉，已经做足了铺垫。

"如果您是指帕华索引的话，这个就是了。我刚才只是不确定这个索引是否就是您要的那个，因为您从来都没有问起过帕华索引。"

原来贾霸从来都没有把索引拿出过保险库——不管耶律迈如何讨价还价，也不管他们出多少钱，贾霸压根儿就没打算把索引给他们。这让纳飞感觉稍微好一点：他们并没有因为纳飞的错误而失去什么机会，无论过场如何，结局都是一样的。

司徒博问道："我们把索引带去哪里呢？"

纳飞想，问得好！我可不能告诉他我们要把索引给韦爵的几个儿子，他们正在烟囱门外的暗处等着呢。

"我要把索引展示给元老会看。"

"半夜三更？"

"对啊，就是半夜三更。那帮浑蛋，硬要打断我的庆功宴。他们听到什么小道消息说韦爵那几个作奸犯科的儿子把索引偷了，所以非要看一眼才安心。"

司徒博咳了一声，低头快走几步，带着纳飞走在长廊里面。看来司徒博听见贾霸这样诋毁韦爵的儿子，心里有些不满。有意思！

尽管有意思，纳飞也没打算因此就完全信任司徒博。

纳飞大声说："走慢点，你这条可怜虫。"

"遵命，大人。"司徒博说着就慢下来，纳飞东歪西倒地跟在后面。

他们来到侧门，站岗的还是那个守卫，他看着司徒博，眼神中流露出疑问。

纳飞想，这就是最关键的一刻了，他们两人互传了一个信号。

司徒博说："请为贾霸大人开门，我们要再出去。"

纳飞意识到，他们传递的唯一一个信号是：守门人问司徒博这个穿着士兵制服的人是否是贾霸，而司徒博则向他保证，这个穿着制服的蠢货和刚刚进来的是同一个人。

门卫问道："大人出去庆祝吗？"

司徒博说："元老会好像今晚特别固执。"

门卫又问："大人需要护卫吗？我们在附近马上能召集的只有几十人。可是如果您需要的话，我们可以从狗城区调一些人手过来，只需要几分钟。"

纳飞咆哮道："不用啦！"

"我只是想着，元老会可能需要再被提醒一下，就像上次那样……"

"他们忘不了！"纳飞一边说一边想着"上次那样"到底是怎样。

司徒博先穿过侧门，纳飞踌躇地跟着他走出门外，身后传来门反锁的声音。

他们走在女皇城空无一人的街道上，纳飞开始意识到自己刚刚做成了什么事情。昨日倒霉了一整天，此刻他终于带着索引走出了贾霸府——或者说,至少他带着一个人走出了贾霸府,而那个人则帮他拿着索引。

司徒博说:"大人,空气很醒神,对吧?"

纳飞说:"嗯……"

"我是说,您的头脑好像清醒了许多。"

纳飞突然意识到自己忘记了扮醉,现在再想扮已经太迟了——试想一下,司徒博刚说完他清醒了一些,他就马上东歪西倒,这显得多蠢啊!所以纳飞没有扮醉,而是站定脚步,转向司徒博,狠狠地盯住他。司徒博当然看不到纳飞的表情,不过他可以想象得到。

司徒博的想象力显然很丰富,因为他立刻就畏缩了。"我不是说您的头脑原来不清醒——咳咳——不是一直不清醒,我其实是说,大人,您的头脑向来都很清醒。今晚您与元老会开会,又有好消息了吧?"

纳飞想,妙极!

司徒博又问:"他们今晚在哪里开会呢?"

纳飞一点也不知道,他只知道他应该在烟囱门外和三个哥哥会合。于是纳飞咆哮道:"你说呢?"

"这个,我是说,这个……您似乎正在向烟囱门走,这个……倒不是说他们不可能在狗城区召集元老会,只是通常他们都……不过其实也没有谁带我去过。我是说,您喜欢的话当然可以每晚都换一个开会的地方,我只是听说元老会在后城门附近令堂的府上开会,不过那只是……可能只有一次吧。"

纳飞继续往前走,任由司徒博语无伦次地唠叨着,越说越惶恐。

司徒博突然大叫一声:"糟糕!"

纳飞停下脚步。如果我一把抢过索引然后向城门跑过去,能不能在他发出警报之前逃出去呢?

司徒博说:"我竟然没有关保险库门!我当时太关注帕华索引了……大人,请您原谅我,我知道保险库的门只有当我在场的时候才能够打开,而我……天哪,我突然想起来,刚才就在我去后门见您的时候,我也忘记关门了。我这是怎么了?大人,如果我因此被解雇,也是咎由自取。只是我以前从来没有忘记关保险库门的。我应不应该回去把它锁上呢?里面的财宝那么多,谁能够保证没有一个仆人会……大人,我可以跑回去锁门然后再跑回来与您会合,我向您保证,只需要几分钟就够了,我跑得很快的。"

这似乎是纳飞摆脱司徒博的绝好机会——拿了索引,让司徒博走路,然后纳飞在他回来之前就已经从烟囱门出城了。可是万一这是司徒博的托词呢?如果司徒博其实是想找机会溜走去通知贾霸的手下,说有个人穿着全息制服冒充自己人,偷了索引逃跑,那又怎么办?纳飞不能放走司徒博,至少现在不能,起码要等他安全出了城门吧。

纳飞说:"跟我走。"话一出口,纳飞就紧张起来,因为他说这句话时一点都不像贾霸了。司徒博听了纳飞这句话,不是连眉毛都扬起来了吗?他这一刻是不是已经开始怀疑这个声音了?纳飞想,继续走吧,只管走路,别再说话了。于是他加快脚步,司徒博只能拖着两条短腿小跑着跟在后面。

司徒博边走边气喘吁吁地说道:"大人,我从来都没有见识过元老会开会呢。我不用发言吧?这个,我不是元老会的成员。嘿,我在异想天开什么呢?他们可能根本不让我进去,那我在外面等您就可以了。大人,请原谅我那么紧张,因为我从来没有……我整天都待在保险库和图书馆里面,管理各个系统什么的,所以想必您也知道我不怎么出门的。我自己一个人过活,平常也找不到什么人聊聊天,所以我对政治的了解仅限于无意中听到别人的谈话而已。我也知道您日理万机,府中人人都很自豪,因为可以为一个像您这样的名人效劳。不过老实说这也挺危险的是吧?像罗达,今晚才被干掉,您就一点点害怕也没有吗?"

纳飞想,他真的那么蠢,还是他其实也怀疑是贾霸害死了罗达,所以他才这么蠢头蠢脑地想探贾霸的口风?无论如何,纳飞觉得贾霸根本不会回答这些问题,所以他忍住不搭话。终于他们来到了城门。

城门的守兵现在非常警觉,这是必然的——如果守兵还像刚才那样疏忽大意,司徒博就该起疑心了。纳飞暗骂自己不该带着司徒博,刚才有机会的时候本应把他甩掉的。

那些守兵各就各位,其中一人递上指纹扫描仪,他脸上是一副很挑衅的神情——纳飞穿着贾霸士兵的制服,这样一来,他就成了守兵的敌人,或者至少是对头。指纹仪当然会无声无息地揭示纳飞的真实身份,可是纳飞现在还是杀害罗达的嫌疑人,所以他亮出身份也不见得能脱身。

纳飞呆站着,还在犹疑不决,司徒博出来解围了,他虚张声势地说:"你不会真的坚持要我老板把他大拇指放在这个可爱的小屏幕上面吧?"然后他把自己的拇指按在扫描仪上面,说道:"看,知道我是谁了吧?贾霸大人的司库!"

"法律规定,每个人都必须接受扫描。"守兵虽然还嘴硬,可是看起来态度已经有点软了。虽然他敢横眉冷对贾霸的手下,可是面对着贾霸本人自然另当别论。"对不起,大人,可是职责所在,多有冒犯。"

纳飞还是一动不动。

司徒博说："放肆！你竟敢对大人不敬！"他一边说一边瞄着纳飞，只是纳飞的脸被全息图像遮掩着，他自然读不出主子的表情。

那个守兵辩解道："今晚发生了谋杀案，大人您自己报案说是韦爵的小儿子干的，所以我们必须检查每一个人。"

纳飞走上前，把手伸向指纹扫描仪，同时把脸凑到守兵面前，低声说："如果是贼喊抓贼，那又如何？"

听到纳飞的声音，那个守兵很惊讶地往后缩了一下，有点不知所措，然后低头看了一眼屏幕，是纳飞的名字。他整个人一下子好像凝固了，若有所思。

上灵，请您赐予这个人智慧吧！让他看清真相，见义勇为。

"贾霸大人，感谢您依法办事。"守兵说完，按下清屏键，纳飞看到自己的名字消失了，所以除了他和这位守兵，没有第三个人看见。

纳飞立刻大步走出城门，不敢再回头看一眼。只听见司徒博喋喋不休地跟在后面："大人，我没做错什么吧？我……当时看您好像不想让他们扫描您的手指，所以……我们这是去哪儿呢？在这些树丛中间走会不会太暗了？我们不能沿着大路走吗？贾霸大人？固然现在有月色，也并不是那么黑，只是……"

有司徒博这样唠叨着，纳飞本来就不可能静悄悄地走到会合地点，更何况司徒博现在还贾霸前贾霸后地大声说话。果不其然，不远处传来一阵慌乱的脚步声，还有几个狼狈逃窜的身影，纳飞一点也不奇怪——耶律迈他们肯定以为纳飞已经被捕，还把几个人都供出来，现在贾霸带人灭口来了。毕竟他们除了那套士兵制服之外，什么也看不到。

纳飞摸索着控制器，却不知道什么是开，什么是关。最后他一把将戏服从头上扯开,然后尽量小心地用自己的声音叫道:"耶律迈!阿羲!梅伯!是我啊——别跑!"

几个人停下脚步。

梅伯说:"纳飞!"

耶律迈说:"还穿着贾霸的衣服!"

羿羲笑道:"你真搞定啦!"

身后传来一声细小的尖叫,让纳飞想起了可怜的司徒博:这么温馨的团圆场景看在司徒博眼里,大概不会显得那么愉快了,毕竟他蓦然发现自己一直跟随着的竟然就是杀害罗达的疑凶,而且这个人很可能也对贾霸下了毒手。

纳飞一回头,正好发现司徒博刚刚转身开始飞奔。司徒博刚才还自称"跑得很快",现在露馅了。纳飞几步就追上了他,一下扑倒在地,三两下就把他牢牢按倒在地,手还捂住这可怜虫的嘴巴。那些卫兵就在不到五十米远的地方,上灵肯定分散了他们的注意力,所以他们才没有留意到这里的骚动,可是上灵的能力也是有限的。

纳飞厉声道:"司徒博你听着,如果你按我说的去做,我就不杀你,明白了吗?"

纳飞感觉到手掌下面的那颗头颅在上下蠕动。

"我在上灵跟前发誓,罗达不是我杀的!是你的老板贾霸害死了罗达,他还下令追杀我们几兄弟,他才是真正的杀人凶手。我已经把他处死,那是为了伸张正义,你明白了吗?我不是一个嗜杀之徒,更加不想杀你,如果我放开手,你可以不大声喊吗?"

司徒博又点了点头,于是纳飞松手不再捂住他的嘴。

司徒博小声说:"你不想杀我,这太好了,我也不想死啊。"

纳飞问:"你相信我吗?"

司徒博说:"如果我说相信你,你会相信我吗?在这种情况下,人为了活命,什么话都可以说出来,只要对方爱听就行了,对吧?"

倒也说得有道理。"司徒博,我不能放你回城,你明白吗?我就跟你敞开了说吧,如果你真的是贾霸雇的那些打手恶棍,在女皇城里面坏事做尽,那你说的每个字我都不会相信,我应该把你就地正法,以绝后患。可是我觉得你不像是那种坏人,你只是一个小文员,管管书籍财务什么的,根本不知道替贾霸卖命意味着什么。"

"我其实也见到很多奇怪的事情,可是其他人都不觉得稀奇,也没有谁会回答我的疑问,所以我就干脆守口如瓶,尽量少说话。"

"我们这就出发去沙漠深处,如果你一起来——你必须先对着上灵发誓——那么你就是一个自由人,是我们大家庭的一分子,与其他人处于同等地位。我们不是要你来做仆人,只是需要你这个朋友。"

"我当然可以答应,可是你怎么知道该不该信任我呢?"

"你只要向着上灵发誓,司徒博,我自然就会知道。"

"上灵明鉴,本人在此发誓,从今以后追随纳飞,至死不渝——如果你不杀我的话。要是你杀了我,那我说什么都是白费了,对吧?"

纳飞看到几个哥哥已经聚在旁边,想必已经听到司徒博的誓词,也肯定各有自己的想法。梅伯说:"把他杀了。这人是贾霸的手下,信不过。"

耶律迈说:"必要的话,我可以动手。"

羿羲说:"我们怎么能确凿知道呢?"

可是纳飞听不到他们的话,因为他正在聆听上灵的指引。

你可以信任这个人。

纳飞说:"我相信你的誓言,现在我也对着上灵起誓,只要你信守诺言,那么我和我的家人都不会伤害你。你们也一起发誓吧。"

梅博酷说:"太荒唐了,你这么做是拿我们大家的性命来冒险。"

纳飞说:"今天晚上上灵让我来主持大局,你们也答应服从我命令的。现在我已经拿到索引,还将贾霸也除掉了!快发誓吧!"

于是每一个人都发了誓。

纳飞向司徒博说:"把索引给我吧。"

司徒博说:"我给不了。"

梅伯说:"看到了吧?"

"我是说,你把我扑倒在地的时候,索引丢了。"

耶律迈说:"太妙了!千辛万苦才拿到这个宝贝索引,现在却散落四周,我们在这大沙漠里面慢慢捡去吧。"

羿羲一下就找到索引了,就在一米远的地方。耶律迈捡起来一看,好像没有什么破损,至少在月光下面看不出什么擦痕。

梅博酷也凑上来看,还把索引放在手上掂量。"也就是一个球罢了,一个金属球。"

羿羲说:"这东西怎么看都不像一个索引。"

纳飞伸手把索引从梅博酷手中拿回来,那索引一到纳飞手上,底部就开始发光。

司徒博说:"我猜你可能拿反了。"

纳飞把索引上下调转,只见在金属球的上空,有一个箭头的全息图像指向西南方,在箭头上方有几个字,纳飞看不懂这语言。

羿羲说:"这是古代普其语,早就没人用了。"

那些字母变成了"浮椅"两个字。

羿羲说:"这箭头指向我刚才存放浮椅的地方。"

耶律迈说:"给我看看。"

纳飞把索引递给他,可是就在索引离开纳飞掌心的一瞬间,全息图像也消失了。纳飞于是伸手想把索引要回来，耶律迈冷冷地盯着他好久才把金属球还给纳飞。刚一换手，全息图像又出现了。纳飞转头问司徒博："这是怎么回事？"

司徒博说："我也不知道。这金属球以前一点用处也没有，我还以为它坏了。"

羿羲说："让我试试。"

纳飞说："算了吧，我们就把它包好带回去给爸爸，别再看了。耶律迈认得路，他可以带我们回去。"

梅博酷说："哼，对啊。"

羿羲说："那就随便吧。"

司徒博问："哪位是耶律迈？"

耶律迈二话不说迈步就走，带着他们离开高原路，向羿羲浮椅的隐蔽处走过去。等他们一行人回到骆驼队的时候，东方才现出鱼肚白。纳飞把索引包裹妥当，交给耶律迈放进行李架中。

纳飞说："你把索引交给爸爸吧。"

耶律迈伸出手，用拇指和食指夹住纳飞的——不，是贾霸的——衣领，凑到纳飞面前轻声道："纳飞，你别摆出一副高姿态，我知道你打什么算盘。我这就老实告诉你，不论是权力、荣誉还是别的什么东西，我拥有的一切本来就是属于我的，而不是你恩赐的，明白了吗？"

纳飞点点头，耶律迈放开他的衣领，然后就走开了。这时候纳飞明白了，他和大哥之间的裂痕永远也没法弥补。索引在纳飞的手里才能苏醒，在耶律迈的手中只是死物一个。上灵已经把话说得很清楚了，耶律迈肯定会怀恨一辈子。

第十六章　上灵的索引

纳飞和爸爸一起坐在爸爸的帐中，羿羲躺在一张毯子上，索引则放在他们中间。纳飞伸出手指触碰索引，爸爸用一只手摸着索引，另一只手牵起羿羲的手臂也放在索引上面。被三个人同时接触着，索引开始"说话"了。

"沉睡了那么久，终于醒了……"索引好像在纳飞耳边轻声细语，纳飞不太确定到底是他的耳朵真的听到这句话，还是他的大脑把周围环境的声音——比如说沙漠的风声或者他们自己呼吸的声音——转化成话音。

爸爸说："我们历尽艰辛才找到你。"

索引说："我等了很久才重新拥有这个声音。"

纳飞现在知道了，原来不是索引在说话。"这是上灵的声音。"

索引说："对。"

爸爸说："既然这个金属球是你的发声工具，为什么还把它称作'索引'呢？"

过了好久上灵才回答："因为这是指向我的索引。"

这是上灵的索引。通常来说，索引是一个工具，让人们可以在浩如烟海的电脑数据库中找到需要的信息。而上灵则是所有电脑里面最复杂、最高端的集大成者，这个索引正是那个指引父子三人探索上灵的工具。纳飞说:"既然现在我们有了索引,你能不能解释一下你是谁——你是什么呢?"

又是一阵停顿,然后那个很细小的声音说道:"我是地球的记忆,本来没设想能够维持这么久的。现在我变得越来越虚弱,必须回去寻找那个比我更加强大的个体,它会告诉我如何拯救这个名不副实的'和谐'星球。而我选了你们一家把我送回地球守护者那里。"

"你是要带领我们回地球吗?"

"那个世界一度被寒冰和灰烬所覆盖,到现在肯定已经复苏了。虽然地球守护者当初将人类赶出地球,可是现在肯定不会把你们拒于门外。随我来吧,地球的子孙,我会带你们回家。"

纳飞看着爸爸和羿羲,说道:"你们知道这意味着什么吗?"

爸爸很疲倦地说:"一个漫长的旅程。"

纳飞大声说:"非常非常的遥远,连光也要走一百年才到达。"

羿羲说:"你在说什么呢?你以为上灵答应带我们去另外一个星球吗?"

羿羲的话很刺耳,好像一段走音的旋律,纳飞惊呆了。上灵当然答应带他们去另一个星球了,上灵说那么多不就是这个意思吗?莫非羿羲听到的不是这些话?

还有爸爸!如此看来,很明显这个索引并没有真的发出声音,他们一直是在脑海里面听见上灵的话,而不是通过耳朵。

纳飞问:"那你们听到上灵说什么?"

爸爸说:"他说要带我们去一个很美丽的地方,那里土地肥沃,我们可以丰衣足食。我们的子孙也可以自由自在地过着幸福生活,远离女皇城的邪恶。"

纳飞问："那它说这个好地方是在哪里呢？"

爸爸说："纳飞，你要有耐心和信心，上灵会带着我们一步一步走，总有一天我们会走到旅程的最后一步，那时候我们就到家了。"

羿羲说："那地方不是一个城市，可是我又可以继续使用我的浮衣了。"

纳飞极度失望，他知道自己听到了什么，可是爸爸和羿羲都听不到同样的东西。为什么会这样呢？是他们不能够像纳飞那么清晰地理解上灵的话吗？还是上灵根本就给他们发送了不同的信息？不过无论如何纳飞也不可能把自己的想法强加给他们。

爸爸问："你听到什么了？有更多的信息吗？"

纳飞说："没关系了，最重要的是我们不会再等机会回女皇城，因为我们现在不是在逃亡，而是移民，女皇城不再是我们的家了。"

爸爸叹道："我本来正准备退休，让阿迈接手生意，我自己就不用再奔波了。可是现在我却要开始人生中最长的一段旅程，真是世事难料啊！"

纳飞伸出双手，把索引捧到身前，感觉到索引在手中颤抖。"索引啊索引，我们千辛万苦才找到你，付出了多大的代价，希望你不要让我们的功夫都白费了。"

羿羲说："我们真的付出了沉重的代价，直到失去所有之后我才知道我们原来是那么富有。"

爸爸说："可是我们现在比以前富有多了！在索引的带领下，我们会到达上灵答应送给我们的那片国土，没有哪个城市、部族或者敌人可以把这片土地从我们手中抢走。"

纳飞几乎没有听到他们的话，此刻他正想着那天晚上沾到自己衣服上和身上的鲜血。纳飞想，我处死了一个杀人犯，这就是正义，可是我并不想杀人。耶律迈当初吹嘘自己"疑似"杀人,他只是隔着一段距离用脉冲枪打的。可我亲手杀死贾霸的时候,他就近在咫尺,喝醉了无助地躺在街上。我杀他既不是为了自救,也不是出于自卫,甚至连一点暴怒也没有——我只是很冷血地下手了,因为上灵告诉我这样做是对的,也因为我心中相信这样做是必要的。

可是我也憎恨贾霸——我到底能不能确定我杀他并不是因为我恨他,也不是因为我要报仇呢?恐怕将来我总会怀疑自己内心深处其实就是一个杀人凶手。不过没关系,我可以忍受这种自责,晚上也能够安睡,我心中的痛楚总会被时间抚平。能为上灵效力,这些代价我都愿意付出。从今以后,我愿意摒弃本性,任凭上灵塑造我。我只希望在上灵大功告成之后,我会变成一个我不完全讨厌的人。

当天晚上,纳飞睡觉的时候做梦了。他没有梦见杀人,也没有梦见贾霸的人头或者自己衣服上的鲜血;在梦里,他漂浮在海上,海水忽冷忽热,无尽的雾霭在面前弥漫,纳飞逐渐迷失在这个神秘而祥和的空间里。忽然有些手在纳飞的脸上和肩膀上摸索,然后抓住了他的双臂,把他拉近……纳飞突然醒了,我不是第一个到达那里的人。上灵说的那片国土,已经有人生活在那里了,他们将会和我共同经历即将发生的一切。

译名注释

专有名词

后城门(Back Gate)：女皇城的一个城门

烟囱门(Funnel Gate)：女皇城的一个城门

高城门(High Gate)：女皇城的一个城门

市场门(Market Gate)：女皇城的一个城门

音乐门(Music Gate)：女皇城的一个城门

私密门(Private Gate)：女皇城的一个城门，门外是无相林

无相林(Trackless Wood)：女皇城私密门外的一片树林

狗城区(Dog Town)：女皇城的一个区

美人区(Doll Town)：女皇城的一个区

城门区(Gate Town)：女皇城的一个区

水井区(The Wells)：女皇城的一个区

高原路(High Road)：女皇城外的一条路

雨露街(Rain Street)：女皇城中的一条街

外围市场(Outer Market)：在女皇城市场门附近，内外城墙之间的一个市场

巴斯尔语(Basyat)：一种语言

伊曼语(Emeznetyi)：一种语言

孤威国（Gorayni）：一个位于北方的强大帝国，与剖头国为敌

剖头国（Potokgavan）：孤威国的主要对手，沼泽之国，拥有强大水军

鱼丝路（Usluvat）：一个沿海国家，为孤威国所征服

悲石坡（Besporyadok）：一个高原

莫愁河（Mochai River）：在海岸平原边上的一条河

如门海（Rumen Sea）：一片海域的名字

卡普亚树（Kaplya）：一种可以种在室内的树

库雷洛兽（Kurelomi）：和谐星球上的一种用作运输的家畜

掌中宝（Myachiks）：一种小型数据储存设备

人名

德琳（Dhelemuvex）：华纱的好朋友

狄傲丽（Dol）：华纱女士的干女儿之一，在其学校任教，昵称小丽

艾雅（Eiadh）：纳飞的同班同学，也是他暗恋的对象，华纱女士的干女儿之一

耶律迈（Elemak）：纳飞的大哥，韦爵家长子继承人，韦爵与侯斯尼所生，彪悍勇武

贾霸（Gaballufix）：华纱前夫，耶律迈的同母异父兄弟，帕华部族首领

侯斯尼（Hosni）：贾霸与耶律迈的生母，曾与韦爵结婚，生下耶律迈

如诗（Hushidh）：解构者，绿儿的姐姐，华纱的干女儿之一，昵称小诗

羿羲（Issib）：纳飞的三哥，韦爵与华纱所生，天生残疾，依靠浮椅、浮衣行走，昵称阿羲

伊素明娜（Izumina）：女皇城历史上著名的圣女先知

姬维丝（Kilvishevex）：韦爵的前妻，与韦爵生下梅博酷

柔珂（Kokor）：纳飞的姐姐，莎芙的妹妹，贾霸与华纱所生，昵称阿珂，歌手，演员，丈夫是欧必忍

绿儿（Luet）：圣湖先知，如诗的妹妹，华纱的干女儿之一，昵称小绿儿

梅博酷（Mebbekew）：纳飞的二哥，韦爵与姬维丝所生，新进演员，花花公子，昵称梅伯

纳飞（Nafai）：韦爵与华纱所生幼子，能与上灵直接交流

欧必忍（Obring）：柔珂的丈夫，演员

华纱（Rasa）：韦爵的妻子，羿羲、莎芙、柔珂和纳飞之母，教育家，不曾从政，在女皇城中享有盛誉

拉士葛（Rashgallivak）：韦爵的管家与得力助手

罗达（Roptat）：政客，支持与孤威国结盟，反对帮助剖头国造战车

莎芙（Sevet）：纳飞和柔珂的姐姐，贾霸与华纱所生，昵称阿芙，著名歌手，著名演员，丈夫是费雅思

谢德美（Shedemei）：著名基因学家，华纱的干女儿之一，偶尔在华纱的学校中任教，昵称小谢

褚尼萨（Truzhnisha）：韦爵府的厨师

费雅思（Vas）：莎芙的丈夫，学者

佛意漫（Volemak）：韦爵的本名，华纱的丈夫（华纱称他为老佛爷），也是耶律迈，梅博酷，羿羲和纳飞的父亲。

韦爵（Wetchik）：佛意漫的家族封号

司徒博（Zdorab）：贾霸府的司库

THE MEMORY OF EARTH By ORSON SCOTT CARD
Copyright:©
1992 BY ORSON SCOTT CARD
This edition arranged with BARBARA BOVA LITERARY AGENCY
Through BIG APPLE AGENCY,INC,LABUAN,MALAYSIA.
Simplified Chinese edition copyright:
2019 New Star Press Co.,Ltd.
All rights reserved.
著作版权合同登记号：01-2019-1218

图书在版编目（CIP）数据

地球的回忆／（美）奥森·斯科特·卡德著；仇春卉译．——北京：新星出版社，2019.4
ISBN 978-7-5133-3420-4
Ⅰ.①地… Ⅱ.①奥… ②仇… Ⅲ.①科学幻想小说-美国-现代 Ⅳ.①I712.45
中国版本图书馆CIP数据核字（2018）第278401号

幻象文库

地球的回忆

[美]奥森·斯科特·卡德 著；仇春卉 译

出版统筹：姜　淮
责任编辑：黄　艳
责任校对：刘　义
责任印制：李珊珊
封面设计：冷暖儿

出版发行：新星出版社
出　版　人：马汝军
社　　　址：北京市西城区车公庄大街丙3号楼　100044
网　　　址：www.newstarpress.com
电　　　话：010-88310888
传　　　真：010-65270449
法律顾问：北京市岳成律师事务所

读者服务：010-88310811　　service@newstarpress.com
邮购地址：北京市西城区车公庄大街丙3号楼　100044

印　　刷：北京天恒嘉业印刷有限公司
开　　本：910mm×1230mm　　1/32
印　　张：10.125
字　　数：229千字
版　　次：2019年4月第一版　2019年4月第一次印刷
书　　号：ISBN 978-7-5133-3420-4
定　　价：48.00元

版权专有，侵权必究；如有质量问题，请与印刷厂联系调换。